LE PAS DE MERLIN

DU MÊME AUTEUR
CHEZ POCKET

DANS LA COLLECTION LITTÉRATURE

LES REINES POURPRES

1. LES VOILES DE FRÉDÉGONDE
2. LES LARMES DE BRUNEHILDE

DANS LA COLLECTION FANTASY

LES CHRONIQUES DES ELFES

1. LLIANE
2. L'ELFE DES TERRES NOIRES

LA TRILOGIE DES ELFES
(EXISTE AUSSI EN 1 VOLUME)

1. LE CRÉPUSCULE DES ELFES
2. LA NUIT DES ELFES
3. L'HEURE DES ELFES

LE PAS DE MERLIN

1. LE PAS DE MERLIN
2. BROCÉLIANDE

SCIENCE-FICTION

Collection dirigée par Bénédicte Lombardo

JEAN-LOUIS FETJAINE

LE PAS DE MERLIN

BELFOND

Le papier de cet ouvrage est composé de fibres naturelles, renouvelables, recyclables et fabriquées à partir de bois provenant de forêts plantées et cultivées durablement pour la fabrication du papier.

ISBN : 978-2-266-20543-6

« Sept vingt guerriers vaillants ont passé dans les ombres,
Dans la forêt de Celyddon ils ont trouvé leur fin,
Puisque moi, Myrddin, je viens le premier après Taliesin,
Permets que ma prophétie se confonde avec la sienne. »

Dialogue de Merlin et Taliesin
Livre noir de Caermarthen

À ma femme

AVERTISSEMENT

MERLIN, Excalibur, le Graal, la Table ronde… L'imaginaire arthurien fait partie de notre culture. Il s'est façonné au fil des siècles et n'a cessé de s'enrichir d'apports nouveaux pour devenir un univers hors du temps et de l'espace, entre chevalerie et féerie. À partir d'exploits guerriers survenus à l'ère gallo-romaine sur l'île de Bretagne [1] sont nés des récits teintés de mythologie celtique, qui furent par la suite christianisés une fois ces légendes relatées par écrit. Les fées et les symboles magiques se transformèrent en anges ou en reliques, le propos se fit politique puis culturel, dans une société qui reposait sur l'Église et la chevalerie.

Notre vision du monde arthurien est faite de tous ces apports, parfois très tardifs. J'ai essayé pour ma part de retrouver les êtres qui furent à la source de cette légende et de les resituer dans le contexte véritable de leur époque. Ce récit est une fiction, bien sûr, où se

1. Le terme « Bretagne » désigne l'Angleterre et le pays de Galles actuels. Dans les récits arthuriens, il peut englober également l'Armorique, ou « Petite Bretagne ».

mêlent le fantastique et le légendaire médiéval, mais il se déroule dans le décor qui fut assurément celui du vrai Merlin, celui qui vécut en Grande-Bretagne au VIe siècle.

De l'Écosse à la Bretagne armoricaine, cette histoire évoque le sombre destin des royaumes bretons peu à peu acculés par la poussée des envahisseurs saxons, gaëls, scots et pictes, et ne présente que des personnages historiques ou légendaires de l'époque. Car l'Histoire et la légende se mêlent étroitement dans ce qu'on connaît de cette période d'invasions et de guerres qui donna naissance au mythe arthurien, ce qui permet de faire des choix parmi les différentes hypothèses et de construire un récit où l'imaginaire et la réalité peuvent former une certaine cohérence.

Parmi ces différentes hypothèses, je me suis attaché au Merlin « historique », ce qui bouscule nécessairement quelques a priori, et en premier lieu celui de son lien intime avec Arthur. C'est pourquoi j'ai voulu expliquer ma démarche en quelques pages, avant que commence cette histoire…

Merlin et Arthur

Selon la légende, le roi Arthur serait né entre 470 et 500 et aurait péri vers 542 à la bataille de Camlann, contre une coalition de Pictes, de Gaëls et de Saxons menée par son neveu incestueux Mordred. Merlin, pour sa part, est mentionné lors de la bataille d'Arderydd en 573, soit quelque soixante-dix ans plus tard. Il est donc plus que probable qu'Arthur ait été mort et enterré depuis longtemps quand Merlin vit le jour, ce qui remet sérieusement en question l'image traditionnelle d'un vieil enchanteur éduquant le jeune roi Arthur. Au regard de l'histoire, il ne peut y avoir que deux explications à cet anachronisme : soit les auteurs des premiers textes arthuriens ont volontairement ou involontairement mélangé les dates, soit l'un des deux personnages n'a en réalité pas existé. Ou du moins pas sous le nom d'Arthur ou de Merlin.

Or, si l'existence de Merlin – Myrddin en gallois –, barde du roi de Cumbrie Gwenddoleu, semble avérée historiquement, ce n'est pas le cas d'Arthur. L'*Historia Brittonum*, attribuée à Nennius, est le premier texte à évoquer Arthur, mais en tant que « chef de guerre » et non en tant que roi. C'est Geoffroy de Monmouth, auteur au XIIe siècle de l'*Historia Regum Britanniae*, des *Prophetiae Merlini* et d'une *Vita Merlini*, grand initiateur des récits arthuriens bientôt suivi d'auteurs français comme Chrétien de Troyes (1150), Robert Wace (1155) ou Robert de Boron (1200), puis d'auteurs allemands, italiens et même islandais, qui en fait le grand roi des Bretons, alors qu'Arthur n'est pas évoqué par le premier historien de la Bretagne, saint Gildas, qui, lui, était contemporain des faits. Gildas aurait-il pu « oublier » le plus grand roi de l'époque dans son œuvre principale, *De Excidio Britanniae* (« Sur les ruines de la Bretagne »), écrite dès 529, c'est-à-dire en principe du vivant d'Arthur ? C'est difficile à croire. Il est plus probable que Geoffroy de Monmouth et ses successeurs (écrivant, eux, cinq cents ans après les faits) se soient inspirés de nombreuses figures de l'histoire des îles Britanniques pour créer Arthur et une galerie de personnages réunissant les caractéristiques et les exploits de plusieurs héros bretons des années 400 à 600.

D'une certaine façon, il en va de même pour Merlin, puisque le personnage de la légende arthurienne a été façonné à partir de deux ou trois Merlin historiques. Le premier est Merlinus Ambrosius, prince du royaume gallois de Dyfed ; encore enfant, il aurait, selon la légende, prédit au roi Vortigern sa chute prochaine, ce qui situe son existence dans les années 450. La concordance des noms et des dates laisse penser qu'il s'agirait en fait d'Ambrosius Aurelianus, chef breton rival de Vortigern. Le deuxième, plus historique, est le barde Myrddin qui participa à la bataille d'Arderydd en 573 – cent vingt ans plus tard –, devint fou et s'exila dans les bois de Celyddon, en Écosse. Le troisième se nomme Lailoken. C'était lui aussi un homme sauvage, rencontré par saint Kentigern à la même époque.

À la recherche du vrai Arthur…

Il semble certain qu'il n'y ait pas eu de roi Arthur historique, en tant que grand roi des Bretons. Mais la notion de « roi » et de « royaume », à l'époque, était très différente de ce qu'on imagine aujourd'hui. La plupart des royaumes de Bretagne étaient minuscules et ne regroupaient parfois que quelques villages. Ces territoires ne cessaient de se faire la guerre, mais ils pouvaient également s'unir sous l'autorité d'un « grand roi » pour s'attaquer ou résister à un adversaire supérieur. Ce fut le cas vers 450, lorsque l'île privée de ses défenseurs romains fut menacée de toutes parts. Les Pictes, au nord, les envahisseurs « saxons » (ce terme générique regroupe en fait des contingents angles, jutes, saxons, frisons et même francs) à l'ouest, et les

Gaëls venus d'Irlande ou du royaume irlandais de Dal Riada, en Écosse, à l'est.

Dans ce contexte de conflits incessants, Arthur était peut-être un chef de guerre dont la vaillance devint légendaire, par exemple à la bataille de Mount Badon vers 500. Pourtant on nous dit qu'Arthur est mort vers 540, à l'âge de soixante ans, au cours de la bataille de Camlann ; si cela est vrai, il n'aurait été âgé que d'une vingtaine d'années à Mount Badon, ce qui est bien jeune pour en faire le chef suprême des armées bretonnes. En outre, saint Gildas, qui dit lui-même être né l'année de la bataille de Mount Badon, n'évoque pas Arthur dans sa relation des faits et attribue nettement cette victoire à Ambrosius Aurelianus. Arthur est en revanche cité à deux reprises dans les *Annales Cambriae* – un ensemble de chroniques compilées en 950 et dont les plus anciennes remonteraient au VIe siècle – pour sa participation à la bataille de Badon et pour sa mort, ainsi que celle de Medrault (Mordred), à la bataille de Camlann. Mais de récentes études tendent à prouver que ces *Annales* se sont inspirées largement de chroniques irlandaises écrites antérieurement ainsi que de l'œuvre de Gildas, et que les évocations d'Arthur sont des ajouts ultérieurs.

Le seul élément ancien indéniable concernant Arthur est une ligne d'un poème épique du barde Aneurin, *Y Goddodin*, dans lequel il parle de la vaillance d'un guerrier en la relativisant par cette appréciation : « bien qu'il ne soit pas Arthur ». Cette ligne ne nous dit pas qui était Arthur, mais elle indique que ce nom était en tout cas une référence en matière de bravoure dès le VIe siècle…

Revenons à l'*Historia Brittonum* attribuée à Nennius, le premier texte qui évoque Arthur en tant que « chef de guerre » (*Dux Bellorum*). Selon ce texte, Arthur aurait livré douze batailles. La plupart, hélas, ne sont pas identifiables, et celles qui le sont ont été remportées par d'autres ou appartiennent clairement au domaine légendaire. La douzième, celle de Badon, fut en réalité remportée par Ambrosius Aurelianus, même si Arthur peut y avoir participé. La dixième, « livrée sur les berges de la rivière Tribuit », est une référence à un vieux récit traditionnel gallois évoquant une bataille contre des loups-garous. La septième, livrée dans la forêt calédonienne (*Cat Coit Celidon*), évoque, elle, le fameux *Kat Godeu*, le « combat des arbres » imaginé par le barde Taliesin. Et ainsi de suite…

On voit bien à quel point Arthur est devenu, dès le IXe siècle, un archétype, capable de rassembler un corpus de légendes et de faits historiques autour d'une seule et même épopée.

Sa légende a très probablement été élaborée au fil des siècles, les exploits de plusieurs guerriers distincts y ayant été incorporés. L'un d'eux pourrait être Artur mac Aedan, fils d'Aedan mac Gabran, roi christianisé du royaume de Dal Riada, en Écosse, contemporain de Merlin/Myrddin. Ce cas particulier est intéressant, car il semble que la légende d'Arthur était déjà populaire à cette époque et que le Scot Aedan mac Gabran ait nommé son fils Artur parce que ce prénom était glorieux. Il n'empêche que certains des éléments de la vie d'Artur mac Aedan ont vraisemblablement été assimilés à celle du légendaire roi Arthur. Ainsi, pour reprendre la liste de ses douze batailles évoquée plus haut, les quatre livrées sur la rivière Dubglas sont probablement de son fait, sans doute contre les Pictes de la tribu des Miathi.

Par ailleurs, des chercheurs américains ont récemment mis en lumière la ressemblance existant entre la légende arthurienne et certains éléments de la mythologie scythe, qui auraient été introduits en Grande-Bretagne vers l'an 200 après qu'un corps de cinq mille cinq cents cavaliers iazyges – une tribu scythe vaincue par Marc Aurèle – eut été envoyé en garnison le long du mur d'Hadrien. Ces archers lourds, vêtus de cottes de mailles – les Romains les nommaient cataphractes – sont sans doute à l'origine d'un certain nombre de légendes évoquant des chevaliers en armure étincelante… À une époque où l'armure n'existait pas. Détail troublant : l'emblème de ces cavaliers, laissé en graffiti sur le mur d'Hadrien, était une épée plantée dans la roche. Et leur commandant était un certain Lucius Artorius. Lui aussi a pu contribuer à la légende…

Des dizaines d'autres candidats au poste d'« Arthur historique » ont été évoqués, tels le prince gallois Owain Ddantgwyn ou le prince Arthur ab Peter, né en Dyfed vers 570-580, sans qu'aucun d'eux l'emporte.

Mais peut-être, enfin, ne s'agit-il que d'un surnom.

La piste symbolique

Le nom Arthur dérive du mot « ours » (*arzh* en breton, *arth* en gallois), en passant par le terme brittonique Art-gur, l'« homme-ours ». Les arts martiaux celtiques associent systématiquement les guerriers à des animaux ou a des arbres, et ce nom symbolique a pu être attribué à un chef de guerre historique, en hommage à sa valeur. Dans les textes gallois, des guerriers sont fréquemment comparés à des ours pour leur force ou leur férocité.

Une autre piste passionnante souligne qu'Arcturus (« le gardien des ours », en grec) est le nom d'une étoile brillante associée à la Grande Ourse, souvent utilisée dans la littérature latine pour désigner le Grand Nord (ainsi, Lucain désigne les Gaulois, dans *Bellum Civile*, comme des *arctoas gentes*, peuples du Nord). Nommer un héros Arcturus, c'est le lier à la fois au Nord et à la puissance belliqueuse de l'ours. On peut d'ailleurs relever dans l'immense panthéon celtique plusieurs divinités liées à l'ours : Artaios (semblable à l'ours), Dea Artio (déesse ourse), Artgenos (fils de l'ours), Andarta (ours puissant), etc.

Enfin, le dieu guerrier Bran, figure importante du panthéon breton, était communément surnommé Arddu (prononcer *Arthiew*), « le Sombre », surnom qui est également donné à Satan dans la Bible galloise. Sans aller jusqu'à dire qu'Arthur était un dieu, on peut relever l'aspect divin de son nom et de son « totem », l'ours, et dès lors se demander si, pour toutes ces raisons confondues, ce nom n'était pas en fait un surnom.

Dans la tradition celtique, connaître le vrai nom d'une personne, c'est s'approprier son âme. On voit dès lors se multiplier les surnoms, tant pour les hommes que pour les royaumes ou les dieux. Comme dans le cas de César, on voit aussi des noms de chefs célèbres se transmettre de génération en génération. Ce fut sans doute le cas de Vortigern et d'Ambrosius Aurelianus, car leur longévité anormale laisse supposer qu'ils eurent l'un et l'autre des successeurs portant leur nom.

Pour l'ensemble de ces raisons – absence de preuve historique de l'existence d'Arthur, signification symbolique de son nom, volonté de s'approprier grâce au surnom l'aura d'un héros antérieur, concordance des dates –, je pense que le véritable Arthur est Riothamus, un chef de guerre ayant œuvré en Gaule et qui, pour de nombreux chercheurs, serait Ambrosius Aurelianus lui-même, le vainqueur véritable de Badon. Le terme « Riothime » correspond à la forme ancienne « Rigotamos », qui signifie « roi suprême » ; par conséquent, tout comme les termes voisins de « Vortigern » ou « Vercingétorix », il ne s'agit pas d'un nom propre mais d'un titre.

Selon Geoffroy de Monmouth, Ambrosius Aurelianus, chassé de l'île par Vortigern, se serait réfugié en Gaule au milieu du Ve siècle. Il m'a semblé avoir trouvé là suffisamment d'éléments concordants pour construire ce récit sur l'hypothèse qu'Ambrosius Aurelianus est bien le modèle du roi Arthur et que c'est à lui, sur un plan historique, qu'il faut attribuer les exploits de celui-ci. Ambrosius aurait été surnommé « l'Ours » tout comme on appela plus tard Napoléon Ier « l'Aigle ». En référence à ce grand roi, d'autres personnages ont été nommés Arthur, comme le Scot Artur mac Aedan, et – qu'il s'agisse d'une erreur des auteurs de l'époque ou d'une volonté délibérée – ont contribué à enrichir sa légende.

Selon la légende toujours, le frère d'Ambrosius, Uter Pendragon, marié à Ygerne de Cornouailles, aurait donné naissance à Anna (ou Morgause), puis à Arthur. Durant leur exil en Armorique lors du règne de Vortigern, Anna aurait épousé le roi de Domnonée armoricaine [1], Budic Mur. Ils engendrèrent Hoel, lui-même père de vingt-deux enfants, dont le célèbre Judikael. Mais Uter Pendragon a-t-il existé, ou n'est-ce

1. Le nord de l'actuelle Bretagne.

encore qu'un surnom d'Ambrosius ? Utr Pendragon signifie « terrible tête de dragon », et l'on retrouve ici une fois encore nos cavaliers scythes : ceux-ci avaient comme fanion de guerre un poisson à tête de bélier, sorte de manche à air fixée en haut d'une lance et qui, sous l'action du vent, se tordait en tous sens en émettant un son aigu. Il est avéré que les anciens Bretons conservèrent ce type de fanion, et d'ailleurs le terme « dragon » continue aujourd'hui encore à désigner certains corps de cavalerie. Le « pendragon » peut donc simplement signifier « enseigne de cavalerie ». Quant au fait qu'Arthur soit le fils d'Uter, toute la légende est venue d'une phrase peut-être mal interprétée : « Arthur mab utr », qu'on a traduit par « Arthur, fils d'Uter » peut en effet signifier également « Arthur, le fils terrible ».

Le flou extrême des datations et de la géographie – les limites des royaumes bretons sont inconnues, de même que la localisation précise de nombreuses batailles historiques ou légendaires – empêche de trancher définitivement la question. Et c'est d'ailleurs ce qui contribue sans doute à l'extraordinaire pérennité de la légende arthurienne.

Légende et réalité

Quand Geoffroy de Monmouth rédige son *Histoire des rois de Bretagne* vers 1138 et sa *Vie de Merlin* en 1150, suivi de près par Chrétien de Troyes, Robert Wace et Marie de France, il se fonde sur des contes populaires tenaces, qui prouvent qu'Arthur était déjà à cette époque une figure légendaire. En 1154, Henry Plantagenêt, roi d'Angleterre, s'appuie sur ces légendes pour légitimer sa dynastie et s'attribuer un lignage aussi prestigieux que pouvait l'être celui des rois français descendant de Charlemagne. Dans cet esprit, les similitudes entre l'épopée arthurienne et celle de l'empereur « à la barbe fleurie » abondent : on peut comparer Lancelot au preux Roland, Excalibur remplace Durandal, et Mordred égale en traîtrise le terrible Ganelon…

Le génie et l'audace extraordinaire de ces auteurs, qui écrivent plus de six cents ans après les faits, est de mélanger à leur récit des personnages historiques comme Vortigern, Ambrosius Aurelianus, le roi Rhydderch ou le roi Uryen, des personnages légendaires comme Arthur ou Uter, des créatures mythiques, des fées ou des nains, et de nombreux éléments appartenant aux religions celtiques. Ces symboles, dont la signification nous est parfois devenue étrangère, avaient pour les lecteurs ou auditeurs de l'époque une résonance évidente. Si, aujourd'hui, on parle dans un roman d'un personnage qui s'agenouille devant une croix, il n'est pas besoin d'expliquer qu'il s'agit d'un symbole chrétien. De même, lorsque le roi Arthur tire sa légitimité de l'épée Excalibur arrachée à une pierre, chacun faisait alors le parallèle avec deux des plus importants objets sacrés des religions celtiques, l'épée du dieu Nudd et la pierre de Fal – the Lia Fal of Tara, en Irlande –, qui criait à l'approche d'un roi légitime. On peut donc en déduire que les récits arthuriens, à l'instar des aventures de Gilgamesh ou d'Hercule, avaient une dimension sinon religieuse, du moins mythologique. Par la suite, la christianisation sans cesse croissante de la légende arthurienne a progressivement gommé ces références, tout en faisant d'Arthur un modèle universel, le seul personnage littéraire dont l'histoire n'a jamais cessé d'être enrichie, du Moyen Âge à nos jours et d'un bout à l'autre de l'Europe.

J'ai voulu raconter ici une histoire de Merlin à travers quelques-uns de ces événements où l'Histoire et la légende se mêlent, en essayant d'être aussi fidèle que possible à la chronologie et aux enjeux de l'époque. Les quelques repères suivants – fluctuant parfois de vingt ans ou plus selon les auteurs – vous permettront, je l'espère, de vous représenter le cadre historique de ce récit… imaginaire.

Jean-Louis Fetjaine

CHRONOLOGIE

383 – Constatant la décadence de l'Empire romain, le général Maximus, commandant des légions stationnées sur l'île de Bretagne, se fait proclamer empereur et franchit la Manche à la tête de ses troupes. Il est vaincu quelques années plus tard par l'empereur légitime Théodose, et ses contingents ne reviennent pas en Bretagne.

400 – Des Saxons tentent de s'installer sur l'île, privée de ses défenseurs romains. Ils sont repoussés par Constantin (Kystennin en Gallois), que la légende présente comme le père de Constant, Uter et Ambrosius (Emrys).

410 – Constantin se taille lui aussi un empire en Gaule, s'oppose à l'empereur Honorius et meurt à Arles. Restés seuls face aux envahisseurs pictes et gaëls, certains Bretons s'affranchissent des lambeaux de la domination romaine, s'arment et fondent des royaumes, tandis que d'autres, en vertu d'un édit tardif de l'empereur Honorius les autorisant à défendre eux-mêmes l'île de Bretagne, se considèrent comme « les derniers des Romains ». Cette séparation

entre esprit d'indépendance et vocation d'un retour à un pouvoir central marquera les siècles suivants.

425 ou 446 – Début du règne de Vortigern, nom signifiant « grand roi ». Il s'oppose à deux rivaux bretons, Vitalinus et Ambrosius.

428 ou 449 – Vortigern fait appel à des mercenaires saxons (foederati) pour lutter contre les Gaëls (Irlandais) et les Pictes, mais aussi contre ses rivaux.

437 ou 458 – « Révolte » des Saxons menés par Hengist et Horsa, et bataille de Guoloph (Guollopum), où combat Ambrosius, rival de Vortigern.

445 – Naissance d'Ambrosius Aurelianus. La nature de sa filiation avec l'Ambrosius qui précède est inconnue. C'était son fils, son neveu ou un simple successeur. Première épidémie de peste en Grande-Bretagne.

460 – Fin de la révolte saxonne. Vortigern meurt (tué par Ambrosius Aurelianus dans une forteresse de Gwynedd, pays de Galles) ou part en exil (en Bretagne armoricaine, où il deviendrait saint Gurthiern).

470 – Date possible de la naissance d'Arthur. Né d'Uter Pendragon, le frère légendaire (et non historique) d'Ambrosius Aurelianus, il serait donc le neveu de ce dernier.

475 – Début du règne d'Ambrosius Aurelianus. Série de victoires contre les Saxons. En Bretagne armoricaine, à la même époque, un chef nommé Riothime (Riothamus) – sans doute est-ce un surnom au même titre que Vortigern ou Vercingétorix – remporte des victoires contre les Francs. Peut-être s'agit-il d'Uter Pendragon, ou d'Ambrosius Aurelianus lui-même.

477 – Arrivée du roi Aelle en Sussex (Saxons du Sud).

Vers 500 – Bataille de Mount Badon, qui marque l'arrêt provisoire de l'expansion saxonne. Selon la légende, cette bataille est gagnée par Arthur. Sans doute s'agit-il du chef de guerre (*Dux bellorum*) d'Ambrosius Aurelianus ou, encore une fois, d'Ambrosius lui-même. Cette période de succès, la dernière avant une série de désastres, au long des années 550-600, est sans doute le meilleur argument en faveur d'Ambrosius en tant qu'Arthur historique. Le souvenir de ses victoires, ainsi que de sa capacité à réunir les royaumes bretons sous une même bannière, le rendra légendaire.

Vers 530 – Mort d'Ambrosius Aurelianus, peut-être empoisonné à Guyntonia (Winchester).

534 – Établissement du royaume de Wessex (Saxons de l'Ouest) par Cynric.

537 ou 542 – Mort supposée d'Arthur à la bataille de Camlann (Camboglana, près du mur d'Hadrien).

558 – Le roi picte Bridei mac Maelchon bat Gabran, roi des Scots Dal Riada. Gabran meurt l'année suivante, et le royaume de Dal Riada sur lequel règne désormais son cousin Conall passe sous contrôle des Pictes.

563 – Arrivée de saint Columba sur l'île d'Iona.

573 ou 575 – Bataille d'Arderydd entre le roi Gwenddoleu de Cumbrie et ses cousins Gwrgi (prononcer *Gourgi*) et Peredur de Gwynedd. Merlin, barde de Gwenddoleu, y gagne un torque d'or en raison de sa bravoure. Des Gaëls d'Hybernie (Irlande) auraient participé à cette bataille.

574 – Début du règne d'Aedan mac Gabran, roi des Scots Dal Riada, en Écosse. Ennemi acharné des Pictes, il aura à cœur de venger la défaite subie par son père Gabran en 558. L'un de ses fils se nomme Artur

(sans *h*), et ses exploits de guerrier chrétien ont sans doute contribué à la légende du maître de la Table ronde. Artur mac Aedan meurt lors d'une bataille contre la tribu picto-bretonne des Miathi, vers 596.

577 – Bataille de Dyrham, qui donne aux Saxons les villes de Gloucester, Cirencester et Bath, et coupe les Bretons du pays de Galles de leurs frères de Cornouailles.

580 – Le chef breton Waroc (ou Gwereg) se taille contre les Francs un royaume en Armorique (Vannetais), qu'il nomme Bro-Waroc, puis Broërec.

586 – Aedan mac Gabran remporte la victoire de Circenn contre les Pictes. Le roi Brude y est tué. Il est remplacé sur le trône du royaume picte par Gartnait, probablement le fils d'Aedan et d'une princesse picte, Domelach.

Vers 590-600 – Offensive avortée du roi Rhydderch de Strathclyde et d'Uryen de Rheged contre les Angles du roi Ida de Bernicie.

— Le roi scot Aedan mac Gabran mène une guerre contre les Angles de Bernicie. Il est vaincu par Aethelfrith, successeur d'Ida, lors de la bataille de Degsastan en 603.

— Désastre de Cattraeth (Catterick), évoqué dans le poème du barde Aneurin *Y Goddodin*, qui voit la défaite du roi Mynyddawg de Goddodin contre une coalition anglo-picte menée par les rois Aelle et Aethelfrith, lequel devient le plus grand potentat de la région.

Ces trois offensives menées contre les Angles et les Pictes durant la période 590-600 semblent indiquer une forme d'alliance objective entre les Scots Dal Riada et les royaumes bretons, ou du moins une communauté d'intérêts, à laquelle l'évangélisation progressive de l'Écosse et du pays de Galles n'est sans doute pas étrangère. Période noire au demeurant, puisque chacune de ces offensives s'achève tragiquement pour les Bretons et les Scots.

Vers 612 – Mort de Rhydderch.

613 – Aethelfrith bat une armée galloise venue de Powys et du Gwynedd.

616 – Défaite de Chester, au cours de laquelle le roi Aethelfrith fait massacrer les moines de Bangor venus prier pour la victoire des Bretons. Cette défaite sépare les Bretons du Nord (l'actuelle basse Écosse) des royaumes du pays de Galles.

Dès lors, les Bretons vaincus ne cessent d'attendre et d'espérer la venue d'Arthur, le légendaire libérateur de la Bretagne.

Vers 830 – Le Gallois Nynniaw, plus connu sous le nom de Nennius, compose son *Historia Brittonum*, dans laquelle sont évoquées les batailles d'Arthur, environ trois cents ans après les faits.

LES PERSONNAGES

Par ordre alphabétique

Pour faciliter la lecture, j'ai simplifié l'orthographe des noms gallois, souvent imprononçables pour des lecteurs continentaux. La graphie originelle est donnée entre parenthèses.

AEDAN MAC GABRAN : roi des Dal Riada, successeur de Conall mac Comgaill. Surnommé « le Rusé » ou « le Traître ».

ALDAN : reine de Dyfed, veuve d'Ambrosius.

AMBROISE AURÉLIEN (Ambrosius Aurelianus – Emrys Gwledig) : riothime (roi suprême) des Bretons vers 469, vainqueur des Saxons à Mons Badonicus.

ANEURIN : barde du roi Mynydog.

BLAISE : bénédictin au service de la reine Aldan.

BRUDE (Bridei mac Maelchon) : roi des Pictes.

DAWI : abbé de Caerfyrddin, supérieur de Blaise.

DOMELACH : première épouse d'Aedan mac Gabran, sœur du roi Brude.

GUENDOLEU (Gwenddoleu) : roi de Cumbrie.

GUENDOLOENA (Gwenddolyn) : sœur de Ryderc.

GWENFAEN : abbé de Môn (Anglesey).

KENTIGERN : abbé de Ryderc, évangélisateur du Strathclyde et de la Cumbrie.

LANGUORETH : reine de Cadzow, épouse de Ryderc.

MERLIN (Emrys Myrddin) : fils d'Aldan de Dyfed, barde du roi Guendoleu de Cumbrie.

MYNYDOG (Mynyddawg) : roi des deux royaumes de Manau Goddodin.

RYDERC (Rhydderch) : roi de Strathclyde.

TALIESIN : barde du roi Urien de Rheged.

URIEN (Uryen) : roi de Rheged, père d'Owen.

WID : prince picte, l'un des fils de Brude.

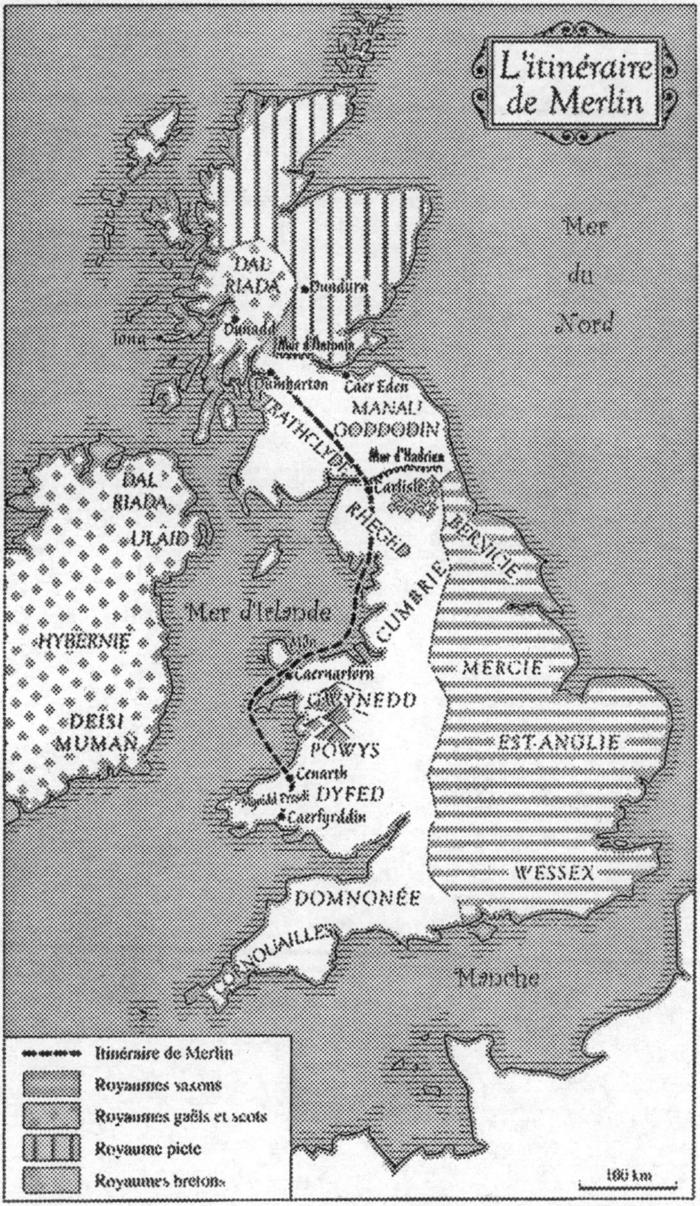

L'itinéraire de Merlin
Mer du Nord
DAL RIADA
Dundurn
Dunadd
Iona
Mur d'Antonin
Dumbarton
Caer Eden
MANAU GODDODIN
STRATHCLYDE
Mur d'Hadrien
Carlisle
DAL RIADA
ULAID
RHEGED
BERNICIE
CUMBRIE
Mer d'Irlande
HYBERNIE
MERCIE
Caernarfon
GWYNEDD
DEISI MUMAN
POWYS
EST-ANGLIE
Cenarth
DYFED
Caerfyrddin
WESSEX
DOMNONÉE
CORNOUAILLES
Manche
Itinéraire de Merlin
Royaumes saxons
Royaumes gaëls et scots
Royaume picte
Royaumes bretons
100 km

I

Le présage

L'HIVER était déjà là.

Ce matin, l'air était différent, plus vif, plus pur. Il n'y avait pas de vent, pas de bruit, pas de pluie, tout juste un léger crachin qui faisait briller l'herbe rase et la roche noire de Dun Breatann [1]. De l'estuaire parfaitement calme suintaient des fumerolles de brume, qui masquaient à demi les sombres collines de l'ouest. La mer et le fleuve se confondaient dans le même halo vaporeux, la même grisaille déprimante. Du haut de son bastion, une simple enceinte de rondins à plus de dix perches [2] au-dessus de la mer, Ryderc gardait les yeux rivés sur les flots désespérément vides. Le jeune roi était seul. Dès son arrivée, les gardes s'étaient retirés sans un mot, trop heureux d'aller se réchauffer dans la hutte

1. « La Forteresse des Bretons ». Aujourd'hui Dumbarton, près de Glasgow, sur la rive nord de l'estuaire de la Clyde.

2. Environ soixante-dix mètres.

basse qui leur servait d'abri. La nuit avait été longue, sous le vent glacé soufflant du large…

Emmitouflé dans son manteau[1] d'ours déjà détrempé par les embruns et la bruine, Ryderc contempla les contreforts abrupts qui marquaient la limite nord de son royaume, suivit des yeux les méandres de la rivière Leven venant se jeter dans le grand fleuve, puis s'arrêta sur la ville basse, nichée au creux des deux sommets jumeaux abritant sa capitale. Une forteresse naturelle que les moines appelaient Petra Coithe, le rocher de la Clyde, mais que les hommes de la garnison surnommaient *y Bronnau Du*, les Seins Noirs, tant les deux mamelons volcaniques qui dominaient l'estuaire évoquaient, vus de la mer, une sombre poitrine. La plus ferme et la plus orgueilleuse qui puisse se voir d'un bout à l'autre de la terre. Les seins de la déesse Clota, gardienne de la rivière et protectrice de son royaume…

La ville s'éveillait peu à peu. Ryderc sentait monter jusqu'à lui des odeurs de feu de bois, de vin chaud et de forge. Partout, dans l'arc de terre protégé par la première enceinte, les ruelles se remplissaient d'hommes et de bêtes, et en quelques instants retrouvèrent l'agitation habituelle de ces derniers jours. La bruine avait fait tomber le vent, et nul n'était encore sorti en mer aujourd'hui, ni pour pêcher, ni pour commercer. Les coracles gisaient sur la rive, ronds et luisants comme des carapaces de tortue, parmi les algues et le sable noir. Des pêcheurs désœuvrés s'affairaient auprès de leurs filets, battaient la semelle ou se regroupaient autour d'une flambée. Un troupeau se frayait un chemin hors des étables, sous les cris des

1. Le manteau, au Moyen Âge, est une cape fixée au col.

bouviers. À l'extérieur de l'enceinte, un contingent d'hommes d'armes partait relever les gardes de la nuit aux avant-postes, croisant des chasseurs qui, de retour des collines, traînaient sur un travois la dépouille d'un cerf.

Ryderc poussa un long soupir et s'écarta de la palissade de rondins pour mieux contempler le fleuve. Toute cette agitation semblait lointaine, diffuse, importune et vaine. Très loin de lui, le raclement des armes, les mugissements des bœufs et les piaillements haut perchés d'une voix de femme se noyaient dans le brouillard, sans l'atteindre.

Depuis deux jours déjà, il passait le plus clair de son temps sur cette colline battue par la pluie et le vent, guettant à l'horizon le retour de l'évêque-abbé Kentigern. Deux jours entiers perdus à scruter l'estuaire désert... Il y avait beaucoup à faire, aujourd'hui, bien d'autres tâches plus urgentes et utiles que se ronger vainement les sangs dans ce poste de guet, mais le sort du prélat et de son ambassade ne cessait de l'obséder. C'était un long voyage et une navigation difficile, jusqu'à l'île sainte d'Iona. Peut-être Kentigern avait-il dû s'arrêter sur les côtes du Kintyre, d'Arran ou de Bute, peut-être flottait-il quelque part au large, exsangue et enflé d'eau, emportant dans sa tombe liquide le message qu'il rapportait d'Iona. Peut-être même n'y était-il jamais arrivé... Les coracles aux voiles carrées, avec leur coque de bois et de cuir, ne pouvaient affronter la haute mer et devaient louvoyer le long des côtes. Une saute de vent avait pu drosser son esquif contre des brisants, ou exciter la convoitise de pirates scots... C'était pourtant la seule route possible. Par voie de terre, il aurait fallu traverser le pays des Scots du clan des Dal Riada, puis les sauvages étendues du royaume picte. Aucune chance, même pour un moine…

Le claquement d'une bannière contre les remparts de rondins arracha brusquement Ryderc à ses pensées lugubres. Le vent se levait, dispersant la brume. Un mince rayon de soleil transperça timidement les nuages et illumina l'estuaire. Soudain, son corps tout entier fut secoué d'un frisson violent et il s'ébroua comme un chien. Sa barbe et ses cheveux bruns étaient détrempés et poisseux, tout autant que ses vêtements et ses épaisses bottes de peau. Ryderc s'essuya le visage puis défit la fibule d'or qui retenait sa cape, si lourde d'eau qu'elle l'étranglait à moitié, et laissa tomber à terre son manteau. Le soleil éclairait maintenant toute la rive sud de la Clyde, à perte de vue. Un pays de collines rases et rondes, de forêts et de landes battues par le vent. Le Strathclyde [1]… Son royaume.

Loin dans le Sud, le pays commençait au vieux mur d'Hadrien et s'étendait jusqu'aux montagnes du Nord, jusqu'aux pierres pictes gravées d'étranges symboles qui marquaient la frontière de leur territoire immense. Bien au-delà des terres conquises par les empereurs de Rome. Plus loin au nord qu'aucun autre clan breton. Un royaume de conquérant, arraché aux montagnes, à la mer et aux hordes barbares par son aïeul Ceretic, avec, plantée là comme un défi face à l'immensité des hautes terres, Dun Breatann, la forteresse des Bretons… Malheur à qui voudrait la lui prendre…

— Ryderc !

Le roi sursauta, puis se ressaisit en reconnaissant sa sœur Guendoloena, alors qu'elle franchissait l'étroite

1. Également nommé Arcluyd, région de basse Écosse (Southern Uplands) comprise entre Glasgow au nord et Carlisle au sud.

poterne menant à l'enceinte du poste de guet. Essoufflée par son ascension, elle lui tendit sans un mot une cape de laine qu'il accepta avec un sourire avant de s'en envelopper frileusement.

— Tu me frottes le dos ?

Sans attendre la réponse de sa sœur, le jeune homme revint s'appuyer contre la palissade de rondins. La mer, à présent, miroitait sous le soleil. L'estuaire était dégagé, jusqu'aux masses sombres des collines de Cowall, au loin. Les pêcheurs s'agitaient, tout en bas, tiraient enfin leurs coracles hors de la vase noire, chargeaient leurs filets.

— Je savais que je te trouverais ici, dit-elle en l'étrillant vigoureusement. À moi, au moins, tu peux dire ce que tu attends, non ?

Ryderc sourit de nouveau.

— J'attends un signe de Dieu.

— Un signe de Dieu, ou de Kentigern ? murmura-t-elle.

Il ne répondit pas, mais se retourna pour lui saisir le bras et l'attira contre lui, sous la cape de laine.

— Comment ça se passe, en bas ? Tout est prêt pour les recevoir ?

— La ville ressemble à une étable, ou à une porcherie, si c'est ce que tu veux savoir, fit Guendoloena en se serrant contre lui. On a encore amené un troupeau de buffles, tout à l'heure. Les gens disent que tu es devenu fou, que tu veux nourrir la Bretagne tout entière.

— Pas toute la Bretagne, petite sœur. Mais tous ses rois. Et je veux qu'ils en soient éblouis…

Ryderc s'écarta d'elle, contempla quelques instants la bannière royale qui les surplombait, plaquée par les embruns contre son mât, puis fit demi-tour et la dévisagea. À peine plus jeune que lui, seize ou dix-sept ans au plus, elle semblait parfois être sa fille. Ses longs cheveux noirs et son teint de neige étaient chantés par les bardes de tous les royaumes du Nord, jusqu'en Cumbrie, depuis longtemps déjà. De s'être serrée contre lui, sa longue robe rouge était trempée et révélait des formes épanouies. Ce n'était plus, en vérité, la fillette dont leur père Tudwal lui avait confié la garde, mais une femme, bonne à marier. Il faudrait s'en souvenir... Ryderc détourna le regard et reporta son attention sur l'estuaire. Le miroitement des vagues lui blessait les yeux, mais on croyait voir...

— Pourquoi as-tu convoqué le conseil des rois ? dit-elle dans son dos. C'est la guerre à nouveau, c'est ça ? Et contre qui, cette fois ? Les Dal Riada, les Pictes, les Saxons [1] ? Qu'importe, n'est-ce pas... Tu es resté ici trop longtemps, la guerre te manque !

Ryderc n'écoutait pas. Au loin, une voile se balançait sur les flots. La petite voile carrée d'un coracle, venu de haute mer. Rejetant brusquement la cape de sa sœur, il s'élança vers la poterne et l'escalier de pierre qui descendait au cœur des deux collines, sans plus s'occuper d'elle.

D'un même élan, il franchit la terrasse supérieure, où s'abritaient ses logements et ceux de la maison royale, bousculant servantes et gens d'armes, jusqu'à l'étroit poste de garde de la troisième enceinte. Les hommes, arrachés à leur torpeur, n'eurent que le temps de lui ceindre les reins d'un baudrier chargé d'une courte épée et de saisir leurs piques avant de s'élancer

1. Ce terme, dans la bouche des Bretons, désignait toutes les tribus germaniques présentes sur l'île : Saxons, mais aussi Angles, Frisons, Jutes et Francs.

à sa suite. Mais le roi marchait trop vite, et ils le perdirent presque aussitôt dans la foule encombrant les abords du fort. C'était une folie. Toute la ville basse, jusqu'à la première enceinte et au-delà, jusqu'aux rives mêmes de la Clyde, était encombrée d'échoppes, gorgée d'une populace venue de tout le pays en prévision du conseil des rois et des festivités. Dès les premiers rayons de soleil, tout ce monde s'était répandu sur la berge nord de l'estuaire, s'enivrant de sa propre masse, bruyante et désœuvrée, s'agglutinant autour de quelques fromentées mises à bouillir dans de larges chaudrons, en attendant une heure décente pour recommencer à boire. Dun Breatann n'était qu'une ville de garnison, une forteresse austère, détrempée par la pluie et battue en permanence par le vent du large, baignée de l'odeur du poisson que l'on y fumait en plein air à longueur d'année, mais elle avait changé de visage, ces derniers jours. Tout ce que le Nord comptait de bouviers, marauds, bouchers et poissonniers, tonneliers, boulangers ou charrons semblait s'être donné rendez-vous dans les ruelles fangeuses longeant la Clyde. Il y avait là de faux bardes pinçant de tristes harpes, des fèvres [1] et orfèvres forgeant armes et bijoux, des jongleurs et des montreurs d'ours, des moines, des druides et des putains en nombre, des voleurs et des coupe-jarrets aussi, sans nul doute, cerclant parmi eux tels des gerfauts à la recherche d'une proie. La paille qui, d'ordinaire, garnissait les rues avait été piétinée depuis longtemps, et toute cette foule se crottait les chausses dans le margouillis du ruisseau, parmi les chiens et les poules errant en liberté.

Emporté par son élan, Ryderc déboucha dans une ruelle et vit trop tard le troupeau de porcs qui la barrait

1. Forgerons.

de long en long. Il tenta de sauter, mais ne réussit qu'à s'étaler de tout son long parmi les bêtes, dans un concert de grognements stridents. Il peina à se relever, couvert de boue et le souffle coupé, tandis qu'autour de lui fusaient les rires et les quolibets. Puis certains le reconnurent, passèrent le mot et la foule se dispersa rapidement.

— Un coup de main, compagnon ?

Ryderc accepta le bras tendu, un instant seulement avant de lever la tête. L'homme, vêtu d'une broigne de cuir sombre et d'un épais bliaud de laine brute, portait des cheveux courts, à la mode romaine, et son menton était glabre. Des cheveux blonds et des yeux bleus, perçants, qui démentaient son sourire. Un Saxon. Et sous l'ombre de son manteau, l'éclat d'une lame.

D'un coup de reins, le roi tenta de s'arracher à sa poigne, mais l'homme tenait bon et frappait déjà. En roulant sur lui-même, à se tordre le bras, Ryderc évita le coup et faucha dans le même mouvement les jambes de l'assassin, qui s'écroula comme un tronc d'arbre, à plat sur le dos, dans une gerbe noirâtre. Ryderc chercha son épée au côté, mais l'arme avait glissé hors du fourreau pendant sa chute. Il tenta de se relever, dérapa, prit appui sur la main et poussa un gémissement de douleur. Le coup de dague avait porté, sans même qu'il s'en soit aperçu, ripant sur son large bracelet de cuivre et tranchant la chair, de l'avant-bras au poignet. Il ne parvint qu'à s'agenouiller pour contenir de toutes ses forces le nouvel assaut du tueur. L'homme était aussi grand que lui, mais plus vieux, plus lourd, et animé de surcroît d'une haine effroyable qui déformait à présent ses traits. Ryderc tint bon, malgré tout, et parvint à se relever, agrippé des deux mains au bras armé de son adversaire. Pouce après pouce, la lame se rapprochait pourtant de lui, vibrant entre leurs poignes enlacées. Le roi se sentait faiblir. Son poignet entaillé, dégoulinant d'un sang chaud et luisant, l'élançait affreusement. Le Saxon sourit, sûr de sa victoire, mais à cet instant Ryderc cessa brusquement de résister et se laissa rouler sur le dos, entraînant avec lui son adversaire à terre, dont la dague se planta dans le sol. Bref répit. Avant même qu'il parvienne à se relever, le tueur arrachait son arme de la glaise et lui faisait face de nouveau, terrifiant avec son visage maculé de boue. Ryderc se ramassa pour contenir son assaut, mais quelqu'un, à cet instant, cria dans son dos. Le roi n'eut conscience que d'une ombre fulgurante passant devant ses yeux, puis du grognement étonné de son agresseur. Des mains l'arrachèrent au ruisseau, l'entraînèrent à l'écart. Il se débattit furieusement, jusqu'à ce qu'il reconnaisse le manteau rouge de ses gardes.

— C'est moi, sire, Amig ! cria l'un d'eux. C'est fini…

Ryderc reprit son souffle, dévisagea le sergent en s'appuyant à son épaule et retrouva peu à peu figure humaine. Les deux hommes avaient grandi ensemble à la cour de Tudwal, partagé les mêmes jeux guerriers, monté les mêmes chevaux et bu à la même outre, jusqu'à ce que l'un d'eux devienne roi.

— Garde-le en vie, dit Ryderc en se redressant. Je veux savoir s'il y en a d'autres.

Amig fit la moue et s'écarta.

— Je crois que ça va être difficile, répondit-il en désignant d'un mouvement de menton le corps du Saxon, cloué au sol par deux épieux encore fichés dans son torse.

Ryderc toisa le cadavre avec dégoût, cracha dans sa direction puis fit des yeux le tour de la place. La foule se tenait à distance, observant la scène avec des expressions diverses, frayeur, amusement, exaltation, hostilité même, pour certains… Sans doute y en avait-il d'autres.

— Viens avec moi.

D'un geste que le roi ne remarqua peut-être pas, Amig fit signe à deux de ses hommes d'emmener le corps et aux autres de les suivre. Puis, en courant presque pour suivre la cadence du jeune roi, il trancha une bande de tissu dans son propre manteau et entreprit de le panser tant bien que mal, tout en marchant.

— Ce n'est pas trop profond, dit-il d'une voix hachée, essoufflé par leur allure. Mais il faudrait tout de même…

— Tout à l'heure, grogna Ryderc.

Son bras l'élançait sans nul doute, mais il pressa encore le pas en reconnaissant au loin la haute silhouette de Kentigern, sur l'embarcadère. Des marins et des moines déchargeaient son coracle de pesants ballots soigneusement ficelés, et l'évêque-abbé surveillait l'opération comme s'il s'était agi de quelque trésor. Malgré le froid, Kentigern était pieds nus dans ses sandales. Son froc noir de bénédictin était trempé d'embruns et il tremblait comme une feuille, appuyé à son bâton de pasteur.

— Je vois que tu as trouvé un bon emploi à l'or dont je t'avais muni ! lança Ryderc, encore à distance.

Le vieil homme se retourna lentement et, reconnaissant le roi, entreprit de mettre genou en terre, ce dont Ryderc l'empêcha en se portant vivement jusqu'à lui pour le retenir par le bras.

— Columb Cille[1] te rend grâces de tes présents, roi Ryderc, murmura Kentigern. Tous les moines d'Iona

1. « La Colombe de l'Église », surnom de saint Colomba, évangélisateur de l'Écosse.

honorent tes largesses et célèbrent désormais des messes en l'honneur de Ryderc Hael, « le Généreux ». Colomba a daigné m'offrir ces reliques destinées à...

— Tu lui as parlé ? coupa le roi. Tu lui as posé ma question ?

L'évêque resta un instant interdit, la bouche ouverte et la phrase en suspens, dominant le jeune homme de toute sa taille. Pour la première fois, il aperçut le bras ensanglanté du souverain, les traces boueuses qui maculaient ses vêtements.

— Seigneur ! Que t'est-il arrivé, mon enfant !

— Ce n'est rien, marmotta Ryderc en baissant la tête comme un garnement pris en faute.

Le bénédictin haussa les épaules, saisit le bras emmailloté, et défit le bandage de fortune pour examiner la blessure.

— Qui t'a fait ça ?

— C'est moi, mon père, fit Amig en jetant un regard inquiet au roi.

Kentigern le rassura d'un sourire.

— Je parlais de la blessure, mon fils...

— Ça ira, l'abbé, lança Ryderc avec un rire forcé destiné à ses hommes. J'en ai vu d'autres !

— Qui t'a fait ça ? insista l'évêque, d'un ton grave qui coupa court à ses rodomontades.

— Un Saxon, grogna Ryderc. J'imagine qu'il doit y en avoir d'autres, grouillant dans la ville avec leurs couteaux...

Kentigern leva les yeux et regarda autour de lui d'un air furieux, puis hocha la tête pensivement.

— *Nemet oure saxas*, murmura-t-il.

— Quoi ?

— « Prenez vos couteaux »... C'est l'ordre que le roi Hengist lanca à ses hommes lorsqu'ils égorgèrent les nobles Bretons à l'issue du banquet d'Ambrius [1]... Ils n'ont pas changé, hein ?

Kentigern sourit, prit le roi par le bras et l'entraîna vers le prieuré, l'un des rares bâtiments de pierre de la terrasse supérieure. Refaisant ensemble le chemin inverse, à travers le bourg, les bâtisses militaires et l'étroit chemin menant à leurs quartiers, dans le sillon même des deux rochers, l'abbé le tint serré contre lui, les deux hommes se soutenant l'un l'autre. Malgré ses bravades, sa jeune barbe et ses yeux sombres comme la nuit, Ryderc n'était qu'un enfant, en vérité, un enfant apeuré, élevé dans le sang, la mort et le culte du clan, loin de l'illumination de Dieu. Il avait encore cette allure d'ébauche, cette impatience juvénile et cette effronterie que le temps seul pourrait éroder. Mais au moins avait-il déjà perdu une part de ses certitudes. Avec le doute viennent les questions. De leurs réponses surgit la lumière...

— J'ai vu Columb Cille, dit soudainement l'abbé quand ils parvinrent au poste de garde de la troisième enceinte, assez bas pour que le roi seul l'entende. Et je lui ai posé ta question, mot pour mot... Je dois dire qu'il a eu l'air surpris, et je crois bien que pour nul autre qu'un roi il n'aurait accepté d'interroger Dieu. Il m'a emmené avec lui jusqu'au monastère de Dun I, sur la plus haute colline de l'île, et là nous avons prié, tout le jour, toute la nuit, et le lendemain encore, jusqu'à ce que nos ventres affamés fassent plus de bruit que nos prières !

1. Rapporté par Nennius et Geoffroy de Monmouth. Trompant Vortigern, le roi saxon Hengist s'était ainsi débarrassé de tous les rois bretons, que Vortigern et lui avaient invités à un banquet de réconciliation.

Ryderc émit un ricanement amusé, auquel l'abbé répondit par un sourire qui ne dura guère et se figea dans un rictus, tandis que ses yeux se perdaient dans le vague.

— Je n'ai jamais rien vu de tel, murmura-t-il. Ses disciples le nomment la Colombe de l'Église. Douze disciples, qui l'ont suivi dans son exil il y a dix ans, semblables aux douze apôtres du Christ… Il y avait là des moines d'Ybberdon[1], des Bretons, des Scots et même des Pictes, et nous avons tous prié ensemble, dans la même ferveur…

— Des Pictes ? fit Ryderc d'un ton incrédule. Il y a des moines pictes ?

— Cet homme est un saint, poursuivit Kentigern sans lui prêter garde, emporté par le souvenir d'Iona. Il est le pasteur et nous sommes ses agneaux…

L'abbé s'arrêta et, parvenu à la terrasse supérieure, se détourna de Ryderc pour contempler l'estuaire et l'immensité du ciel. Puis il prit une profonde inspiration, baissa les yeux vers le roi et lui tapota négligemment l'épaule.

— Tu ne seras pas massacré par tes ennemis, Ryderc Hael. La prophétie de Colomba est que tu mourras dans ton lit, la tête sur ton oreiller. Ce sont là les propres mots de Dieu… À présent repose-toi, mon fils, et laisse-moi en faire autant. Ce soir, nous parlerons de nos projets…

Le vieil homme se remit en marche, mais Ryderc ne le suivit pas. Le cœur battant, il ferma les yeux et savoura la caresse du soleil sur son visage. « Les propres mots de Dieu… » Ses veines bouillonnaient d'une force nouvelle, d'un sentiment de puissance

1. Nom gallois de l'Irlande (Hybernie).

irrésistible. D'un geste large, il envoya un baiser aux seins noirs qui le dominaient de toute leur masse, puis éclata de rire. L'angoisse qui l'oppressait depuis qu'il avait convoqué l'assemblée des rois lui semblait déjà si sotte qu'il en éprouvait presque de la honte. Qu'avait-il à craindre désormais, puisqu'il était dit qu'il mourrait dans son lit ! Demain, dans deux ou trois jours au plus, tous les princes bretons seraient là, répondant à son invitation, réunis pour la première fois autour d'une même table depuis bien des années. Ce seul fait était déjà un succès en soi, de nature à renforcer durablement son prestige, et qui pèserait lourd dans la balance au moment de choisir celui qui deviendrait le Grand Roi… Après tant d'années de défaites et d'humiliations, mener enfin les armées de Bretagne à la victoire. Rejeter les Saxons à la mer, puis aller au nord, franchir les montagnes jusqu'au loch et asservir les Pictes…

Ryderc fit volte-face, promena son regard sur l'agitation des quais et de la ville basse. Ce serait des jours fastes, des jours de liesse pour le peuple et les hommes. Que chacun s'en souvienne à jamais et reparte ébloui…

— Tu viens ? cria Kentigern. Si on ne soigne pas ce bras, tu pourrais bien faire mentir Dieu !

II

La Forteresse des Bretons

JAMAIS encore Merlin n'avait chevauché si loin, si longtemps ni aussi librement. Guendoleu et sa troupe longeaient la rive ouest de la Clyde, avançant au pas de lourds chariots attelés à des bœufs, tandis que des cavaliers éclairaient leur route, depuis les hauteurs. L'enfant avait obtenu d'en être, malgré son jeune âge, et s'était tout d'abord acquitté sérieusement de sa mission, tous les sens en alerte, sursautant au moindre craquement, au moindre envol d'oiseaux, le poing crispé sur son épieu, feignant de ne pas voir le sourire des guerriers qui marchaient derrière lui. Mais des semaines avaient passé depuis leur départ de Cumbrie, sans que le plus léger incident vienne justifier autant de précautions. Et puis le paysage avait changé, si différent maintenant de tout ce qu'il connaissait depuis son enfance que Merlin ne cessait de s'émerveiller. La rivière qu'ils longeaient serpentait à perte de vue entre de grosses collines mauve et brun, couvertes de bruyère et de fougères fanées. On n'y voyait âme qui vive, mais à plusieurs reprises il distingua au loin une harde de cerfs roux comme l'automne ou le passage altier d'un vol d'oies sauvages. C'était un pays infini, exaltant et désert, un pays de roches et de mousses battu par la pluie et le vent, mais qu'un seul rayon de soleil illuminait aussitôt de milliers d'éclats.

Ici, loin de la troupe, il pouvait se croire seul au monde. Ici, il n'y avait rien, hormis la rumeur du vent, le pas tranquille de son cheval dans l'herbe luisante et le crissement régulier du cuir de sa selle. Malgré son isolement et le poids de la rencontre qui se préparait, Merlin chevauchait l'esprit vide et l'âme en paix.

En bas, près de la rivière, les hommes rougeauds s'emmitouflaient dans leurs manteaux de laine en pestant contre le froid et la boue qui transperçaient insidieusement leurs bottes. Lui allait tête nue, le teint si pâle qu'il semblait étinceler sous la bruine, et le cheveu aussi noir que le merle qui lui avait valu son surnom. Il était vêtu d'un simple haubert, les bras nus et sa cape voletant librement dans son dos à la moindre bourrasque. Tantôt, quand viendrait l'heure de les rejoindre, sans doute devrait-il prendre soin de se couvrir et de se précipiter vers un feu de camp, sitôt mis pied à terre, en feignant d'être frigorifié. Pour autant, dans la solitude de cette chevauchée, l'enfant n'éprouvait nul besoin de se mentir. La pluie et le vent glissaient sur lui comme sur l'écorce d'un bouleau. Alors que les hommes les plus endurcis grelottaient, il n'avait pas froid, jamais. La nuit elle-même ne lui faisait pas peur, et la chaleur d'une flambée ne lui était d'aucun réconfort. Au contraire, il lui semblait qu'il avait toujours eu peur du feu, de sa lumière, de sa chaleur effroyable et de la voracité avec laquelle les flammes dévoraient le bois dont on les gavait, semblables à quelque monstre rougeoyant.

Malgré les années passées à s'exercer à l'arc ou à l'épée, à se battre au bâton ou à la dague, à chevaucher et à chasser avec les fils du vieux roi Ceido de Cumbrie, Merlin n'avait ni grandi ni forci et paraissait aussi frêle qu'une jeune fille, même si cette apparence se révélait rapidement trompeuse à quiconque venait se mesurer à lui. L'enfant avait mis longtemps à s'en rendre compte, mais il percevait à présent les regards obliques que lui jetaient les hommes, les murmures dans son dos et la gêne qu'il provoquait dès qu'il ne dissimulait pas sa véritable nature.

Jamais personne n'avait osé ou voulu lui en parler, mais peut-être était-ce en partie à cause de cela que sa mère l'avait confié, voilà bien des années déjà, au roi Ceido et à son fils le prince Guendoleu, afin qu'ils se chargent de son éducation. Le fait n'avait rien d'anormal pour un jeune prince du sang et la plupart des familles royales agissaient de même, mais il était si jeune, et elle lui avait tant manqué... Merlin s'ébroua. Le jour était déjà sur le déclin. Avant la nuit, ils auraient doublé Cadzow [1], la forteresse de la reine Languoreth, et Dun Breatann serait alors tout proche.

Quelques heures de marche... Quelques heures encore de liberté. Quelques heures encore avant de revoir sa mère, la reine Aldan, souveraine des sept cantons du Dyfed... Il ne conservait d'elle qu'une image brouillée, le souvenir diffus d'un manteau de pourpre, d'une cohorte de suivantes et de trop rares moments d'intimité, comme si tous craignaient de les laisser en tête à tête. À l'âge où les enfants se

1. Aujourd'hui Hamilton, au sud-est de Glasgow.

nourrissent d'amour et de lait, il avait grandi seul, loin des jeux et des rires, sans comprendre le trouble que sa simple apparence semblait provoquer. On lui témoignait du respect, ainsi qu'il sied à un prince, parfois même il suscitait l'intérêt des druides et des vates [1] de la maison royale, mais, autant qu'il s'en souvienne, nul ne lui avait jamais prodigué la moindre affection... De sa petite enfance, il ne se rappelait que les nuits passées à pleurer dans le noir, appelant une mère qui ne venait pas, les journées entières sans voir personne, avec pour seuls compagnons les oiseaux de basse-cour ou les mouettes du rivage... Les enfants de son âge s'enfuyaient à son approche, lui jetaient des pierres et le traitaient de « sans père ». Les moines, qui peu à peu s'étaient répandus dans le Dyfed, l'appelaient « fils du diable », se signant à son passage et priant pour le salut de la reine. Mais comment pouvait-on naître « sans père » ? Tout le monde a un père ! Même s'il ne l'avait guère connu, n'était-il pas le fils d'Ambrosius Aurelianus, riothime [2] des armées bretonnes depuis la mort de l'usurpateur Vortigern, défunt roi du Dyfed et vainqueur des Saxons ? Comment osaient-ils traiter de diable celui qu'on surnommait Arthus, « l'Ours de Bretagne », terreur des Lloegriens [3] ?

La reine Aldan avait admis des moines dans la cité royale de Caerfyrddin [4], mais nul n'avait pris le temps

1. Ordre mineur de devins dans les sociétés celtes.

2. « Grand Roi ».

3. Nom donné par les Bretons aux royaumes saxons en Grande-Bretagne.

4. Aujourd'hui Carmarthen, au sud-ouest du pays de Galles. Ce nom signifie « la Forteresse de la Mer ».

de l'instruire de la nouvelle religion. Ce diable qu'ils évoquaient à son sujet semblait être leur divinité du monde souterrain, l'équivalent du royaume d'Announ où résidaient les morts, selon les vieilles croyances. Comment la reine pouvait-elle tolérer qu'on insulte ainsi la mémoire du Grand Roi ?

Depuis dix ans qu'il vivait en Cumbrie, loin du Dyfed et des rumeurs de la cour, ces questions s'étaient estompées. Auprès de Guendoleu, il avait appris à vivre sans haine et sans chagrin. Il n'y avait pas de moines, en Cumbrie, personne pour le traiter de diable… Ici, on vénérait encore les Mères, les divinités fondatrices de la Terre du Milieu. Quand il avait découvert que la maison royale du Dyfed descendait de Don, la première d'entre elles, Merlin s'était accrochée à la Grande Déesse comme un naufragé à un radeau. Seuls les druides avaient le droit de rendre un culte aux Mères, mais l'enfant s'était peu à peu forgé ses propres rites, imitant ce qu'il les voyait faire, inventant le reste… Le vieux roi Ceido de Cumbrie avait été le premier à s'étonner de ses dons, et le mandait souvent près de lui pour qu'il écoute les bardes et s'instruise à leur contact. À la mort de son père Ceido, Guendoleu avait fait de même et, dès l'âge de dix ans, Merlin était devenu l'élève du penkerd [1] de la cour. Il ne lui avait fallu que quelques mois – là où d'autres mettaient des vies entières – pour recevoir l'illumination du chant, découvrir le langage des arbres et apprendre par cœur les vieilles légendes des Gwyr y Gogledd – les Hommes du Nord, ainsi que se nommaient eux-mêmes les Bretons de Cumbrie.

1. Le premier barde, « chef des chanteurs ».

Merlin allait vite, trop vite pour que ses maîtres n'en soient pas effrayés, et sans doute Guendoleu était-il le seul à ne pas s'en soucier. C'était un homme simple et bon, fidèle en amitié, qui depuis toujours le considérait un peu comme son fils, ou son petit frère. Tout comme son père Ceido l'avait fait avant lui, il passait des heures auprès de l'enfant, l'écoutant jouer de la harpe et chanter les légendes des hommes et des dieux. À ses côtés, le fils du diable était devenu un barde réputé, même s'il n'en avait guère conscience, et pour tous désormais, le prince Emrys Myrddin, héritier d'Ambrosius, roi de Dyfed, était devenu le barde Merlin.

Il n'était encore qu'un enfant, tout en longueur, pâle et chétif d'apparence, mais sa renommée s'était peu à peu étendue à tout le pays. On racontait toutes sortes d'histoires à son sujet, qui parfois le confondaient avec son père. Certains disaient qu'il avait prédit la chute de Vortigern, alors que ce dernier était mort bien des années avant que Merlin voie le jour, d'autres qu'il pouvait invoquer des dragons ou parler le langage des oiseaux. Merlin avait appris à en rire, répondait aux questions par d'autres questions, et gardait au fond de lui les blessures de son enfance.

Tout cela, pourtant, lui revenait aujourd'hui en mémoire et lui serrait le cœur, alors que chaque minute le rapprochait un peu plus de sa mère, et de retrouvailles qu'il redoutait sans doute autant qu'elle.

À la tombée du jour, en poussant son cheval en haut d'une colline, il aperçut au loin la levée de terre du vieux mur romain. Une brume légère masquait les abords de la Clyde, mais la forteresse de Ryderc était là, toute proche à présent. Une langue dorée illuminait les montagnes au loin, dans le ciel assombri. Le vent ramenait jusqu'à lui le bringuebalement de la troupe en marche au bord de la rivière, et pour la première fois depuis bien des jours il se sentit seul, glacé jusqu'au cœur. Alors il resserra soigneusement son manteau, saisit ses rênes et piqua des deux, dévalant la colline droit vers l'escorte de Guendoleu.

Il faisait nuit noire lorsqu'ils parvinrent aux faubourgs de Dun Breatann, mais une foule immense les attendait, saluant leur arrivée avec une liesse à laquelle la bière n'était peut-être pas étrangère. De toutes parts, des visages empourprés se pressaient autour de leurs chevaux. On leur tendait à boire, on leur claquait les cuisses au passage, on les pressait de questions, de saluts ou de quolibets dans un vacarme tel qu'ils ne savaient plus où donner de la tête. Au point que leurs chariots avaient parfois du mal à se frayer un chemin et que les cochers devaient faire claquer leur fouet pour se dégager. Après tant de jours passés dans les immensités désertiques du pays Cymru et du Strathclyde, la foule les rendait nerveux, hommes et bêtes.

Merlin chevauchait au côté de Cadvan, un guerrier d'une taille peu commune dont le cheval ployait sous la charge formidable et à qui Guendoleu avait discrètement confié la garde du jeune barde. Serrant contre lui la harpe et la baguette d'argent qui désignaient sa fonction, l'enfant s'efforçait d'adopter l'expression de morgue indifférente de son compagnon. Ce n'était pas chose aisée. Depuis qu'ils avaient atteint le mur des Romains, ils ne cessaient de croiser des campements de troupes, et jamais encore Merlin n'avait vu tant d'hommes ivres, tant de bœufs ou de moutons mis en broche, ni tant de femmes dévêtues. Devant eux, Guendoleu saluait parfois des guerriers massifs, barbus et poilus comme des ours, d'autres portant des kilts de cuir et le visage tatoué de bleu à la façon des Pictes, ou encore des hommes aux cheveux blondis à la chaux et dressés sur le crâne, semblables à des hérissons. À chaque fois, Cadvan murmurait à son intention le nom de leurs clans en désignant leurs enseignes : Manau Goddodin, Rheged, Powys, Gwent, Glamorgan… Tous les royaumes bretons étaient là, jusqu'aux contingents du Sud, venant de Domnonée et de Cornouailles.

Ils croisèrent d'autres groupes que le roi ne salua pas et qu'ils fendirent sans un mot, sans un regard. Certaines querelles ne s'oubliaient pas aisément… Enfin, aux abords mêmes de la ville, ils passèrent à proximité d'un campement important et bien gardé. Le cœur de Merlin s'accéléra lorsqu'il reconnut la bannière du Dyfed, mais Guendoleu fit forcer l'allure, et la nuit les enveloppa avant que quiconque ait pu s'approcher d'eux. L'enfant n'osa protester et ne fit pas le moindre geste pour ralentir sa monture. Ce ne fut que plus tard, alors que le campement de ses compatriotes s'était évanoui dans l'obscurité, qu'il se demanda si le roi avait voulu le protéger ou tout simplement leur dissimuler sa présence. Cela n'avait aucun sens… Après dix ans, qui aurait pu le reconnaître, et qui se souciait encore de lui ? Sans doute aurait-il dû se séparer d'eux, aller au-devant des siens, se faire reconnaître… C'était trop tard, maintenant.

La ville elle-même, qu'ils atteignirent presque aussitôt, était remplie de soldats, de manants, de ribaudes et d'échoppes. Il y régnait une tenace odeur de poisson fumé et de tourbe, la fumée des torches piquait les yeux et le bruit y était assourdissant. Partout, des tonneaux étaient mis en perce, la bière nouvelle et la cervoise coulaient comme des sources et nul ne semblait pouvoir s'exprimer autrement qu'en criant à tue-tête. Du coin de l'œil, Merlin vit des gardes traîner un homme jusqu'auprès d'une cage d'osier où était enfermé un blaireau. Sous les rires de la populace, l'homme fut jeté dans un grand sac, puis ils y firent entrer le blaireau et lièrent le tout. Horrifié, Merlin ne pouvait détacher son regard de la masse de toile agitée d'atroces soubresauts. Les cris déchirants du supplicié dominèrent un instant les hurlements de la foule, et du sang macula bientôt le tissu…

— Le jeu du blaireau, murmura Cadvan. Voilà le sort qu'ils réservent aux voleurs…

— C'est pas un voleur, c'est un Saxon ! brailla près d'eux un gaillard hirsute, vêtu d'un kilt de cuir fauve et d'une tunique d'une saleté repoussante, qui lui donnait davantage l'air d'un Picte sauvage que d'un guerrier breton. L'un d'eux a attaqué le roi Ryderc, paraît ! Ça leur apprendra !

Plus loin, ils durent écarter à coups de botte et de plat d'épée un attroupement infranchissable, autour d'un ours enchaîné qui dansait pitoyablement au son d'une cacophonie de tambours et de cors.

Merlin jeta un regard en biais vers Guendoleu. Le roi gardait les lèvres serrées, mais toute son attitude trahissait une intense désapprobation. Enchaîner un ours… Sans doute ne pensaient-ils pas à mal, mais pour tous ceux qui vénéraient la mémoire d'Artus, « l'Ours de Bretagne », ce triste spectacle était une offense.

Comme s'il s'était senti observé, Guendoleu releva le capuchon de son manteau sur ses longs cheveux blonds tressés en plusieurs nattes, et le jeune barde n'aperçut plus de lui que sa barbe tressautant au rythme de ses grommellements.

À quelques perches de là, des cavaliers envoyés par le roi Ryderc vinrent à leur rencontre et les saluèrent avec déférence, puis les précédèrent jusqu'aux enceintes. Ils passèrent la première, celle du bourg, construite à partir d'un entrelacs de rondins rempli de terre et de pierres sèches, formant ainsi le plus solide des remparts, résistant au feu comme aux assauts du bélier. La chose paraissait impossible, et pourtant il régnait là une agitation plus dense encore. Le long de la paroi intérieure avaient été adossés les écuries, la porcherie, les greniers et les logis de la troupe. C'était là, au sein de ce premier cercle fortifié, que s'étendait d'ordinaire le bourg, mais la moindre masure étant désormais envahie par la soldatesque, les habitants de Dun Breatann avaient eu la prudence d'aller camper ailleurs. La deuxième muraille était à une portée de flèche, ou guère plus. Il leur fallut pourtant du temps et de la patience pour se frayer à nouveau un chemin jusque-là. Merlin se laissait guider, fasciné par le mur sombre pareil à une falaise qui se dressait devant eux, haut de plus de deux toises [1] et barrant entièrement l'étroit sillon menant à la terrasse supérieure. Il était fait d'une matière étrange, à la fois compacte et luisante. Les madriers qui émergeaient de ce rempart étaient calcinés et ses pierres noircies. Entre elles, comme un mortier, un mélange de sable, de bois et de paille avait été vitrifié par le feu et soudait l'ensemble

1. Plus de 4 mètres.

de façon parfaite [1]. De loin en loin, des crânes humains y avaient été enchâssés, attirant l'œil par leur blancheur dans toute cette masse sinistre. Les crânes d'ennemis illustres, parfois encore parés de bijoux… Loin au-dessus d'eux sur le chemin de ronde, des gardes casqués, disparaissant sous leurs manteaux rouges, portaient à bout de bras des torches dont les flammes faisaient luire sombrement les murs et l'à-pic des rochers de basalte qui les surplombait. Lorsqu'ils se rapprochèrent encore, Merlin devina un chemin étroit, escarpé, dominé par une barbacane percée d'étroites ouvertures. Quelques archers devaient suffire à accabler de flèches tout assaillant assez fou pour tenter un assaut par là.

Sur le parvis, les oriflammes de la maison de Strathclyde claquaient de temps à autre sous une saute de vent, aussi sèchement qu'un fouet. Au creux des deux mamelons, il y avait quelques arbres, quelques buissons de baies, et le vacarme de la ville s'estompait enfin sous le froissement soyeux des frondaisons agitées par la brise venue du large. Ç'aurait pu être un moment de calme mais, à leur apparition, les gardes amassés au pied de la deuxième enceinte se mirent à frapper en cadence leur bouclier. Très vite, le martèlement gagna la ville basse. Il n'y avait plus aucun cri, nul son de voix, mais tout ce que le bourg comptait d'hommes en armes frappait à présent en cadence, à un rythme lent et implacable, à vous déchirer les tympans. Les guerriers du Nord souriaient et ce vacarme insane n'était qu'une manifestation de

1. Cette technique celtique de vitrification des remparts par le feu a donné naissance au mythe des « cités de verre » des romans arthuriens.

respect, mais le fracas de leurs coups affolait les chevaux de Cumbrie, que leurs cavaliers peinaient à maintenir immobiles.

Et puis, tout à coup, le tumulte cessa. Dans le silence soudain, un héraut s'avança devant la grande porte et frappa le sol de son bâton ferré.

— Ryderc Hael, fils de Tudwal, roi du Strathclyde, suzerain de Dun Breatann et de Cadzow, te salue, Guendoleu ap Ceido [1] !

Et tandis que ce dernier mettait pied à terre, Ryderc apparut, suivi d'un groupe de dignitaires si richement vêtus que Merlin se dit qu'ils ne pouvait s'agir que de rois et de reines. Ryderc lui-même semblait étonnamment jeune, à peine plus âgé que lui, malgré sa barbe et sa stature imposante. Il était vêtu d'une robe brodée de fils d'or qui étincelaient à la lueur des flammes, recouverte d'un manteau rouge sang fixé à son épaule par une large fibule ornée de pierres précieuses. Sur ses longs cheveux bruns, le cercle mince d'une couronne tranchait par son éclat. Ryderc ouvrit les bras et étreignit Guendoleu avec chaleur. Puis, le tenant toujours par l'épaule, il se tourna vers les guerriers de son escorte avec un large geste de bienvenue.

— Les Hommes du Nord saluent leurs frères cymri [2] ! cria-t-il. Mangez, buvez et oubliez les fatigues du voyage ! Vous êtes nos hôtes !

1. Guendoleu « fils de Ceido ».

2. Littéralement « les compatriotes », nom que se donnaient les Bretons de Grande-Bretagne dès le VIe siècle, par opposition aux envahisseurs saxons. Le nom est resté à la partie nord-ouest de l'Angleterre (Cumbrie) et à l'actuel pays de Galles (*Cymru*, en gallois).

Une acclamation assourdissante ponctua les paroles du jeune roi, et la foule des guerriers assemblés sur le parvis convergea en masse vers l'escorte. Comme tous les autres, Merlin fut happé par des mains puissantes, presque arraché de sa selle, englouti sous une marée de trognes hilares, martelé de claques amicales qui manquaient chaque fois de le projeter à terre. Son cheval fut emmené, ce dont il ne s'aperçut guère, puis quelqu'un lui tendit un gobelet de cervoise d'orge qui l'éclaboussa sans qu'il parvienne à s'en saisir, tant il se cramponnait à sa harpe. Environné de toutes parts par ces guerriers aussi larges que des tours, malmené telle une algue dans le ressac, il se sentait gagné par la panique lorsque, tout à coup, les rangs s'éclaircirent brusquement devant lui. Dans la foule, il reconnut le visage amical de Guendoleu, qui lui faisait signe de le rejoindre.

Le visage empourpré, Merlin s'arracha à la mêlée et, courant presque, se retrouva soudainement à l'air libre, sous le regard amusé de gardes casqués et en armes, vêtus de lourdes broignes matelassées qui leur descendaient jusqu'aux pieds et qui, de leur masse, formaient un couloir entre le grouillement de la soldatesque et l'étroit escalier menant à la terrasse supérieure.

— Ainsi c'est toi Merlin, fit la voix de Ryderc.

L'enfant releva les yeux et les vit, calmes et dignes au milieu de cette agitation, parés d'étoffes précieuses et de bijoux d'or. Autour de Ryderc se tenaient les plus belles femmes qu'il lui ait été donné de voir, et les hommes les plus nobles. Jamais encore il ne s'était senti aussi gauche, ni aussi mal mis. Ryderc lui souriait d'un air à la fois intrigué et cordial, mais les autres semblaient le dévisager avec une indulgence amusée qui lui fit honte. Fébrilement, il tira sa tunique sous sa ceinture, ramena ses cheveux en arrière, brandit la baguette d'argent qui marquait son rang de barde royal et ne réussit qu'à faire tomber sa harpe dans l'herbe. Il vit Guendoleu secouer la tête d'un air désolé, avec une moue d'excuse à l'intention d'une femme aux longs cheveux blancs retenus par un bandeau d'or. Le temps qu'il ramasse l'insigne de sa fonction, Merlin la reconnut, et son cœur s'emballa. C'était Aldan, sa mère... Les dix ans écoulés l'avaient changée, sans nul doute, mais il se sentit mortifié à l'idée de l'avoir offensée. Dix ans qu'il rêvait à cet instant, et c'est tout juste s'il ne l'avait pas ignorée... Dix ans, et il se montrait à elle dépenaillé, ébouriffé, maladroit comme un maraud tout juste sorti de l'étable...

— Tu es Merlin le barde, reprit Ryderc. J'ai entendu parler de toi... Allez, viens !

Le roi lui sourit de nouveau, sans malice, et Merlin s'en sentit un peu réconforté. Mais sa mère, elle, ne souriait pas. Ses yeux sombres étaient fixés sur lui avec une telle intensité qu'il dut détourner le regard, baisser la tête, et qu'il hésita à franchir les quelques toises qui le séparaient encore d'elle. Les autres s'engouffrèrent cependant dans la poterne menant à la terrasse supérieure et ils demeurèrent seuls.

— Tu es presque un homme, maintenant...

Aldan lui tendit les bras et il vint se serrer contre elle, d'un élan qui la surprit et parut l'amuser.

— Laisse-moi te regarder...

Elle souriait, mais ses yeux restaient durs et le dévisageaient jusqu'au fond de l'âme. Ses mains, serrées sur ses avant-bras, étaient glacées et lui se sentait suant, tremblant, imbécile.

— Tu…

Aldan se troubla, eut un sourire forcé et lui prit la main pour l'entraîner à l'intérieur.

— … tu ressembles tellement à ton père !

Malgré ses dimensions considérables, la salle commune n'était pas assez grande pour recevoir les dignitaires de chaque délégation, et il avait fallu dresser des tables au-dehors, pour les clients du roi[1] et les officiers de moindre rang. Le crachin qui s'était mis à tomber ne semblait pas gêner ceux qui festoyaient en plein air, à en juger par leurs braillements. Il y en avait partout : autour du puits, adossés à la falaise escarpée du plus haut rocher, et tout le long du chemin menant en pente douce jusqu'au sommet du deuxième mamelon. On y était moins exposé au vent du large, mais tout de même, il était difficile de s'y attabler plus de quelques instants sans se retrouver trempé jusqu'aux os…

Merlin les enviait presque. Au centre de la pièce était creusé un âtre rempli jusqu'à ras bord d'un lit de braises dégageant une chaleur infernale et au-dessus duquel un bœuf entier avait été mis à rôtir. À chaque instant, des gouttes de graisse s'évaporaient en grésillant sur les tisons rougeoyants, chargeant l'air d'une odeur de graillon qui prenait l'enfant à la gorge. Les fumées conjuguées de l'âtre, des torchères garnissant les murs et des bougies de suif disposées à foison sur les tables formaient peu à peu au-dessus de leurs têtes une nappe poisseuse qui lui piquait les yeux, d'autant

1. Nobles tombés en désuétude et liés à une famille plus puissante. Le client devait le service militaire à son protecteur.

que les rares fenêtres avaient été masquées par des tentures, privant les convives du moindre souffle d'air frais.

Pour autant, personne ne semblait s'en plaindre. Au contraire, ils se pressaient comme un troupeau, s'éclaboussaient de bière et dévoraient tout ce qui passait à leur portée, dans un vacarme de fin du monde. Au milieu des tables disposées en carré, des musiciens tentaient vainement de se faire entendre, parvenant tout juste à percer de quelques notes aigrelettes les clameurs des commensaux, sans que quiconque, en apparence, leur accorde la moindre attention.

Merlin, en revanche, ne tenait pas en place. Le vieux roi Ceido n'avait plus guère de dents, et les banquets s'étaient faits rares dans la maison de Cumbrie. À sa mort, et malgré les efforts de son échanson, Guendoleu n'avait pas manifesté plus d'intérêt pour les plaisirs de la chère que son père, si bien que le jeune barde n'avait guère coutume de ripailler ainsi des heures durant.

Malgré son ascendance royale, Merlin n'aurait pu être admis à la table des princes et c'est tout juste si, en tordant le cou, il parvenait à apercevoir sa mère ou Guendoleu, les seules personnes qu'il y connaisse. Cadvan et les autres seigneurs de Cumbrie avaient été placés loin de lui, et l'enfant se sentait perdu. La plupart de ses voisins étaient déjà trop saouls pour songer même à se présenter, et ne lui avaient accordé qu'un vague coup d'œil. Près de lui, un vate de la maison de Rheged vaticinait dans sa barbe, avec parfois de grandes envolées ponctuées de gestes désordonnés qui l'aspergeaient immanquablement de bière. Les autres étaient des nobles issus des grandes familles régnantes, hommes et femmes mélangés et tous aussi empourprés, les mains et la bouche luisant de graisse, riant aux éclats, buvant et mangeant à s'en crever la panse huîtres, fruits et noisettes, porc, jambon et bœuf tout ensemble, comme des morts de faim. Merlin avait mangé, lui aussi, et bu plus que de raison, goûtant pour la première fois du vin, si rare sur l'île de Bretagne. À présent, il n'avait plus faim ni soif, tout juste envie de dormir, et que tout cela cesse.

Quand, une fois de plus, le vate s'accrocha à lui pour lui bredouiller à l'oreille ses propos imbéciles, Merlin se leva brusquement. Il était résolu à quitter la salle, lorsqu'une main se posa sur son épaule et le força à se rasseoir, avec douceur mais fermeté. Il tourna la tête et croisa le regard souriant d'un homme âgé, au visage glabre et aux longs cheveux gris. L'homme saisit le vate par le col et le renversa à terre, cul par-dessus tête, sous les hurlements de rire des convives. Puis, sans lui prêter la moindre attention, il s'assit à sa place, choisit un gobelet à peu près propre et se versa à boire. Il but à longs traits tout en regardant Merlin comme s'ils étaient de vieux compagnons. Tous les autres s'étaient tus à leur table et dévisageaient le nouveau venu avec des sourires expectatifs, semblant prêts à applaudir à la moindre de ses paroles.

— On me dit que tu es Merlin le barde, fit-il enfin en reposant son gobelet vide. Je t'aurais cru plus vieux…

— Il semble que tout le monde me connaisse, répondit l'enfant dans un rictus. C'est un avantage que je n'ai pas…

— Vraiment ?

Le vieil homme haussa les sourcils d'un air amusé.

— Je croyais pourtant que tu savais prévoir l'avenir…

— Voyons cela ! fit à l'autre bout de la tablée un dîneur joufflu, engoncé dans un bliaud trop étroit pour lui et presque aussi rouge que sa face. Que l'enfant devine au moins qui tu es !

Le vieillard sourit, hocha la tête, puis tourna le buste vers Merlin. Dans le même mouvement, il ôta de sa ceinture une baguette d'or, comme si elle le gênait, et la posa sur la table, entre eux. Puis il attendit tranquillement.

— Tu es le pennbard, murmura Merlin en ouvrant des yeux ronds. Tu es Tal-Iesin, le front rayonnant de la maison d'Urien Rheged, chef des bardes de Bretagne...

— Tu vois, quand il veut ! cria le gros homme en rouge.

Le vieil homme éclata de rire et le salua en levant son hanap.

— Je suis Taliesin, dit-il. Et cet ivrogne, là-bas, qui va bientôt rouler sous la table s'il n'y prend garde, est Aneurin, le barde du roi Mynydog. L'autre, à côté de lui, est Dygineleoun, barde de mon prince Owen. Nous sommes heureux de te voir enfin, Emrys Myrddin. On raconte bien des choses sur toi...

Taliesin lui souriait aimablement, mais Merlin avait cru percevoir une forme d'accusation dans cette dernière remarque. Il dévisagea rapidement ses commensaux et, en réponse à ses craintes, il lui sembla que certains regards contenaient de la défiance, ou de la gêne.

— On dit tant de choses, murmura-t-il en faisant un effort sur lui-même pour contrôler le sentiment d'oppression qui le gagnait. Ne dit-on pas que tu es né deux fois, Gwyon Bach, fils de Greang de Lanfair ?

— Ha !

Le vieux barde lui claqua l'épaule en riant de bon cœur.

— Ainsi tu connais mon histoire, jeune merle ! Eh bien, soit ! Raconte-nous ça à ta façon !

Merlin se sentit pâlir, mais toute la tablée se mit à frapper en cadence du poing et du pied pour réclamer le conte. Péniblement, le gros Aneurin fit même l'effort de se lever et de saisir sa harpe pour l'accompagner.

— Eh bien ? fit Taliesin en souriant. Me diras-tu comment je suis né deux fois ?

Aneurin ponctua l'invite du pennbard d'un accord de harpe et, au grand effroi de Merlin, le silence se fit peu à peu dans toute la salle. À la table royale, Guendoleu et sa mère le regardaient d'un air inquiet. L'enfant ébaucha une sorte de sourire pour les rassurer et se leva.

— Histoire de Taliesin ! clama-t-il à haute voix. Hommage au pennbard, de la part de son humble disciple…

Le vieux barde le remercia d'un hochement de tête, tandis que des applaudissements et des vivats saluaient son entrée en matière. À l'autre bout de la salle, il croisa le regard de Cadvan, dominant de toute sa taille le reste des convives. Le colosse leva vers lui son gobelet, et Merlin s'en sentit réconforté.

— Or voici : il y avait jadis à Penllyn un noble qu'on appelait Tegid Voel et dont l'épouse s'appelait Ceridwen. Il naquit de cette femme l'enfant le plus laid du monde, Afangddu.

— Tu te trompes, petit ! cria quelqu'un au fond de la salle. Le plus laid du monde, c'est Cadfannan !

De gros rires jaillirent de leur côté, accompagnés des jurons d'un guerrier effectivement assez hideux, qui devait être ce Cadfannan.

— Ceridwen prépara un chaudron d'inspiration et de science pour son fils, reprit Merlin, afin que malgré sa laideur il fût accepté dignement dans le monde pour son savoir. Le chaudron fut mis à bouillir à Caer Einion, dans le royaume de Powys, et Ceridwen en confia la surveillance à un aveugle du nom de Morda, ainsi qu'à Gwyon « le Petit », fils de Greang.

De nouvelles acclamations jaillirent, auxquelles Taliesin répondit en s'inclinant comme un baladin. En se rasseyant, il sourit à Merlin, qui poursuivit d'un cœur plus léger.

— Le chaudron devait bouillir pendant un an et un jour, sans s'interrompre, mais il advint que trois gouttes jaillirent de l'ébullition et brûlèrent le doigt de Gwyon Bach. À cause de la douleur, il mit le doigt dans sa bouche et connut ainsi la révélation. Il sut le sort que lui réservait Ceridwen et s'enfuit, effrayé. Hélas, par la force du feu le chaudron abandonné se brisa. Lorsque Ceridwen vit que son travail d'un an était perdu, elle courut à sa poursuite.

Merlin s'interrompit le temps de boire une gorgée, laissant Aneurin improviser un intermède musical plutôt débridé, qui provoqua quelques rires.

— Quand Gwyon Bach l'aperçut, reprit-il, il prit la forme d'un lièvre et se mit à courir. Aussitôt, Ceridwen se changea en lévrier et le rabattit vers la rivière. Alors il se fit saumon, mais elle se métamorphosa en loutre. Elle allait le prendre sous l'eau quand il devint un oiseau et s'envola dans le ciel. Elle se fit épervier et fondit sur lui. Gwyon semblait perdu quand, du haut des cieux, il vit un tas de froment moissonné et se changea en grain parmi les grains. Hélas, Ceridwen prit la forme d'une poule noire et mangea tout le froment, ainsi que le dit l'histoire. Mais de ce grain il advint qu'elle finit par être engrossée. Neuf mois plus tard, Ceridwen mit au monde un enfant et, ne pouvant se résoudre à le tuer, le mit dans un panier et le confia aux flots. La mer, heureusement, ne voulut pas de lui, et après avoir longuement vogué il fut recueilli par le prince Elfin, qui s'émerveilla de la blancheur de son front. Un front large et rayonnant... Un Tal-Iesin...

Merlin ménagea son effet. La salle entière l'écoutait en silence à présent, et il se sentit enivré de ce pouvoir imprévu. Alors, lentement, il se tourna vers le vieux maître et le désigna à son auditoire.

— Cet enfant, dit-il, le voici... Mais comme il a changé !

Tous éclatèrent de rire et frappèrent des mains. D'un regard, Merlin vit sa mère sourire, hochant la tête avec modestie à ce que le roi Ryderc lui glissait à l'oreille. Il allait poursuivre le conte mais Taliesin se leva, le serra contre sa poitrine puis, saisi d'une brusque inspiration, s'empara de la harpe d'Aneurin. Par ce simple geste, le silence revint. Le barde contourna la table, plaqua un accord et se mit à chanter.

— *Une autre fois j'ai été formé :*
J'ai été ver, j'ai été un jeune saumon,
J'ai été chien, j'ai été cerf,
J'ai été graine dans le sillon,
J'ai grandi sur la colline.
Une poule m'a reçu,
Aux griffes rouges, à la crête divisée.
Je restai neuf nuits
enfant en son sein.

Je suis Taliesin,
Je chante un juste lignage
Et je continuerai jusqu'à la fin...

Il joua encore un peu, de ses longs doigts ridés, le regard perdu dans le vague, puis cessa d'un coup et considéra l'assemblée d'un air étonné, un peu surfait, comme s'il émergeait de quelque rêve éveillé ou voulait le faire croire. Sans prêter attention aux applaudissements et aux vivats, il contourna de nouveau la table et revint s'asseoir auprès de Merlin pour se servir à boire. Bientôt, le bourdonnement des conversations reprit, et quand il fut certain qu'on ne leur prêtait plus attention, Taliesin se pencha vers l'enfant.

— Bien sûr, ce n'est qu'une légende, mais il y a du vrai, comme dans toutes les histoires. D'une certaine façon, je suis né de nouveau quand mon maître me donna l'illumination du chant.

— Quel maître ? fit Merlin. Qui t'a appris ?

Taliesin le fixa d'un air étrange.

— L'un des tiens, jeune merle.

Merlin fronça les sourcils, songeant aux vieux bardes du roi Ceido, sans parvenir à imaginer qui que ce soit dans les Sept Cantons qui ait pu avoir assez de talent ou de savoir pour lui enseigner son art. Ce fut comme si Taliesin lisait dans ses pensées.

— Je ne pensais pas au Dyfed, fils du diable, mais à ton vrai clan...

Le jeune barde sursauta, de nouveau sur la défensive. Taliesin pourtant le regardait sans malice, avec son habituel sourire, et quand il s'aperçut du trouble de Merlin il eut un geste fataliste de la main.

— Ce n'est rien. Le diable est une belle trouvaille, qui recouvre tellement de choses... Tout ce qui fait peur, tout ce qui est inconnu, tout ce qui est étrange. Tu sais écrire, jeune merle ?

Encore sur la défensive, Merlin secoua la tête négativement.

— Tant mieux, dit Taliesin.

Il désigna du doigt l'évêque Kentigern, assis à l'écart de la table royale, avec un groupe d'hommes vêtus de frocs sombres.

— Eux écrivent tout, comme les Romains…

— Les Romains sont partis, Taliesin, grommela Merlin avec un reste d'agressivité.

— Mais ils nous ont laissé les moines, tel un venin qui ronge la Bretagne ! As-tu remarqué que Ryderc n'entretenait pas de barde à sa cour, jeune merle ? C'est ainsi… Un jour, il n'y aura plus de bardes, plus de vates ni de druides de par le monde. Le savoir ancien sera perdu, consigné dans les livres des copistes, aussi mort que les bêtes qu'on écorche pour en faire leurs parchemins… N'apprends pas à écrire, jeune merle, tu oublierais tout ce que tu sais, et tu ne découvrirais jamais ce que tu ignores encore.

Il scruta Merlin avec gravité, comme s'il attendait quelque réponse de sa part.

— Je… je ne comprends pas, maître…

Taliesin sourit et hocha la tête.

— Bien sûr… Tu es si jeune.

— À dire vrai, avec tout ce qu'on raconte sur lui je l'imaginais bien plus vieux ! lança Aneurin en bousculant tout le monde pour venir s'asseoir en face d'eux. Plus vieux encore que toi, Taliesin ! Eh bien, quel âge as-tu, Merlin ?

— Moins que tu ne crois, répondit le jeune barde en souriant.

— Tu n'es donc pas l'enfant qui prédit la chute du traître Vortigern…

— J'ai entendu cette histoire, murmura Taliesin.

— Vortigern est mort il y a plus de cent ans ! s'exclama Merlin en riant. Il faudrait que je sois bien vieux pour lui avoir survécu ! Plus vieux que l'aigle de Gwernabwy, que le saumon de Llyn Llifon et le crapaud de Cors Fochno [1] !

Mais ils l'observaient toujours et ne riaient pas.

— Non, je ne suis pas l'enfant qui a vu la chute de Vortigern, insista Merlin d'un ton ferme. Je suis né bien après que mon père l'eut combattu, et lui-même n'était alors qu'un jeune homme. Et je ne suis pas plus le fils du diable que tu n'es né deux fois, Gwyon Bach…

Le vieux barde sourit, échangea un bref coup d'œil avec Aneurin et haussa les sourcils.

— Pourtant je *suis* né deux fois, jeune merle, souffla-t-il tout bas. Car il est vrai qu'Elfin m'a recueilli sur les flots, et qu'il m'a appris bien des choses… Quant à toi, mon enfant, il te reste encore beaucoup à découvrir !

Merlin ouvrit la bouche pour protester, mais Taliesin l'arrêta d'un geste.

— Tu as mieux à faire que d'écouter mes radotages de vieillard. Tu vois cette fille ?

Merlin se tourna dans la direction qu'il indiquait. À la table des rois, près de la reine Languoreth, une jeune femme très pâle, dont les longs cheveux noirs tressés tranchaient joliment sur sa robe d'un bleu aussi clair que le ciel d'été, détourna son regard dès qu'il posa les yeux sur elle.

1. Les plus vieux animaux du monde, selon la tradition galloise.

— C’est Guendoloena, la sœur du roi Ryderc. Elle n’a cessé de te regarder depuis ton chant, jeune merle. Pourquoi ne l’emmènes-tu pas faire un tour dehors ? On crève de chaud, ici, tu ne trouves pas ?

III

L'assemblée des rois

MERLIN s'éveilla dans l'air glacé du petit matin, la bouche pâteuse et le crâne enserré dans un étau. Trop d'hydromel, trop de bière, trop de fumée et trop de bruit... Il repoussa le manteau dont il s'était enveloppé, passa la main dans l'herbe drue couverte de givre pour s'essuyer le visage et se leva en gémissant. Tandis qu'il étirait son dos raidi par le piètre confort de cette nuit dans les collines, l'enfant contempla le soleil levant qui irisait d'or les montagnes bleues, le mouvement silencieux des frondaisons agitées mollement par le vent venu du large, le ballet incessant des mouettes grises et des sombres cormorans dans l'estuaire. La marée basse laissait affleurer de longs rubans d'algues vertes ainsi que de gros rochers moussus servant de perchoirs aux hérons. Tout ce que le Strathclyde comptait d'oiseaux pêcheurs semblait s'être donné rendez-vous dans l'estuaire pour la curée. Une saute de vent ramena jusqu'à lui l'aboiement d'un chien, au loin, et en découvrant la ville, au-dessous de la masse noire du rocher, il s'étonna lui-même d'avoir parcouru une telle distance avant de s'endormir. Tout le long de l'estuaire, on voyait monter dans le ciel la fumée des feux de camp. Il n'imaginait que trop le bourbier de la ville basse, les groupes de soldats enroulés dans leurs manteaux boueux et leurs relents de bière, le glapissement des bêtes égorgées pour nourrir cette foule, la mauvaise humeur de toute la piétaille dégrisée, affamée et désœuvrée. Il ramassa son manteau raidi par le froid, s'en enveloppa et inspira longuement l'air salé en fermant les yeux. Aussitôt, le visage de Guendoloena lui apparut, si proche et si doux qu'il resta longtemps ainsi, les paupières closes, jusqu'à ce que son image se dissipe.

Elle s'était levée dès qu'elle l'avait vu s'approcher de la table royale et avait quitté la salle sans un regard, le laissant décontenancé et rougissant au beau milieu de la salle. Instinctivement, il s'était tourné vers ses compagnons de banquet qui, hilares, lui avaient fait signe de la suivre. Alors Merlin l'avait suivie.

Dehors, la pluie tombait toujours. Il faisait nuit noire, en dehors des grands bûchers flambant sur la terrasse haute. Autour des tables ne restaient plus guère que ceux que la bière avait assommés et qui dormaient là, affalés à leur place, ou quelques groupes de festoyeurs trop ivres pour se soucier de la pluie.

La lune était voilée, mais Merlin avait ce don peu commun de percer les ténèbres comme un chat. Il avait balayé les lieux du regard et la vit, adossée à la sombre falaise de basalte, tout juste éclairée par la lueur dansante d'un bûcher lointain. Son cœur battait stupidement quand il s'avança vers elle. Lui, le merle persifleur, le barde intarissable, cherchait vainement ses mots en maudissant à la fois Taliesin et sa propre vanité. Comment pouvait-il croire qu'elle était sortie pour lui et qu'elle l'attendait, alors que tous les jeunes nobles de Bretagne étaient prêts à mourir pour les beaux yeux clairs de la sœur de Ryderc le Généreux ? Et puis il fut devant elle, éclairé par un infime rai de lumière provenant d'une tenture mal tirée.

Merlin s'ébroua, toucha du bout des doigts ses lèvres qu'elle avait baisées, reproduisant le geste de Guendoloena quand, parvenu tout près d'elle, il s'était mis enfin à parler.

— Ne dis rien, Emrys…

Elle l'avait dévisagé longuement avec un sourire à la fois effronté et gourmand puis, écartant enfin sa main de la bouche de Merlin, l'avait embrassé. Oui, c'est elle qui l'avait embrassé, soudainement, en l'attirant par le col de son manteau. Ensuite, avant qu'il trouve ses mots, avant même qu'il ait rouvert les yeux, elle s'était enfuie en riant vers la colline la plus basse et les quartiers royaux. Son premier élan avait été de la suivre, mais il n'avait pas bu assez de vin ou de bière pour perdre tout contrôle sur lui-même. Alors il était parti, le cœur léger. Sans s'en rendre compte, il avait refait en sens inverse le chemin parcouru au côté de Cadvan quelques heures plus tôt, indifférent cette fois aux cris et à l'agitation de la foule qui encombrait la ville basse. Parvenu jusqu'aux berges de la Clyde, il avait continué à marcher dans la nuit jusqu'à s'abattre de fatigue…

Merlin sourit. Le baiser de Guendoloena lui avait fait couvrir un bon chemin… Il agrafa son manteau à son épaule et se mit en route vers la ville.

La salle du festin avait été nettoyée à grande eau. Il y régnait pourtant toujours une odeur entêtante de fumée, de graisse cuite et de bière. Au fond, devant une cloison en osier délimitant les appartements royaux, les princes bretons avaient pris place le long d'une table, faisant face à la foule des nobles massés dans les galeries. Merlin s'était faufilé jusqu'au premier rang et s'était accroupi contre l'un des épais madriers soutenant le toit conique, assez près pour tout voir, assez en vue pour qu'on le remarque et qu'on l'appelle, s'il en était besoin. Il aperçut Cadvan, Diwel et Ceduit, les chefs de guerre de Guendoleu, groupés au premier rang, de l'autre côté de la pièce, mais il n'osa traverser devant tout le monde l'espace libre pour les rejoindre.

Au centre de la tablée se tenait Ryderc, le visage grave et les yeux dans le vague. Aldan et Guendoleu, sur sa droite, étaient les seuls visages qu'il reconnut de prime abord. Un rayon de soleil faisait étinceler au doigt de sa mère un anneau d'or serti de turquoises qu'il lui connaissait depuis toujours, et qu'Ambrosius lui-même, disait-on, avait ramené des Gaules... Comme si elle avait senti le poids de son regard, elle leva les yeux, sourit et eut un signe affectueux en l'apercevant. Puis elle se pencha vers Guendoleu, murmura quelques mots auxquels celui-ci acquiesça d'un air amusé, ce qui eut le don de faire rougir le jeune barde jusqu'aux oreilles. Mortifié, il se tassa sur lui-même et, l'espace d'un instant, aurait donné tout au monde pour échapper à leurs regards narquois. L'espace d'un instant seulement, car il y avait tant à voir... Au bout de la table, un être formidable, aussi roux que l'automne et aussi large qu'un buffle, retint longuement son attention. Sa barbe et ses cheveux hirsutes lui donnaient l'air d'un sauvage, avec des yeux terribles qui roulaient sans cesse, comme à la recherche d'une proie dans l'assemblée. Ce ne pouvait être que Mynydog, roi de Caer Eden [1], prince des deux royaumes de Manau Goddodin, dont le barde Aneurin célébrait les exploits guerriers contre les Pictes du Nord et les Angles de Bernicie... Quand ses yeux formidables passèrent sur lui, Merlin baissa instinctivement la tête, s'en voulut aussitôt, mais n'osa pourtant affronter son regard. Vaguement honteux de ce signe de faiblesse, il reporta son attention sur les autres. La reine Languoreth, épouse de Ryderc, se tenait en retrait, les cheveux serrés dans un voile qui mettait en valeur son visage superbe et sa pâleur extrême, portant autour du cou un collier d'or large comme la paume et gravé d'entrelacs. Elle gardait les yeux baissés, les mains croisées sous son ventre arrondi. Pour ceux qui l'ignoraient encore, sa robe claire et suffisamment ajustée ne pouvait manquer de révéler que la maison de Strathclyde attendait un héritier. Près d'elle, le jeune roi triturait nerveusement un gobelet d'étain, le visage à demi enfoui dans son manteau rouge vif. Tous les princes de Bretagne se ressemblaient, à vrai dire, drapés dans leur dignité et parés d'étoffes vives. Sauf un, plus jeune encore que Ryderc, qui ne portait ni barbe ni tresses, mais des cheveux teints, d'un marron tirant sur le rouge et hérissés en pointes au sommet du crâne, comme si le vent l'avait à jamais coiffé ainsi. Étrange coiffure en vérité, bravache et insolente, que ne démentait pas le sourire nonchalant du jeune homme. Sous son manteau bleu clair, attaché à l'épaule par une agrafe ouvragée,

1. Édimbourg.

il portait une tunique de cuir fauve coupée sous les épaules, et ses bras nus semblaient de taille à manier la cognée ou l'épée des heures durant sans faiblir. Guendoloena se tenait derrière lui, et le cœur de l'enfant sauta dans sa poitrine dès qu'il l'aperçut. Il lui sembla même qu'elle lui adressait un signe. Dans le doute, Merlin n'osa lui répondre, se contenta d'un sourire ébauché et, presque malgré lui, se remit à dévisager le jeune prince. Comme les autres, il attendait que chacun prenne sa place et que le conseil commence, sans rien faire pour attirer l'attention. Pourtant, Merlin ne pouvait détacher son regard de cet homme et sentait son esprit s'emballer. Des images confuses l'assaillaient. Des images terribles, hélas, effrayantes. Batailles, sang fumant, éclats d'acier... Il vit des hommes ivres, gavés d'hydromel, titubant sous les coups des ennemis. Il perçut des pleurs, des cris de haine et des gémissements d'agonie... Malgré sa jeunesse et son étrange beauté, la mort était la compagne du prince, la mort, la douleur, la tristesse et le remords.

— Ce n'est pas par moi que de la haine te sera montrée, murmura Merlin. Je ferai mieux envers toi. Je veux te célébrer en mes chants...

— Que dis-tu ?

Aneurin s'était glissé près de lui, et Merlin le vit frémir quand leurs regards se croisèrent. De nouveau, il baissa la tête. Son cœur battait vite, sa gorge était enserrée et il s'aperçut qu'il était en nage, bouleversé, les larmes aux yeux. Il s'ébroua, prit de longues inspirations et s'efforça de chasser ces images effroyables.

— Qu'est-ce qui t'arrive, mon frère ? murmura Aneurin. Tu as vu quelque chose ?

Merlin releva la tête et croisa le regard inquiet de Taliesin. Le pennbard s'était rapproché du jeune prince, à l'autre bout de la salle, et Guendoloena avait disparu.

— Qu'est-ce que tu as vu, mon frère ? insista Aneurin.

Auprès de Taliesin se tenait Dygineleoun, le barde qui lui avait été présenté la veille, et lui aussi le toisait avec angoisse. Merlin le vit poser la main sur l'épaule du prince, comme pour le protéger. Un instant il craignit qu'ils l'apostrophent devant tout le monde, mais à cet instant, heureusement, le héraut de la maison de Strathclyde frappa le sol de son bâton ferré.

— Ce n'est rien, dit Merlin en s'efforçant de sourire à Aneurin. Je crois que j'ai trop bu, hier soir, voilà tout…

Le silence se fit peu à peu et le héraut s'avança au centre de la salle.

— Honneur à Guendoleu, Kinwarch Cat Caduc et Urien, les trois taureaux de Bretagne ! clama-t-il. Honneur à Rhun, fils de Maelgoun, à Ruan, fils de Deorath et à Owen, fils d'Urien, les trois princes loyaux de Bretagne !

À la table des rois, le jeune homme aux cheveux rouges sourit, leva même la main en signe de salut. Ainsi c'était lui, Owen, fils d'Urien Rheged, dont la Bretagne entière chantait les exploits…

— Honneur à Taliesin, Mianuerdic et Dygineleoun, bardes vaillants de l'île de Bretagne !

Aneurin le poussa du coude en pouffant.

— Regarde-les !

Les deux bardes échangèrent un regard amusé devant l'air modeste affiché par Taliesin et son compagnon. C'était un honneur suprême que d'être ainsi nommé dans une triade, selon l'antique tradition de l'île. À chaque énoncé, l'assistance frappait des mains et des pieds, marmonnait son assentiment ou parfois son désaccord. Et Merlin, comme sans doute chaque homme et chaque femme présents dans la grande salle, rêva d'être un jour ainsi distingué devant l'assemblée des rois…

À plusieurs reprises, le roi Ryderc connut l'honneur des triades, pour sa fille Angharad aux boucles blondes, l'une des trois plus belles enfants de Bretagne, pour son épée ou même son cheval, et le héraut poursuivit ainsi sa litanie durant un temps fort long, si bien que Merlin finit par cesser de l'écouter. Il se releva pour détendre les muscles endoloris de ses jambes, s'adossa au madrier, et songea à cette sensation étrange qui l'avait saisi à la vue d'Owen. Il tenta de se concentrer, de rechercher au fond de lui le souvenir des images qui l'avaient submergé, en vain. L'instant était passé, et l'enfant ressentit l'impression désespérante d'avoir gâché quelque chose, sans parvenir à comprendre ce qui, peut-être, était un message… Jamais encore il n'avait éprouvé pareille sensation. Comme à tout le monde, ses rêves lui paraissaient parfois si réels qu'il en restait impressionné bien au-delà de la nuit, mais cela n'avait rien d'exceptionnel ni de comparable à ce songe éveillé, cette brusque irruption d'images et cette sensation éprouvante d'avoir failli. Aneurin, près de lui, avait retrouvé sa bonhomie habituelle, mais l'enfant revit son expression alarmée, celle de Taliesin et de son compagnon, leur mouvement instinctif pour protéger le prince Owen… Que s'était-il passé ? À quoi ressemblait-il, durant cette vision ? Était-il à ce point effrayant ? Était-ce pour cela que Guendoloena avait quitté sa place ?

D'un coup de bâton, le héraut frappa soudainement le sol, achevant la litanie des triades en clamant d'une voix forte : « Nobles reines, nobles rois de Bretagne, que le conseil commence, et que tout ce qui est dit ici soit entendu de tous ! »

Il frappa de nouveau le sol de son bâton ferré et s'apprêtait à sortir lorsqu'une voix forte l'immobilisa.

— Un instant !

Tous se tournèrent vers celui qui venait de parler. L'homme se fraya un passage dans l'assistance, et sitôt qu'il apparut un concert de commentaires divergents s'éleva dans la salle. C'était un moine, long et maigre, vêtu d'une robe noire de bénédictin, pieds nus dans ses sandales. Un vieil homme aux cheveux longs et à la barbe blanche, aussi âgé que Taliesin, sans doute, mais sans sa majesté ni sa bonhomie, qui marchait en s'appuyant sur un long bâton s'achevant en croix.

— Mes frères, écoutez-moi ! dit-il. Écoutez la parole de Dieu ! *Revêtez l'équipement de Dieu pour le combat, afin de pouvoir tenir contre les manœuvres du démon. Car nous ne luttons pas contre des hommes, mais contre des forces invisibles, les puissances des ténèbres qui dominent le monde, les esprits du mal qui sont au-dessus de nous... Tenez donc, ayant autour des reins le ceinturon de la vérité, portant la cuirasse de la justice, les pieds chaussés de l'ardeur à annoncer l'Évangile de la paix et ne quittant jamais le bouclier de la foi qui vous permettra d'arrêter les flèches enflammées du Mauvais. Prenez le casque du salut et l'épée de l'esprit, c'est-à-dire la parole de Dieu*[1] *!*

1. Paul, Éphésiens, 6-11.

Le vieil homme s'arrêta pour reprendre son souffle, et son ton s'enfla.

— Honneur à la dernière triade ! La plus grande de toutes, nobles seigneurs de Bretagne ! Le Père, le Fils et le Saint-Esprit, qui vous voient et vous aiment… Je suis l'abbé Kentigern, évêque du Christ que j'appelle en votre nom. Qu'il soit là et nous aide dans nos décisions !

Il se fit un silence pesant. Tous semblaient retenir leur souffle, attendre une réaction à la table des rois. Mais Ryderc gardait les yeux baissés et les autres hésitaient à intervenir.

— Pour qui se prend-il, ce moine ? grommela Aneurin près de lui.

Et, à pleine voix :

— Je t'en propose une autre, Romain ! La triade des Mères ! Don, Grande Mère de Dyfed, de Gwynedd et de Powys, Ceridwen, gardienne du chaudron de l'inspiration, et Clota, déesse de la Clyde, qui toutes les trois te voient et qui ne t'aiment pas beaucoup !

Des éclats de rire et des grommellements indignés saluèrent la sortie d'Aneurin. Merlin le vit jeter un coup d'œil vers le roi roux qui l'avait tant impressionné, et il lui sembla que le colosse approuvait son barde d'un signe de tête.

— Je ne suis pas romain, mon frère, répondit Kentigern en élevant la voix pour ramener le calme. Je suis…

— En tout cas, tu n'es pas mon frère, vieil homme ! s'esclaffa Aneurin. Mon frère est dans le Lothian et combat les Pictes du roi Brude pour l'honneur des Goddodin. Il est si gros qu'il faut deux chevaux pour le porter, si fort que sa lance est un tronc d'arbre, si méchant et si laid que ton Christ mourrait de peur rien qu'à le voir !

Cette fois, les rieurs l'emportèrent, et la réponse de l'abbé fut couverte par leurs lazzi. Mais des hommes ulcérés tirèrent leurs épées et traversèrent l'espace libre au centre de la salle pour assaillir le gros barde.

— Assez !

Ryderc s'était levé et foudroyait les guerriers du regard.

— Hors d'ici, vous qui osez paraître lame nue à l'assemblée des rois ! Qu'on les emmène et qu'on leur inflige le châtiment qu'ils méritent !

Aussitôt, les trois imprudents furent cernés, désarmés, traînés au-dehors, et quand ils passèrent près de lui Merlin vit dans leurs yeux la terreur abjecte du sort qui les attendait. Dans les instants qui suivirent, la grande salle ne fut que confusion. De toutes parts, nobles et chefs de clan se regroupaient autour de leur roi respectif, frémissant de colère ou d'indignation, bousculant Kentigern ou lui faisant rempart. Il y avait presque autant de cris, d'agitation et de haine qu'au plus fort d'une bataille, et durant de longues minutes il sembla que rien ne pourrait empêcher qu'on en vienne aux mains. Merlin, ballotté comme un fétu dans ce tumulte, parvint jusqu'à Guendoleu au moment où le calme revenait. Les cris cessaient, les hommes reculaient, et il devina peu à peu la voix de sa mère, claire comme un sabre dans le vacarme insane qui les entourait.

— Seigneurs, écoutez-moi ! Je suis Aldan Ambrosia Dyfed, reine de Caerfyrddin et des Sept Cantons, veuve d'Ambrosius Arthus Aurelianus, l'Ours de Bretagne ! Au nom des Mères et au nom de Christ, écoutez-moi !

Elle attendit un instant que le silence revienne, puis reprit :

— Honte à celui qui s'emporte pour une parole d'amour ! Honte à celui qui trouble le conseil des rois !

Merlin, fasciné, la regardait avec adoration. Un rayon de soleil s'était glissé jusqu'à elle par les interstices du toit et illuminait ses cheveux blancs d'une aura irréelle. De l'or brillait à ses oreilles et à son cou, mais son regard était aussi sombre que la nuit, plus terrible encore que celui du roi Mynydog. À la voir ainsi, elle paraissait semblable aux Mères elles-mêmes ou à la Vierge des chrétiens, et d'une puissance infinie. Chacun, sous son regard courroucé, reprit sa place en grommelant piteusement comme un enfant pris en faute, mais l'air vibra encore longtemps des relents de l'empoignade.

À l'instar d'Aneurin et des autres bardes, Merlin en avait profité pour se glisser derrière la table royale, auprès des conseillers. Nulle part il ne vit trace de l'abbé Kentigern, ni d'aucun autre moine.

— Voilà bien notre faiblesse ! s'écria Ryderc en se levant vivement, dès que l'ordre fut rétabli. Prêts à nous déchirer, à nous battre pour quelques mots ! L'abbé Kentigern est sous ma protection, que nul ne l'oublie… Mais il a eu tort de prendre ainsi la parole devant vous, et je vous en demande pardon.

Le jeune roi baissa la tête d'un air désolé qui lui attira aussitôt la sympathie de tous.

— À présent, écoutez-moi. Depuis la mort d'Ambrosius, nos ennemis sont plus forts et plus nombreux que jamais ! De tous côtés, ils se répandent comme le mal jaune qui fit tant de ravages sur notre île et emporta le plus brave de nos rois, Maelgoun Gwynedd [1].

Ce disant, il salua le prince Rhun, le roi Peredur et les seigneurs du Pays Blanc. Au bout de la table, ils formaient un groupe compact, massifs et engoncés dans leurs hauberts de cuir et de mailles. Sans raison autre qu'un atavisme remontant aux vieilles légendes, Merlin éprouva aussitôt de la défiance à leur égard.

— Si nous nous battons seuls, isolément les uns des autres, nous serons vaincus, poursuivit Ryderc. Regroupons-nous, et nous formerons une vague immense qui submergera à jamais tous nos ennemis, Saxons, Angles et Pictes !

— ... Et Gaëls, ajouta doucement Aldan Dyfed.

Et comme Ryderc s'était interrompu et la dévisageait d'un air hésitant, elle poursuivit d'une voix ferme :

— Les Deisi Muman d'Hybernie [2] s'accrochent à nos rivages et se répandent dans tout le pays Cymru, en Gwynedd et jusqu'en Domnonée. Si nous ne les repoussons pas à la mer, ils seront bientôt aussi puissants que leurs frères scots des Dal Riada, et nous serons pris en tenaille.

Ryderc inclina la tête dans sa direction en signe d'acquiescement.

— ... Et les Gaëls, concéda-t-il sans sourciller. Tous ceux que nos pères ont vaincus se réjouissent à présent de nos divisions, reviennent piller nos côtes, bâtissent des places fortes et des villes sur l'île de

1. Il s'agit de l'épidémie de peste de 547.

2. « Les Vassaux », clan d'Irlande du Sud-Ouest, du royaume de Munster.

Bretagne, sans éprouver de crainte et en se riant de notre faiblesse !

Il releva sa manche, arracha le bandage qui couvrait son bras et montra à tous la cicatrice encore sanguinolente laissée par le poignard du Saxon.

— Voici ce qui nous attend, frères cymri ! Des assassins, des espions osent se glisser jusqu'à nous, peut-être même jusque dans cette salle, en cet instant ! Mais, par Dieu, je sais que je ne mourrai pas du fer de mes ennemis. Unissons-nous sous la bannière d'un Grand Roi, que la peur change de camp et que la mort les balaie !

Il reprit place, le visage empourpré, et le brouhaha des commentaires emplit une nouvelle fois la salle.

— Qu'on s'unisse, c'est bien ! gronda le roi Mynydog, d'une voix tonitruante qui semblait faire trembler les poutres. Mais tous nos royaumes sont menacés. La guerre est partout, Ryderc ! Il ne se passe pas un jour sans que les Pictes du roi Brude dévalent de leurs montagnes sur le Lothian. Et les Angles se répandent sur les côtes, jusqu'à mes frontières… C'est là qu'il faut frapper, avant tout. Urien Rheged assiège en ce moment même le roi Ida de Bernicie à Lindisfarne. Aidons-le ! Écrasons tour à tour chacun des royaumes de Lloegr, jusqu'à ce que leur souvenir même se soit effacé de la terre de Bretagne !

Il frappa la table d'un coup de poing qui fit vaciller cruches et gobelets, puis se rassit sous les clameurs de l'assistance.

— Puis-je dire un mot ?

Owen, le prince aux cheveux rouges dressés en épis, se leva, finit tranquillement son verre en attendant que le calme revienne et, quittant son siège, s'avança jusqu'au roi des Goddodin.

— Quand je t'entends, Mynydog, je remercie les Mères de ne pas être saxon ! lança-t-il avec un sourire malicieux. Pourquoi ne l'envoyons-nous pas tout seul, messeigneurs, briser en deux en combat singulier Ida de Bernicie ?

Le souverain des Deux Royaumes éclata de rire, en cela imité par toute l'assistance, et gratifia Owen d'une bourrade qui, effectivement, avait de quoi le casser en deux.

— Mon père, Urien des Plaines Cultivées [1], assiège effectivement Lindisfarne, et mon cœur saigne de ne pas être à ses côtés en ce moment, poursuivit le jeune homme. Mais il m'a ordonné d'être ici, et c'est un grand honneur pour moi... Alors permettez que je parle en son nom...

— Nous t'écoutons, Owen, dit Ryderc.

Le prince le remercia d'un signe de tête, tapota affectueusement les épaules massives de Mynydog et reprit sa déambulation.

— Il n'est rien au monde de plus cher au cœur d'Urien que de retrouver la grandeur de la Bretagne. Il m'a souvent parlé de la bataille du mont Badon, de la défaite infligée aux Lloegriens par les armées d'Arthus, le plus grand roi qu'ait connu cette terre. Grâce à lui, je suis né dans la paix, comme nombre d'entre nous...

Des grognements d'approbation firent écho à ses paroles. Owen, à présent, était arrivé devant la reine Aldan et, dans le même mouvement, il mit un genou en terre.

— C'est pourquoi, ma reine, je remets entre tes mains le royaume de Rheged, au nom d'Urien et de

1. Nom donné par les anciens Bretons au royaume de Rheged.

tous les miens. Que la femme de l'Ours décide de l'avenir des Hommes du Nord. Telle est la volonté de mon père…

Il lui sourit avec une expression humble, presque craintive, qui frappa Merlin.

— … et, si j'ose le dire, telle est la mienne, Aldan Ambrosia, ajouta-t-il un ton plus bas.

Lorsqu'il se releva, Merlin, debout derrière sa mère, croisa un bref instant son regard. Le prince était jeune, massif comme un tronc avec un cou de taureau et des bras puissants, mais ses yeux étaient las, empreints de tristesse. Si Owen n'était guère plus âgé que lui, un monde les séparait. Un monde de batailles, de fureur et de sang qui, à jamais, avait éclaboussé son âme, broyée par les cris et les pleurs, la terreur indicible du combat, la haine et le chagrin, aussi vifs et cruels que dans sa vision.

Owen prit les mains qu'Aldan tendait vers lui, baisa son anneau d'or et de turquoises et revint s'asseoir, du même pas nonchalant, indifférent aux regards et aux murmures. Et tandis que la rumeur enflait, Mynydog frappa de nouveau la table de sa main large comme un battoir.

— Par les Mères, c'est bien parlé ! clama-t-il en se levant. Dans mes bras, mon fils, que je t'embrasse !

Et, tandis qu'il écrasait Owen contre ses fourrures :

— Qu'il en soit ainsi, Aldan Dyfed ! Puisque Arthus est mort, que la femme du Grand Roi décide de notre destin. Ma reine, je remets à mon tour le sort des Goddodin entre tes mains !

Malgré son jeune âge et son manque d'expérience, Merlin sut que ce qui venait de se passer avait une portée considérable. Le poids de l'alliance ainsi conclue était formidable, de taille à balayer toute objection. Mais son enthousiasme se heurta aux visages graves des conseillers qui l'entouraient. Il chercha des yeux Guendoleu et le vit affaissé, les lèvres et les poings serrés, le visage à demi caché par ses nattes épaisses. Ryderc, près de lui, était blême, impassible hormis ses yeux qui s'agitaient fébrilement en tous sens. Puis il reporta son attention sur sa mère, comme chaque personne présente dans la salle, roi, guerrier, druide ou esclave. Le silence se fit, assez lourd pour que chacun perçoive le martèlement de la pluie sur le toit, le souffle du vent dans les étroites embrasures de la salle commune. Quelqu'un toussa, un chien aboya furieusement au-dehors. Puis Aldan se leva avec un long soupir.

— Le temps n'est plus où les reines gouvernaient la Bretagne, dit-elle. Je ne puis vous mener à la guerre, nobles seigneurs cymri, mais que le meilleur d'entre nous le fasse en mon nom et conduise nos armées à la victoire, pour l'amour de moi et en souvenir de mon roi.

Elle balaya des yeux l'assistance, droite et fière, puis dégrafa de sa ceinture un lourd collier d'or d'un seul tenant, épais comme le pouce et gravé d'entrelacs, s'achevant par deux boules sculptées représentant un sanglier et un ours.

— Voici le torque d'or d'Ambrosius Aurelianus, riothime des armées bretonnes, fit-elle d'un ton plus assuré en le brandissant à bout de bras. Que celui qui le portera désormais soit digne du souvenir d'Arthus... Je ne suis qu'une vieille femme, mais j'ai vu tant de guerres et tant de malheurs... Écoutez mon conseil, messires. Rassembler une armée unique ne ferait qu'affaiblir nos frontières. Si nous frappons les Angles, les Scots du clan des Dal Riada déferleront sur les terres du Nord. Si, au contraire, nous faisons face aux Scots et aux Pictes, alors ce seront les Lloegriens et les Gaëls d'Hybernie qui envahiront le pays Cymru.

— Alors, que faut-il faire ? grogna Mynydog.

— Il faut attaquer partout en même temps, de tous côtés, comme une étoile rayonnant de son centre et cinglant de ses rayons l'univers tout entier. Attaquer ensemble, au même moment, et que l'armée du riothime vienne en renfort là où ce sera nécessaire pour écraser l'ennemi. Nous sommes plus nombreux et plus forts que chacun d'eux. Le bruit de nos victoires les frappera de terreur, rompra leurs alliances et les chassera à la mer.

Aldan fit de nouveau face à la foule suspendue à ses lèvres.

— À mon tour, je confie le destin des Sept Cantons au plus brave d'entre nous, si fort et si craint que l'ennemi ne s'est jamais risqué à ses frontières... Un homme juste et sage, qui saura nous emmener à la victoire...

Placé derrière elle, Merlin vit le visage de Ryderc s'éclairer. Un instant, le jeune roi sembla sur le point de se lever pour saisir le collier d'or d'Ambrosius, mais la reine s'était tournée vers un autre que lui.

— Guendoleu de Cumbrie, accepte ce torque, dit-elle d'une voix qui tremblait un peu. Que la force de l'Ours et du Sanglier soit de nouveau la terreur de nos ennemis.

IV

Guendoloena

La lune était pleine et haute, irisant l'estuaire d'une lueur pâle qui tranchait sur la sombre découpe des terres. Les feux de camp trouaient cette obscurité depuis les bas quartiers jusqu'aux berges du fleuve, mais le vent venu du large emportait au loin la rumeur de la ville. Ryderc avait congédié les gardes pour rester seul, ruminer sa rancœur et maudire le ciel. Une tristesse pesante le submergeait à présent, irrépressible, et il s'en repaissait avec une volupté morbide. Ses rêves désormais s'effaçaient comme les lumières des bûchers dans la nuit. Durant toutes ces journées, il avait fallu faire bonne figure, débattre interminablement de plans qui ruinaient ses projets, honorer Guendoleu lors des banquets, s'employer à convaincre les indécis ou même tenter de retenir ceux que l'autorité du nouveau riothime ou de la reine Aldan révulsait, et chaque instant de ces journées horribles le tenaillait à présent comme des fers portés au rouge. Il était l'hôte et l'organisateur du conseil des rois. Cette alliance, il l'avait appelée de ses vœux plus que tout autre, et il n'aurait pu sans perdre la face refuser de soutenir Guendoleu, alors que tout était déjà joué. Mais à présent la plupart des clans étaient repartis. La nuit s'était enfin abattue et les regards ne pesaient plus sur lui... Il abaissa les yeux vers l'anneau qui ornait désormais son petit doigt. Un anneau d'or serti de turquoises, qu'Aldan lui avait offert avant de partir, en signe d'amitié. L'amitié d'Aldan... Que valait-elle alors qu'elle avait brisé tous ses espoirs ! Rageusement, il entreprit d'ôter la bague de son doigt avec la ferme intention de la jeter dans l'estuaire, lorsqu'une voix grave le fit sursauter.

— Pardonne-moi, Ryderc...

Le roi se retourna d'un bloc. Éclairé par la lueur dansante d'une torche grésillant dans le vent, Kentigern se tenait immobile, trop loin pour qu'il puisse voir de lui autre chose qu'une silhouette sombre se détachant sur les remparts, mais le jeune homme essuya vivement ses yeux embués et s'efforça de reprendre contenance.

— Où étais-tu passé, par le sang !

— J'ai prié, dit l'abbé.

Il s'interrompit, peinant à retrouver son souffle après l'ascension de la colline. Le chemin escarpé et glissant qui menait jusqu'au fort supérieur était une rude épreuve pour un homme de son âge.

— J'ai prié, et j'ai demandé pardon au Ciel pour ma maladresse, reprit-il enfin. Tout est sans doute de ma faute. Si je n'avais pas parlé...

Ryderc se retint pour ne pas laisser le flot de rage qui le submergeait hurler à la face de l'abbé sa rancœur et son ressentiment. Il inspira profondément et lui tourna le dos, serrant les poings sur les rondins des remparts.

— Je sais pourtant que la reine Aldan s'est convertie à Notre Seigneur Jésus-Christ, poursuivit l'abbé. J'ai placé l'un de mes moines auprès d'elle. Son confesseur, le frère Blaise, est de notre ordre et il me…

— Au diable son confesseur ! cria Ryderc.

Il se porta vers Kentigern si vivement que ce dernier recula d'un pas.

— Que m'importe qu'Aldan soit chrétienne ! Que m'importent ton Blaise, tes calculs et les plans de ton maudit Colomba d'Iona ! Tu les as entendus ? Rien ne peut unir les clans, hormis le souvenir d'Ambrosius. Qu'importent les religions, tout ce qu'ils veulent, c'est un nouvel Arthus !

Les deux hommes se dévisagèrent, et devant le calme du vieux moine, le roi poussa un long soupir de découragement et secoua la tête.

— Après tout, dit-il en s'écartant. Guendoleu ou un autre…

— Non, Ryderc, ce ne peut être un autre, rétorqua l'évêque avec fermeté. Je comprends ta rancœur, mais l'avenir de la Bretagne ne se fera qu'en Notre Seigneur, et tu es son bras armé, quoi qu'il advienne. Ce n'est pas un plan, Ryderc, ni une machination de palais, mais le sens même de l'histoire et de la vie… Ne perds pas courage, mon fils, et ne doute pas de ta foi.

L'abbé s'interrompit, voyant que l'attention du jeune roi lui échappait.

— Qu'est-ce que tu veux ? dit-il soudainement.

Ryderc, comme pris en faute, tourna vers lui un regard lourd d'incompréhension.

— Qu'est-ce que nous voulons tous, en fin de compte ? insista Kentigern. La paix, non ? Le bonheur ? La puissance et la gloire aussi, sans doute, mais dans quel but, si ce n'est de mettre fin à ces guerres incessantes ? Une armée peut être vaincue, mais nul ne peut détruire un peuple, tu le sais bien. La seule chose qui puisse garantir la paix entre nous, c'est l'alliance… Ne te trompe pas d'adversaire, Ryderc. Les Gaëls d'Hybernie ou du Dal Riada ne sont pas nos vrais ennemis, et les Pictes eux-mêmes se rallieront bientôt à la vraie foi.

— Ha ! cracha Ryderc avec dédain.

— Les Pictes eux-mêmes, poursuivit le vieil homme avec obstination. Colomba a rencontré le roi Brude mac Maelchon, qui s'est engagé à accueillir désormais ses missionnaires, ou du moins à leur accorder sa protection. De jeunes nobles du pays Cruithni[1] étudient déjà à Iona pour se faire moines… Ce n'est qu'une question de temps… Demain, les Bretons, les Scots et les Pictes ne seront qu'un même peuple, le peuple de Dieu, uni contre les ennemis de la vraie foi ! Nous n'avons pas le droit de renoncer, mon prince… Tout est déjà en marche, nous ne pouvons plus reculer.

De nouveau, Ryderc hocha la tête. La fatigue de la journée s'abattait d'un seul coup sur ses épaules. Il avait froid et n'aspirait plus qu'au refuge du sommeil.

— En attendant, dit-il, tes amis les Gaëls ne cessent de harceler les côtes du Dyfed. Va expliquer à la reine Aldan que ce ne sont pas ses vrais ennemis !

— Les royaumes d'Hybernie sont aussi divisés que les nôtres, et les Deisi Muman qui se répandent sur les

1. Nom que les Pictes se donnaient à eux-mêmes.

Sept Cantons n'ont rien de commun avec le roi Conall des Dal Riada, grommela le moine en écartant l'argument d'un geste méprisant de la main. Le plus grand danger, Ryderc, vient des Saxons. Ce sont des bêtes sans parole, des païens idolâtres et des assassins. Toi-même, n'as-tu pas failli mourir sous leurs coups, sans gloire, dans la fange d'une porcherie ?

Le jeune roi caressa du bout des doigts son bras bandé, puis dévisagea le vieil abbé. L'espace d'un instant, il se demanda à qui aurait profité sa mort...

— Il faut garder la foi, Ryderc. Nous avons sous-estimé Guendoleu et l'amitié qui le lie à Aldan Dyfed. Le vieux roi Ceido et lui se sont comportés comme des pères pour son bâtard, et elle semble y attacher de l'importance... Mais si Guendoleu venait à mourir, je...

— Est-ce que ça vous surprend, mon père ?

Ryderc et Kentigern se tournèrent d'un seul bloc vers la poterne du fort. La reine Languoreth s'avança jusqu'à eux, s'inclina pour baiser la main du prélat puis leur fit face. Elle avait défait son voile, et quelques mèches de ses longs cheveux bruns volaient dans la brise marine, lui masquant une partie du visage, s'accrochant à ses lèvres. Enveloppée dans un manteau rouge, couleur royale, elle était pieds nus et ne devait porter en dessous qu'une chemise. Ryderc sourit et l'attira contre lui. Sous la cape, il sentit son ventre bombé et ses formes, aussi fières que les seins noirs de sa chère forteresse. Peut-être même ne portait-elle rien, sous la cape...

— Pourquoi une mère n'attacherait-elle pas de l'importance à son fils unique ? souffla-t-elle sans regarder le vieil homme, et en se pressant un peu plus contre son époux.

Kentigern s'éclaircit la gorge et fit un pas en arrière avec une gêne manifeste qui les fit tous deux sourire.

— Ce Merlin est le fils du diable ! cracha l'abbé. Un bâtard ignorant, accroché aux vieilles croyances. Un barde sans intérêt !

Languoreth glissa son bras nu hors de son manteau pour dégager les cheveux qui balayaient son visage, puis leva les sourcils d'un air étonné.

— À ce qu'il paraît, ce n'est pas l'avis de tous.

Elle se tourna vers Ryderc, lui caressa un instant la joue, et se dégagea à l'instant où il allait l'embrasser.

— ... En tout cas ce n'est pas l'avis de Guendoloena.

Le roi resta interdit.

— Qu'est-ce que tu dis ?

— Sans doute n'y a-t-il eu guère plus qu'un baiser, mais elle a pleuré quand ils sont partis... Emrys Myrddin n'est pas un diable, mon père. Il semble fait de chair et de sang, comme nous. Et plutôt bien fait...

— Tu ne sais rien ! s'exclama Kentigern d'un ton si haineux que Ryderc s'interposa entre lui et la reine.

Aussitôt, l'évêque-abbé baissa la tête et leva les mains en signe d'excuse.

— Pardonnez-moi, ma reine. Croyez-moi, ce garçon n'est pas de notre sang, il n'est pas comme nous... Certaines choses doivent rester ignorées, c'est préférable pour tout le monde...

Ryderc soupira de nouveau et s'écarta. Il ramena en arrière ses cheveux trempés par la bruine, lissa sa barbe et croisa les bras, adossé aux rondins.

— Je suis fatigué, dit-il. J'ai la gorge enrouée à force de palabres et j'en ai assez... Pour moi, ce Merlin peut être l'enfant du diable si ça lui plaît, je m'en moque. Mais c'est le fils d'Aldan, le prince héritier du Dyfed et le premier barde de Guendoleu… Il faut que je pense à tout ça.

— Mon prince, il n'est plus temps de penser. Il faut agir ! s'écria Kentigern. Guendoleu ne doit pas conserver le torque. C'est à vous qu'il revient !

— Oui, certes, murmura Ryderc.

Il émit un rire triste puis, se détachant du bois humide, saisit la reine par l'épaule et se dirigea vers la poterne.

— Tu n'aurais pas dû sortir par ce vent… Le bébé et toi, vous pourriez prendre froid.

— Alors réchauffe-moi, dit-elle à son oreille, en écartant fugacement sa lourde cape pour le serrer contre elle.

Ryderc rit et secoua la tête. Effectivement, elle ne portait rien sous le manteau… Au moment de quitter le fort supérieur, il se tourna vers Kentigern.

— Tu vois, l'abbé… Si Guendoleu venait à mourir, c'est sans doute à Merlin que reviendrait le torque d'Arthus !

Kentigern ouvrit la bouche pour répondre, mais le jeune roi descendait déjà vers ses quartiers. Une saute de vent fit grésiller les torches et ramena jusqu'à lui le rire de Languoreth. Il eut un mouvement pour s'élancer vers eux, qu'il réfréna aussitôt. À quoi bon… Ryderc n'était pas en état de l'écouter davantage, et peut-être trouverait-il dans les bras de la reine un apaisement que la parole de Dieu elle-même ne pourrait lui procurer. Avec un profond soupir, il vint s'appuyer à la palissade de rondins, à l'endroit précis où le roi s'était trouvé quelques instants plus tôt. Comme lui, il contempla le miroitement de l'estuaire sous la pleine lune. Sa colère s'estompait peu à peu, laissant place à une fatigue extrême. En lui-même, il remercia Dieu de ne pas avoir insisté davantage. Sans doute se serait-il laissé aller à trop parler.

— *Nous ne luttons pas contre des hommes, mais contre des forces invisibles*, murmura-t-il. *Les puissances des ténèbres qui dominent le monde...*

Ce que l'église savait à propos de Merlin relevait du secret de la confession. Celle de la reine Aldan au frère Blaise, puis celle du moine à son évêque lui-même, quand il avait ressenti le besoin impérieux de soulager son âme du poids effroyable des révélations de la reine.

Quoi qu'il arrive et quel qu'en soit le prix, il ne fallait pas que ce Merlin du diable hérite un jour du torque royal.

Nul ne parlait, parmi la troupe. Pas un mot, pas même un juron pour lancer les bœufs attelés aux chariots. Les hommes marchaient en silence, jetant parfois un regard vers leur chef, impassible et morne malgré le torque d'or qui luisait à son cou. Le bringuebalement des armes, le martèlement des pas et le chuintement du cuir formaient une musique sourde qui plongeait chacun d'eux dans de sombres pensées. Sous le ciel plombé, l'enthousiasme des premières heures s'était mué en un sourd sentiment d'angoisse. Prompts à se glorifier de l'honneur fait à leur roi, les guerriers de Cumbrie avaient quitté Dun Breatann en vainqueurs, mais l'humeur grave de Guendoleu et les rappels à l'ordre cinglants des sergents les plongeaient à présent dans la perplexité et la crainte. Durant trois jours, ils n'avaient cessé de boire, de manger et de se livrer à toutes sortes de défis absurdes, tenant souvent davantage du pugilat que de la rencontre courtoise, et c'est à peine s'ils avaient relevé le départ des guerriers du Gwynedd, les cavalcades rageuses et provocantes de la bande armée menée par les sept fils d'Ellifer, les lances dressées, les cris de guerre et les croix brandies comme des oriflammes.

Tout était différent, aujourd'hui, et les rumeurs les plus inquiétantes circulaient d'un bout à l'autre de leur colonne. On disait que le clan des chrétiens avait quitté le conseil des rois, que les chefs de guerre du Gwynedd, Gurgi et Peredur, refusaient l'autorité de Guendoleu, que la reine Aldan avait dû fuir pour sauver sa vie… Et les regards se portaient sur Merlin, son fils, qui chevauchait parmi eux au lieu de courir les montagnes, comme à l'aller.

Conscient de ces regards, le jeune barde s'était composé un sourire de façade, mais ses yeux étaient absents et ses pensées bien éloignées de leurs doutes. Lui ne regardait personne, ni Guendoleu, ni la troupe, ni même le chemin bordant la rivière, laissant son cheval le mener sans toucher à ses rênes. De toute son âme, il s'efforçait de tenir son rang et de songer aux dernières paroles de sa mère, mais il ne pouvait s'empêcher de dériver jusqu'au souvenir de Guendoloena, de ses longs cheveux flottant au vent, de la finesse de ses mains chargées de bracelets d'argent ciselé, de la blancheur de sa peau quand elle avait entrouvert sa robe…

Les deux jours suivant le conseil des rois avaient été de ceux qui marquent une vie, effaçant aisément les heures pénibles de l'audience publique.

Jusqu'au soir, il s'était senti mis à l'écart, impuissant et révolté, incapable d'approcher sa mère ou Guendoleu alors qu'il les voyait au cœur de la tourmente. Comme à l'instant où le moine avait parlé, les clans bretons s'étaient farouchement divisés, et ces hommes qui, quelques heures plus tôt, festoyaient ensemble s'affrontaient avec une haine telle, parfois, qu'il en avait eu les larmes aux yeux. La nomination du nouveau Grand Roi avait plongé l'assemblée dans le chaos. Des chefs de guerre qu'il ne connaissait pas, mesurant à peine leurs paroles, jetaient des phrases insultantes, frappaient du poing sur la table et sortaient les uns après les autres, affaiblissant chaque fois un peu plus l'alliance bretonne. Et durant tout ce temps, jusqu'à ce qu'on n'y voie goutte et qu'il faille allumer des flambeaux dans la grande salle, Guendoleu était resté muet, sans un mot pour se défendre, convaincre ses adversaires ou tenter de les retenir. Enfin, à la nuit tombée, les cris avaient cessé et l'agitation de la journée laissé place à un abattement général, proche de l'épuisement. Alors seulement, Guendoleu parla.

— Frères cymri, tout ce qui a été dit aujourd'hui fait honneur et fait honte à l'île de Bretagne… Depuis la mort d'Arthus, nous avons vécu sans chef, pour le bonheur de nos ennemis, et nous voici plus divisés, plus aigris que jamais. Je ne suis pas Arthus, mais pour l'amour de la reine Aldan je vous mènerai à la victoire, si je le puis, ou je mourrai à vos côtés…

Dominant l'auditoire clairsemé, vidé à présent d'un bon tiers de la foule qui, quelques heures plus tôt, se pressait dans les travées, il saisit le torque d'or d'Ambrosius, en écarta sans effort les deux branches et le glissa à son cou. Sous la lueur dansante des torches, le lourd collier torsadé leur parut être de feu, chatoyant comme des braises, et tous y virent un présage effrayant. Les uns après les autres, les rois et chefs de guerre qui étaient restés vinrent cependant s'incliner devant lui et lui donner la main. Ryderc fut le dernier, mais il s'inclina, lui aussi. Quand il mit un genou en terre, Guendoleu le releva et le serra contre son cœur, puis Aldan Dyfed lui offrit sa bague, en signe d'affection.

Dès le lendemain, elle avait repris la mer.

Ce n'était pas une fuite et sans doute ne craignait-elle pas pour sa vie. Pour autant, les dernières heures avaient été éprouvantes et elle se sentait épuisée. Plus que tout, elle voulait retrouver au plus vite l'isolement de sa forteresse de Caerfyrddin. L'hostilité de Rhun, de Peredur et des chefs de guerre du Gwynedd ne l'avait guère surprise. C'était sur leur terre, bien des années auparavant, que son mari Ambrosius avait défait Vortigern, sur leur terre qu'il avait bâti la forteresse qui portait toujours son nom, Dynas Emrys, au pied des montagnes de l'Eryri [1]. En outre, les plus anciennes légendes du pays Cymru opposaient les Hommes du Sud et les Hommes du Nord. L'histoire de Gwyddyon, neveu du roi Math de Gwynedd, qui vola puis tua par traîtrise le roi Pryderi de Dyfed, était de celles qu'on ne pouvait oublier et qui toujours sépareraient les Deux Royaumes. C'était ainsi depuis l'aube des temps et sans doute en serait-il toujours de même... Mais quelle que soit leur puissance, et la crainte que provoquait d'un bout à l'autre de l'île de Bretagne la fureur guerrière des sept fils d'Ellifer et de leur bande armée, nul ne pourrait s'opposer à l'alliance de Ryderc et Guendoleu, des Manau Goddodin, du Rheged d'Urien et du Dyfed...

Aldan était partie la tête haute, escortée jusqu'au port par les deux rois, leurs clients et leurs chefs de guerre, entre deux files de gardes vêtus des

1. Le massif de Snowdon.

manteaux rouges du Strathclyde. Merlin, perdu dans la suite des courtisans, crut qu'il ne la reverrait pas avant que ses navires fassent voile. Il se détachait déjà de la foule, amer et le cœur serré, quand un bénédictin en robe noire, un être bedonnant au visage souriant portant à la fois tonsure et barbe, se porta jusqu'à lui et le retint par la manche.

— Prince Emrys Myrddin, pardonnez-moi, dit-il en le lâchant aussitôt. Je suis le frère Blaise, le confesseur de votre mère. La reine m'envoie vous chercher… Elle veut vous parler avant son départ.

Merlin, trop surpris pour faire bonne figure, lui fit signe de le précéder et, sans un mot, le suivit jusqu'à une barque. En quelques coups de rame, ils contournèrent les navires – trois vaisseaux de guerre à la mode romaine, portant des rames et un mât unique à voile carrée – jusqu'à une échelle de coupée à laquelle ils s'amarrèrent. Le jeune barde n'était encore jamais monté sur une embarcation, pas même sur un coracle de pêche, et ne savait pas nager. Il s'efforça de ne rien montrer de son appréhension, mais le pont mouvant, les grincements des cordages et le sifflement lugubre du vent dans la voile encore ferlée l'emplissaient de crainte, et tandis qu'il talonnait le moine, l'idée effrayante que sa mère ait pu le faire embarquer pour le ramener avec elle en Dyfed s'imposa brusquement à lui.

Aldan se tenait sur le pont supérieur, les cheveux au vent, tournée vers le large et non vers la ville, comme si elle ne pouvait attendre plus longtemps de quitter la Forteresse des Bretons. Quand elle les aperçut tous deux, elle remercia son confesseur puis, tandis qu'il s'écartait discrètement, saisit les mains de son fils avec chaleur.

— Nous n'avons guère eu le temps de nous parler, Emrys… Je t'ai fait chercher, hier soir, tu sais…

Merlin se sentit rougir, chercha ses mots vainement.

— Ce n'est pas un reproche, fit-elle en riant. Guendoloena est une très belle jeune fille, mais n'oublie pas qu'elle est la sœur de Ryderc. Vous pourriez vous retrouver mariés avant même d'avoir échangé ne serait-ce qu'un baiser !… À moins que ce ne soit déjà fait ?

Cette fois, il était écarlate, et balbutia des mots sans suite qui la firent rire franchement.

— Décidément, j'ai du mal à me figurer à quel point tu as grandi ! Allons, viens… Il fait froid.

Elle l'entraîna par la main sous un auvent de toile garni de coussins où ils prirent place. Quand elle reprit la parole, toute trace de badinage avait disparu.

— Je suis heureuse que tu aies pu voir tout cela, commença-t-elle d'un ton rude. Ainsi tu comprendras mieux ce que représentait Ambrosius, et à quel point la tâche qui attend Guendoleu est immense, pleine de dangers, et pas seulement à cause des Saxons ou des Gaëls… Ces dangers te menacent tout autant que lui, dorénavant. Peut-être même davantage, puisque tu es mon fils…

Le visage d'Aldan se figea l'espace d'un instant et Merlin crut voir une larme briller au coin de ses yeux. Elle hésita, lui sourit presque timidement mais détourna aussitôt la tête.

— Je sais que je n'ai pas été une bonne mère, Emrys… Mais tu ne peux savoir à quel point c'est dur d'être une reine. Si je t'avais gardé près de moi…

Elle tendit la main et, avec un sourire triste, lui serra le poignet.

— … eh bien ils t'auraient tué, mon fils. Oui, ils t'auraient sûrement tué.

Merlin se sentit mortifié, incapable de prononcer la moindre parole. Une part de lui-même continuait cependant à guetter les mouvements des marins, leur affairement inquiétant autour des cordages et des rames.

— Je suis fière de ce que tu es devenu, reprit-elle. Tu sais qu'on ne parle que de toi à Caerfyrddin ?

— Vraiment ?

— Merlin le barde ! dit-elle avec un petit rire. Même les moines connaissent ton nom, à présent.

— Alors je ne suis plus le fils du diable ! ricana-t-il, et aussitôt, à voir l'expression de sa mère, il s'en voulut.

— Pardonnez-moi…

— Oh non, c'est moi qui te dois des excuses…

Aldan détourna les yeux, contempla l'estuaire de la Clyde et le vol des mouettes le long de ses rives rocheuses.

— Un jour, il faudra que je te parle de ton père… Pardonne-moi, mais je n'en ai pas la force aujourd'hui… Quand nous nous reverrons, peut-être…

Ainsi, elle ne songeait pas à l'emmener avec elle en Dyfed ! Merlin s'en sentit à la fois attristé et soulagé. Malgré tout il se détendit, s'installa plus confortablement sur les coussins et les couvertures de fourrure puis, comme Aldan restait silencieuse, il songea à ce qu'elle venait de dire et voulut la rassurer.

— Je sais déjà tant de choses sur mon père… D'ailleurs, qui ne connaît Ambrosius, l'Ours de Bretagne !

Aldan lui fit face avec une expression brutale, presque haineuse.

— Tu ne comprends donc rien, jeune merle ! Tu le fais exprès, ou quoi ?

Merlin sentit son cœur se serrer brusquement. Aldan se reprit presque aussitôt, mais la violence de sa réponse avait glacé l'enfant.

— Pardonne-moi, je suis fatiguée…

Il eut un sourire d'excuse presque instinctif, alors que tout son être refusait d'en rester là une fois de plus et que les masques étaient près de tomber.

— Non, chuchota-t-il d'un ton hésitant. Non, je ne comprends pas…

— Ce n'est rien, Emrys.

— Ce n'est rien ?

Merlin la regarda pour la première fois avec détachement. Une rage sourde bouillait en lui et commençait à le submerger.

— Je crois que le moment est venu, mère. Vous ne m'avez pas fait venir sur ce bateau pour me parler de Guendoloena, n'est-ce pas ?

Aldan glissa vers lui un regard en biais et resta butée, visiblement indisposée par la tournure que prenait leur conversation.

— Eh bien ! cria-t-il.

— Ne hausse pas le ton quand tu me parles ! Pour qui te prends-tu ?

— Justement, c'est ce que j'aimerais savoir… Je suis Merlin, le barde. De ça je suis sûr. Mais je suis aussi le fils d'Arthus et prince héritier de Dyfed, ou du moins c'est ce que j'ai toujours cru…

Il ne la regardait plus, maintenant. Les vannes s'étaient ouvertes, et tous les mots qu'il avait jusque-là refoulés au plus profond de lui se formulaient d'eux-mêmes.

— Personne ne m'a jamais traité comme un fils de roi, et vous-même vous vous réjouissez de me voir reconnu comme un simple barde… On ne me traiterait pas autrement si j'étais…

Il hésita à prononcer ce qui venait à ses lèvres et la dévisagea de nouveau d'un air éperdu. Aldan était de glace, murée derrière un rempart de silence érigé depuis des années.

— … un bâtard.

Aux yeux de la reine brillait l'ébauche d'une larme. Ce fut son seul signe de faiblesse.

— Alors c'est ça, murmura Merlin. Bien sûr. Ça explique beaucoup de choses. Ambrosius n'est pas mon père, c'est ça ? Dites-le ! C'est ça ?

— Non ! cria-t-elle brusquement. Par Dieu non, ton père n'est pas Ambrosius ! Regarde-toi ! Qu'est-ce que tu crois ?

Merlin se sentit pétrifié, le front en nage, la gorge nouée, et la contempla avec un rictus horrifié. Aldan s'essuya furtivement les yeux, et quand elle osa l'affronter de nouveau l'expression de son fils la troubla profondément. Elle tendit la main vers lui, mais l'enfant eut un brusque mouvement de recul. Alors elle s'écarta, elle aussi, et sous l'auvent de toile, un silence plus glacial que le vent du large s'installa entre eux. Merlin baissait la tête, jouait machinalement avec la courroie de sa ceinture, arborant une expression butée, infranchissable. Plus que toute chose au monde, Aldan Ambrosia voulait partir, lever l'ancre, quitter au plus vite Dun Breatann et tout ce gâchis.

— Pardonne-moi… Le bateau va partir, il faut que nous nous séparions.

Merlin se leva d'un bond, s'inclina devant elle et fit mine de s'en aller, mais elle le retint par la main.

— Tiens ton rang auprès de Guendoleu, Emrys. Tu as su devenir quelqu'un d'autre, exister par toi-même. C'est plus que je n'en espérais… Reviens couvert de gloire et rachète la faute de ta mère…

— Je ne comprends pas…

— Mon pauvre enfant, comment le pourrais-tu ? souffla-t-elle, avant de lui baiser la main.

Merlin sentit des larmes mouiller sa paume. Aussitôt, il eut envie de fuir, de quitter ce navire au plus vite.

— Veille sur Guendoleu et sur le torque d'Ambrosius, dit-elle. Ce n'était pas ton père, mais il t'a aimé malgré tout, comme son propre fils…

Elle le lâcha et il s'écarta, trop subitement pour qu'elle ne s'en rende pas compte.

— Que Dieu te protège, dit-elle.

Merlin s'en sentit offensé.

— Dieu ? lâcha-t-il en abaissant vers elle un regard froid. De quel dieu parlez-vous ? Jamais je ne recevrai la communion de ces moines aux longues robes. Avec eux je n'ai rien de commun !

Sans se retourner, il quitta l'auvent puis le pont supérieur et, tandis qu'il redescendait dans la barque, Aldan fit venir à elle le frère Blaise.

— Reste avec lui, ordonna-t-elle. Protège-le, car ce n'est encore qu'un enfant, et sa tête est pleine de tumulte… Garde-le en vie et ramène-le-moi.

Le petit moine pâlit, mais il obéit sans un mot et alla ramasser son balluchon. Il lui fallut cependant attendre que le passeur revienne avec sa barque, et le temps qu'il reprenne pied sur le rivage Merlin avait disparu. Durant quelques instants, il le chercha des yeux dans la foule des badauds, puis les cris de l'équipage, à bord du navire de la reine, attirèrent son attention. Il resta un moment sur la rive à les regarder avec amertume hisser la voile et prendre le vent, lentement, sur les eaux calmes de la Clyde. Protéger Merlin... Facile à dire. Et qui le protégerait, lui ? Rageusement, il écarta de son chemin la populace qui encombrait les berges et remonta vers la ville. Le campement des Cumbriens était un peu plus loin sur la rive. Sans doute y trouverait-il ce Merlin de malheur... Au moment où il allait se mettre en marche, deux novices l'abordèrent.

— Mon père, pardonnez-moi, dit l'un d'eux. Êtes-vous le frère Blaise ?

— C'est moi.

— Mon seigneur l'évêque Kentigern voudrait vous parler.

La procession des courtisans s'était dispersée rapidement, dès l'appareillage des navires d'Aldan. Il ne restait que quelques badauds désœuvrés, une escouade de gardes et de rares pêcheurs pour suivre des yeux les grandes voiles carrées remontant l'estuaire, vers le large. Merlin leur tournait le dos, repartant à grandes enjambées vers le campement des guerriers de Cumbrie, avec l'intention de seller son cheval et de fuir loin de la ville, retrouver l'air pur des hautes collines et galoper jusqu'à la nuit. En longeant le mur de pierres sèches de la première enceinte, il releva machinalement les yeux et c'est là qu'il la vit, dans son manteau bleu pâle flottant au vent. Guendoloena n'avait pas suivi le cortège des nobles jusqu'à l'embarcadère. Quand elle le reconnut, elle lui fit un signe et descendit des remparts à toutes jambes. Le cœur battant, Merlin jeta un coup d'œil aux alentours, hésitant à croire que ce signe lui était adressé, puis, ne voyant personne, il s'avança vers le poste de garde. Elle en jaillit à pleine course, droit dans ses bras.

— J'ai cru… J'ai cru que tu étais reparti pour les Sept Cantons, fit-elle d'une voix essoufflée.

La course lui avait mis le rouge aux joues et emmêlé les cheveux. Merlin leva la main pour lui dégager le visage, mais il perçut des regards amusés autour d'eux et se retint.

— Je ne serais pas parti sans te dire au revoir, murmura-t-il.

Elle le regarda d'un air gourmand, ramena son manteau sur ses épaules et contempla le ciel.

— Il semble qu'il n'y aura pas de pluie, aujourd'hui. Si nous prenions des chevaux ?

— C'est ce que j'allais faire, dit-il.

Des gardes portant la cape rouge du Strathclyde descendaient lourdement vers eux pour escorter la princesse, mais les deux enfants s'échappèrent en riant et se perdirent dans la ville basse. Ils se glissèrent ensuite jusqu'au campement des Hommes du Nord, où des guerriers complices leur sellèrent des montures, en poussant Merlin du coude avec des clins d'œil appuyés.

Ils vécurent deux jours merveilleux, hors du temps et de l'espace, à galoper à travers la lande, à se blottir sous leurs manteaux emmêlés dès la tombée de la nuit. Merlin sentait encore sous ses mains la peau fragile de son sein, la cambrure de ses reins et l'extraordinaire douceur de ses longs cheveux noirs. Ils s'étaient embrassés interminablement, encore et encore, s'étaient caressés avec tendresse et passion et s'étaient endormis enlacés. Au cœur de la nuit, ils avaient fait l'amour entre sommeil et rêve. Encore aujourd'hui, il en gardait un souvenir confus, trop ébloui pour y croire vraiment, et au petit matin ni l'un ni l'autre n'avait évoqué leurs étreintes. Leur amour s'enivrait de baisers et de caresses, de discussions sans fin et de longs silences. Il était de ceux que chantent les bardes, absolu et magique, plus fort que les lois des hommes, les contraintes des clans et des alliances, un amour d'enfants bien éloigné de la grise réalité de l'âge adulte. Pendant deux jours, ils avaient pu se croire seuls sur la terre et se moquer de ce qui pourrait bien leur arriver tant qu'ils resteraient ensemble. Deux jours à faire mille projets, à réinventer le monde et à y régner en paix. Deux jours à s'aimer assez fort pour s'en souvenir toute la vie… Et puis le conseil des rois avait pris fin.

Au matin du troisième jour, Guendoleu avait levé le camp. Merlin s'était éveillé en sursaut au milieu des préparatifs de départ. Il avait aussitôt couru jusqu'au poste de garde de la forteresse, mais les portes étaient restées closes et Guendoloena n'était nulle part en vue.

Aujourd'hui encore, il se sentait trop empli d'amour et de tendres souvenirs pour éprouver du chagrin. Guendoloena était en lui, chevauchant à ses côtés, et rien ne parviendrait à les séparer, pas même les lieues que la troupe de Guendoleu avait parcourues depuis leur départ de Dun Breatann. Ces deux jours avaient lavé toute la rancœur et toute l'angoisse qu'il avait pu ressentir en quittant le navire d'Aldan, et pour la première fois de sa vie il se sentait libéré du poids de sa naissance. L'isolement de son enfance, son exil en Cumbrie, la froideur de sa mère, tout s'expliquait à présent qu'il n'était plus le fils d'Ambrosius…

« Devenir quelqu'un d'autre, avait dit sa mère, exister par soi-même »… N'était-ce pas ce qu'il venait de faire ? N'était-il pas devenu un homme, au moins aux yeux de Guendoloena ?

Quand la colonne s'arrêta et qu'il vit les hommes de Cumbrie jeter armes et bagages à terre pour monter le campement, Merlin eut l'impression d'être arraché brutalement à ses rêves. Il resta un moment interdit, alors que tous s'affairaient autour de lui.

— Eh bien, joli cœur, tu comptes rester à cheval toute la nuit ? lança Cadvan, auquel des ricanements répondirent d'un peu partout.

C'était vrai, le jour était tombé sans même qu'il s'en soit aperçu… Merlin sauta de selle, saisit la bride de sa monture et l'entraîna vers une souche à laquelle d'autres cavaliers avaient attaché leurs chevaux. Comme eux, il ramassa du bois mort pour le feu et porta son bagage sur un carré d'herbe à peu près sec. En quelques minutes, l'obscurité fut totale, en dehors des flambées encore hésitantes dressées par les guerriers. Ils mangèrent en silence, rapidement, puis les hommes qui n'étaient pas de garde se roulèrent dans leur manteau et s'abîmèrent dans un sommeil de brute.

Merlin, lui, ne pouvait songer à dormir, l'esprit encore trop plein de Guendoloena et sans personne à qui en parler. Il quitta le groupe avec lequel il avait dîné et s'avança jusqu'au feu de camp du roi.

Guendoleu le salua dès qu'il l'aperçut et lui fit signe de venir auprès de lui.

— Nous n'avons guère eu le temps de nous voir, mon frère. Cadvan me dit que tu n'as pas perdu ton temps, chez Ryderc !

Assis à côté du roi, le géant partit d'un gros rire en pointant Merlin du doigt, mais c'était sans malice, et l'enfant ne s'en sentit pas offensé.

— Il semble que Ryderc n'ait pas prévu tout ce qui s'est produit à Dun Breatann, répondit-il en souriant.

Il y eut un moment de surprise, puis Cadvan éclata de rire à nouveau, en se claquant les cuisses.

— Bien dit ! Par les Mères, bien dit !

— Le prince Myrddin a raison, murmura le seigneur Diwel, sérieux comme à son habitude, et tous se tournèrent vers lui, sauf Merlin qui, pour la première fois, baissa la tête en s'entendant appeler « prince ».

Les cheveux aussi noirs que la nuit, aussi longs que le jour et tressés de nattes de part et d'autre de son visage glabre, Diwel était le plus vieux des chefs de guerre de Cumbrie, le plus écouté également.

— Si Ryderc a convoqué l'assemblée des rois à si grands frais, ce n'était sans doute pas pour se soumettre à nous, poursuivit-il en affrontant le regard sombre de Guendoleu. Je dis qu'il voulait ce titre.

— Il a rendu hommage au roi, protesta Cadvan.

— Et qu'aurait-il pu faire d'autre ? Il était notre hôte.

Diwel se tourna vers le riothime, mais Guendoleu, les yeux dans le vague, contemplait les flammes, qu'il attisait distraitement du bout d'un bâton.

Ceduit, qui n'avait pas encore parlé, donna brusquement un coup de pied dans une bûche, projetant ainsi une gerbe d'étincelles dans la nuit.

— Par le sang, dis ce que tu penses !

Guendoleu lui lança un regard aigu, mais il se ressaisit aussitôt et sourit à Merlin.

— Et toi, jeune merle, quel est ton avis ?

Merlin eut un mouvement de recul. Sous le regard de ses aînés, il sentit le rouge lui venir aux joues.

— La belle Guendoloena t'a dit quelque chose ? insista Cadvan en poussant du coude le seigneur Diwel (lequel n'apprécia que modérément une telle familiarité).

— Guendoloena m'a dit bien des choses, gros ours, répondit Merlin, mais nous n'avons guère eu le temps de parler de son frère.

— Ha !

— Pour autant, Ryderc est chrétien, poursuivit-il. Et Kentigern est son moine. Je crois que le seigneur Diwel a raison. Sans doute Ryderc voulait-il que l'on s'unisse sous la bannière de son dieu…

— Ta mère aussi est chrétienne, précisa Guendoleu.

— Je sais.

Le roi poussa un long soupir, leva les yeux vers la lune et, ramenant sur lui les pans de son manteau de fourrure, se cala plus confortablement contre sa selle.

— Tu te trompes, dit-il. Vous vous trompez tous les deux, oiseaux de mauvais augure… Ryderc est le plus exposé de nous tous. Son royaume borde les terres pictes et celles du Dal Riada. Sans alliance, il est perdu. C'est pour cela qu'il a convoqué l'assemblée…

Nul ne répondit, mais les guerriers échangèrent des regards dubitatifs. Les uns après les autres, ils imitèrent leur chef en se couvrant de leur cape, et le silence de la nuit s'installa entre eux.

Au troisième jour de leur chevauchée, alors qu'ils entraient en Cumbrie et que Merlin devisait avec le roi, un cavalier en manteau rouge rattrapa leur colonne. L'homme était couvert de boue et de poussière, et son cheval luisait de sueur.

— Je cherche le roi Guendoleu ! cria-t-il d'une voix rauque.

— Guendoleu t'écoute, fit Cadvan en poussant son cheval devant lui. Qui es-tu ?

— Je suis Amig, de la maison de Ryderc, dit l'homme en le toisant avec une moue montrant assez bien qu'il n'était pas dupe. Le roi m'envoie implorer son aide !

Guendoleu talonna sa monture et se porta jusqu'au messager.

— Que se passe-t-il ?

L'homme eut un sursaut en apercevant le torque d'or brillant à son cou, sauta à bas de son cheval et mit un genou en terre.

— Les Gaëls ont débarqué à Dun Breatann, seigneur. La ville est en flammes…

V

Arderydd

C'EST une épreuve amère que de parcourir en sens inverse un long chemin déjà couvert, alors qu'on touche presque au but. Ce l'était encore davantage pour Guendoleu et ses hommes, qui remontaient à marche forcée à travers le royaume des Plaines Cultivées vers le fort de Dun Breatann sans savoir quels dangers les attendaient, avec en outre la sensation cruelle de courir au désastre. Amig était reparti aussitôt, acceptant seulement de changer de cheval, et son départ précipité les privait de toute autre information. Combien les Gaëls étaient-ils, et de quel clan ? Où étaient Ryderc et son armée ? Avait-il envoyé chercher d'autres renforts ? De nouveau, des cavaliers avaient été placés en flanc-garde pour couvrir les hauteurs, et de nouveau Merlin avait obtenu d'en être. Cela n'avait plus rien d'un jeu ou d'une escapade insouciante, quand à chaque instant ils s'attendaient à apercevoir la fumée des incendies ou à être submergés par une meute hurlante surgie des forêts.

Les Cumbriens n'étaient que deux cents, guère plus qu'une escorte, bien trop peu pour affronter un parti de Gaëls assoiffés de gloire et de pillage, et encore moins une armée de conquête. Mais, pour autant, comment ne pas obéir à l'appel de Ryderc ? Guendoleu, la Cumbrie ainsi que l'ensemble de ses guerriers y auraient perdu la face à tout jamais, et cette perspective leur était plus insupportable que la défaite sur le champ de bataille, la captivité ou la mort elle-même. Le roi avait dépêché des cavaliers vers les terres d'Urien Rheged et d'autres vers ses propres places fortes de Cumbrie, afin qu'on y regroupe des forces dignes de ce nom, mais il leur faudrait des jours pour réunir les bans de guerre. Pour l'heure, les Bretons étaient seuls, marchant vers leur destin sans aucune trace de cette exaltation fébrile qui animait d'habitude leurs raids guerriers.

Bientôt, les hommes et les bêtes furent épuisés. Il pleuvait sans cesse et on ne s'arrêtait jamais assez longtemps, ni le jour ni la nuit, pour que sèchent les bottes et les manteaux détrempés. Pas assez longtemps pour chasser du gibier et manger quelque chose de chaud. Pas assez pour que les traînards et les chevaux boiteux rejoignent la colonne. Les montures ne portaient plus leurs cavaliers, renâclaient et devaient être battues, traînées au moindre obstacle. Merlin lui-même commençait à éprouver le froid, la faim et la fatigue de cette course lugubre pour l'honneur.

Le matin du deuxième jour suivant la venue d'Amig, ils franchirent à gué la rivière Liddal et s'avancèrent sur la plaine d'Arderydd, une large trouée au cœur de la grande forêt calédonienne, en vue du mur des Romains. Il faisait froid. L'herbe haute et gorgée de pluie semblait vomir des nappes d'une brume opaque, perçante, qui imprégnait leurs vêtements et constellait leurs armes, leurs boucliers et leurs casques d'un crachin glacé. À chaque pas, ils s'enfonçaient dans un margouillis marécageux, comme si la terre, noire et collante, voulait les retenir ou les attirer plus vite à elle…

Merlin, qui marchait sur le flanc de la colonne en tenant son cheval fourbu par la bride, s'arrêta tout à coup et retint son souffle, les sens en alerte. Il rabattit ses cheveux sur la nuque pour mieux entendre, écouta longuement, puis sauta en selle et piqua des deux.

Comme un seul homme, la troupe s'arrêta en le voyant partir au galop, et quand il fut à son tour happé par la brume, chacun d'eux tendit l'oreille. On percevait une rumeur sourde, vers l'est. Rien de bien définissable, mais ils serrèrent instinctivement les rangs et se couvrirent de leurs longs boucliers ovales. Le cœur battait plus vite, les bras fourmillaient, les mains tremblaient en serrant la poignée de l'épée ou le manche de la hache. Puis le bruit de la galopade s'arrêta brusquement. Bientôt, il n'y eut plus que le silence pesant du brouillard.

Merlin était tout proche, pourtant, et avait arrêté sa monture à quelques dizaines de toises de là. Prenant appui sur l'encolure du cheval, il s'était hissé pour tenter de percer le rideau grisâtre qui masquait la plaine, mais il ne distinguait rien d'autre que la masse sombre, diffuse et menaçante de la grande forêt. Le grondement lourd, en revanche, devenait de plus en plus net, et se muait en une sorte de plainte modulée, stridente et continue, pareille au gémissement d'une banshee, porteuse de mauvais présages. Peu à peu, le grondement se rythma et l'atroce lamentation se précisa. Il entendait maintenant le pas d'un millier de chevaux, le martèlement des tambours de guerre, le geignement effrayant des trompes, et, en écarquillant les yeux à en pleurer, il devina le front immense d'une armée en marche contre eux, emplissant toute la plaine d'Arderydd, entre les rivières Liddal et Carvinolaw…

— Les Gaëls ! hurla-t-il en rabattant son cheval vers la maigre troupe de Guendoleu.

Le temps qu'il les rejoigne, tous les cavaliers bretons avaient sauté en selle et s'étaient regroupés derrière les piétons, serrés en une masse compacte derrière le mur de leurs boucliers. Il contourna leur maigre ligne et galopa jusqu'au Grand Roi.

— Ils sont des centaines ! annonça-t-il en tâchant de maîtriser sa voix. Des milliers, peut-être, et des milliers de chevaux !

— Reprends-toi ! grogna Cadvan. Comment des Gaëls venus par la mer auraient-ils pu transporter des milliers de chevaux ?

— Ils les ont peut-être pris à Ryderc, fit le seigneur Diwel.

— … À moins que ce ne soit pas des Gaëls, murmura Guendoleu.

Cadvan et les autres le regardèrent d'un air interrogatif, mais il n'en dit pas plus, et sans leur accorder un regard poussa sa monture en avant, au pas, à travers la masse de ses guerriers. Les hommes s'écartèrent sur son passage et le suivirent des yeux jusqu'à ce qu'il ne soit plus qu'une silhouette imprécise dans la brume. Chacun d'eux pouvait maintenant entendre la plainte des trompes et le grondement des tambours. Et soudain le bruit d'une galopade à travers la rivière Liddal leur fit tous tourner les yeux vers l'arrière.

Le martèlement des sabots s'estompa rapidement, sans qu'ils aient eu le temps de voir quoi que ce soit, mais à l'évidence une deuxième troupe était venue leur couper la retraite. Sans même attendre les ordres, ils se déployèrent sur deux côtés, reculant jusqu'aux abords de la forêt.

— C'est un piège ! cria Ceduit dès que le roi revint parmi eux. On nous a attirés dans un piège !

— Il faut fuir dans les bois, dit Merlin, nous disperser et tenter de repasser la rivière plus loin !

Guendoleu les regarda tous deux, hocha la tête avec un sourire triste, et défit son manteau alourdi par la pluie et la boue.

— C'est sans doute ce qu'ils veulent, dit-il en regardant l'insondable forêt qui s'étendait derrière eux, si dense et encombrée de ronces que s'ils tentaient d'y trouver refuge, il leur faudrait abandonner chevaux et chariots. Aucun de nous ne sortirait de là vivant…

Le roi contempla longuement le ciel voilé puis, s'arrachant brusquement à la torpeur morbide qui s'était emparée de lui, cabra son cheval et retrouva son ton de commandement.

— Ceduit ! Diwel ! Que vos hommes quittent la ligne et aillent couper des perches ! Cadvan, tu les feras planter tout autour de nous, avec du bois mort et des ronces. Dépêchez-vous. Tant que la brume nous protège, ils n'attaqueront pas.

Les chefs de guerre obéirent aussitôt, et quelques ordres brefs suffirent à faire basculer la troupe apeurée dans l'action. Abandonnant sur place bagages et boucliers, une vingtaine d'hommes coururent vers la forêt, la hache à la main. Et tandis que s'élevait peu à peu autour de la troupe un plessis de bois mort, de pieux grossièrement taillés et de ronces, Guendoleu approcha sa monture de celle de Merlin.

— Ceduit a raison, dit-il assez bas pour que seul le jeune barde l'entende. C'est un piège… Cet Amig de malheur nous a attirés dans un piège…

— Tu crois… Tu crois que Ryderc nous a trahis ?

Guendoleu tourna vers l'enfant son visage fatigué.

— Je ne veux pas le croire, mon ami.

— Mais… Pourquoi aurait-il fait ça ?

Un souffle de vent subit retint la réponse du riothime. Il leva de nouveau les yeux vers le ciel. Un pâle soleil perçait les nappes de brume, que le vent chassait inexorablement.

— Ça n'a plus d'importance…

Déjà, le brouillard s'effaçait devant eux, s'effilochait en révélant peu à peu les abords de leur triste position. Guendoleu porta la main à son cou, caressa le torque d'or qui pesait sur ses clavicules et se tourna de nouveau vers Merlin. Il ne dit rien, mais le geste trahissait ses pensées.

— Ce n'est pas possible, souffla Merlin. Pas Ryderc…

À cet instant, le vacarme infernal des tambours et des trompes cessa soudainement, et ce silence abrupt les effraya plus encore.

Presque aussitôt, ils perçurent un feulement strident.

— À couvert !

Une nuée de flèches surgie du ciel s'abattit sur eux comme une averse. Tandis que les hommes se couvraient de leurs boucliers, Merlin se raidit et baissa la tête, tétanisé, incapable de réagir. Il entendit le choc sourd des traits se fichant dans le sol, autour de lui, les cris des hommes touchés, le hurlement lointain de l'armée des Gaëls se ruant au combat et les aboiements furieux de leurs chiens de guerre. Alors il se redressa, tout au bonheur d'être encore en vie. Près de lui, le cheval de Guendoleu caracolait, et son maître, affaissé sur son encolure, semblait ne plus le contrôler. Cela ne dura qu'un instant. Le roi se saisit de nouveau des rênes et se redressa. Avec horreur, Merlin vit la hampe noire d'une flèche fichée dans le flanc du Grand Roi, comme surgie de sa tunique de mailles. Guendoleu la brisa, puis dégaina sa longue épée à double tranchant.

— Mourez avec honneur, braves guerriers de Cumbrie ! hurla-t-il en lançant sa monture en avant. Et que pour chacun d'entre nous dix de ces porcs nous fassent escorte !

Ils surgirent des derniers bancs de brume en une horde sauvage, couvrant presque toute la largeur de la plaine d'Arderydd. C'étaient des Gaëls, des Scots en vérité, portant les enseignes du vieux roi Conall de Dal Riada. Au grand galop, chaque cavalier transportait, accroché à sa selle, un ou deux combattants à pied qu'ils propulsèrent droit dans le plessis, telle une vague furieuse se brisant sur les rochers. À quelques toises de Merlin, l'un d'eux vint s'empaler sur une perche à peine taillée et resta ainsi longtemps, incapable de s'arracher au pieu qui l'éventrait, battant des bras et des pieds en hurlant d'une voix suraiguë, presque ridicule, le visage déformé par la terreur de la mort.

Immobile dans le tumulte, Merlin contempla l'atroce agonie du Scot, tandis que tout autour de lui le flot de leur charge submergeait les maigres défenses des Cumbriens. En l'espace de quelques secondes, le monde semblait avoir basculé dans le chaos. Les mains crispées sur ses rênes, agitées de tremblements incoercibles, il vit tomber des hommes qu'il connaissait depuis tant d'années, si forts et si terribles d'apparence qu'ils lui avaient à jamais semblé immortels. Cela ne ressemblait en rien aux joutes d'entraînement qu'il avait livrées dans l'espace nu d'une cour de ferme, avec des épées de bois. Ici, nulle habileté, ni feinte, ni adresse, ni passe d'armes, tout juste un acharnement insane, l'effroyable frénésie aveugle d'hommes terrifiés frappant au hasard, comme des déments, en hurlant à tue-tête.

Cadvan passa devant lui, dominant la mêlée de toute sa taille, et lui cria quelque chose qu'il ne comprit pas. Alors le géant se baissa, ramassa une pierre et la lui lança avec rage.

— Au moins défends-toi, bougre d'idiot ! Prends ta fronde !

Merlin sauta de selle, le bras encore douloureux là où la pierre l'avait atteint. Il saisit en tremblant la lanière de cuir qui pendait à sa ceinture et tomba à genoux à la recherche de projectiles. Le premier qu'il trouva fut la pierre de Cadvan, et elle pesait lourd au bout de la fronde. Merlin la fit tournoyer, d'abord sur le côté puis au-dessus de sa tête, et ajusta un cavalier qui poussait déjà sa monture au-delà des ronces. Il tira avec un cri de bûcheron et le toucha en pleine tête. L'homme perdit son épée, bascula en arrière en se découvrant. Aussitôt, une lance bretonne lui perça le ventre.

Merlin tremblait encore, le corps tout entier agité de spasmes, mais il assujettit une deuxième pierre, puis une troisième, encore et encore, hurlant à chaque coup, sautant de joie comme un insensé quand il touchait son but, puis tombant dans la boue du champ détrempé pour fouiller fébrilement la terre à la recherche d'un caillou assez gros et assez tranchant. Ni le temps ni la peur n'avaient plus guère de prise sur lui, et ce fut avec stupeur, une stupeur totale, abrutie, qu'il découvrit tout à coup qu'il n'y avait plus de cible à viser et que les Scots battaient en retraite, au son de leurs trompes de guerre.

Il n'y eut aucun cri de victoire parmi les Bretons, aucune poursuite ni aucune insulte lancée aux fuyards. Devant eux, quelques perches tenaient encore, comme de sinistres potences, mais le reste avait disparu, emporté, broyé sous la charge des Scots, enfoui sous la masse des corps massacrés. L'homme qui s'était empalé sous les yeux du jeune barde était toujours là, inerte enfin et les bras ballants, maintenu debout par le pieu qui l'avait traversé de part en part, jusqu'à ce que leurs lignes se défassent et que l'un des Cumbriens le renverse d'un coup de pied.

Les uns après les autres, les guerriers reculèrent, et ce que Merlin découvrit alors dépassait en horreur tout ce qu'il aurait pu imaginer. Leurs boucliers tailladés, fracassés, dégoulinaient de sang. Leurs mains, leurs bras et leurs visages en étaient éclaboussés. Encore assourdi par le tumulte du combat, Merlin perçut peu à peu les cris et les gémissements des blessés, tout le long du charnier. Où qu'il regardât, des corps s'amoncelaient, formant de macabres parapets. Çà et là, d'effroyables vestiges humains étaient répandus sur le sol, parfois agités de soubresauts, têtes tranchées, bras tenant encore une arme, et partout des hommes à terre, brisés ou hurlant dans leur sang, pleurant dans l'herbe piétinée et la boue glacée, partout des chiens et des chevaux éventrés, pitoyables.

Les survivants hébétés étaient effroyables à voir, marqués pour certains de blessures si hideuses qu'on ne pouvait les regarder qu'avec horreur, et ils s'abattaient d'un coup, pareils à des bœufs sous le marteau du boucher, lorsqu'ils découvraient leurs corps déchirés.

Sans un mot, certains parcouraient le charnier pour achever les blessés d'un coup de lance, malgré les supplications, les insultes ou les cris de rage. Parfois, c'était l'un des leurs qu'ils expédiaient ainsi, quand son état ne laissait aucun espoir, et le plus affreux était de voir des hommes mutilés, plus morts que vifs, se relever tant bien que mal afin d'échapper à cette fin misérable et vivre encore, ne serait-ce que quelques instants… Aucun d'eux n'attendait plus d'autre issue que ce misérable sursis. La plupart des chevaux avaient été tués ou s'étaient enfuis. Il s'en était formé une horde qui galopait à travers la plaine comme un troupeau affolé. Celui de Merlin était parmi eux, sans doute, emportant avec lui ses seuls trésors, sa harpe et sa baguette d'argent. L'enfant n'en avait pas même conscience. Au loin, l'armée des Scots se reformait pour une seconde attaque, à moins qu'ils ne se contentent de les accabler de flèches jusqu'à ce que les Bretons perdent pied et se ruent eux-mêmes au-devant de la mort…

Merlin était tombé à genoux, maculé de boue et pleurant à chaudes larmes, quand Diwel vint s'accroupir près de lui.

— Tu es blessé ?

L'enfant leva vers lui ses yeux embués. Malgré le sang qui lui avait éclaboussé le visage, les bras, la tunique, Diwel souriait, affreux à voir…

— Ça va ? insista-t-il.

Merlin hocha la tête et le guerrier l'aida à se relever.

— Tu as bien agi, jeune merle. Par les Mères, tu en as tué plus que moi, avec tes pierres !

Et il éclata de rire, ce qui donna au barde l'envie de vomir. Les pierres avaient tué… C'était une évidence qu'il avait jusque-là réussi à ne pas formuler.

Une bourrade, puis Diwel s'écarta pour aller retrouver ses hommes.

— Ramasses-en d'autres, ils vont revenir !

Merlin regarda autour de lui, se pencha et recommença à fouiller la terre à la recherche de projectiles, mais ses doigts revinrent tachés de sang. Lâchant sa fronde, il s'essuya furieusement sur sa tunique, puis il dégaina sa dague, animé soudainement d'une brusque ardeur meurtrière. Qu'ils viennent donc, puisque ce n'est pas assez. Qu'ils viennent et qu'ils meurent ! Qu'ils meurent ou qu'ils le tuent, mais qu'on en finisse !

Au même instant, un cri résonna à l'autre bout de la plaine.

— Guendoooleuuu !

Comme eux tous, Merlin chercha des yeux le roi. Il le découvrit à terre, soutenu par Cadvan et peinant à se relever.

— Guendoleu ap Ceidooo ! !

Le long de la Liddal, des cavaliers se déployaient, et lorsqu'ils brandirent leurs enseignes à tête de dragon, chacun d'eux éprouva la même succession de sentiments : stupeur, incompréhension, haine, effroi. La troupe qui avait coupé leur retraite à la faveur de la brume et qui se faisait reconnaître ainsi avant la mise à mort était la bande armée des fils d'Ellifer, compagnie effroyable et sanguinaire, dont les faits d'armes et les atrocités faisaient frémir d'un bout à l'autre de l'île. Des Bretons chrétiens des montagnes du Gwynedd, menés par Peredur et le seigneur Gurgi. Pour ceux qui en doutaient encore, le piège se révélait dans toute son abjecte simplicité.

— Venez donc, traîtres sans honneur ! hurla Cadvan. Venez mourir, valets félons, fourbes et parjures !

— Est-ce toi, Cadvan ? cria une voix au loin. Cadvan le fort, Cadvan la grande gueule ? Si tu venais te battre, chien de Cumbrie ?

Le géant prit le temps d'aider Guendoleu à se relever. Quand il y fut enfin parvenu, il croisa le regard de Merlin, et celui-ci se précipita pour soutenir le roi à sa place. Écrasé sous son poids, le jeune barde sentait chanceler celui qui avait été son seul ami, père et frère à la fois. Son haubert d'acier était démaillé, défoncé et dégoulinant de sang en plusieurs endroits, le tronçon de flèche surgissait toujours de son flanc, et son visage était marqué de horions. Mais le torque d'Ambrosius brillait toujours à son cou, et sa main serrait encore sa longue épée.

Merlin vit Cadvan s'emparer de l'un des rares chevaux restés dans leur enclos de ronces, écarter les rangs des survivants et s'avancer dans la plaine, au-devant d'un cavalier qu'il ne reconnut pas à cette distance. Puis les lignes des Cumbriens se reformèrent devant lui. Il n'osait bouger, arc-bouté contre Guendoleu, persuadé qu'ils s'effondreraient tous deux s'il tentait de faire le moindre pas. Il y eut un bref bruit de galopade et les hommes se mirent à crier, à encourager Cadvan et à maudire son adversaire, poussant des acclamations à chaque coup, commentant le combat comme s'ils n'allaient pas tous mourir dans la journée… Merlin, hélas ! n'était plus en état de suivre l'affrontement. Sous le poids du roi, ses oreilles bourdonnaient, des points blancs se mettaient à danser devant ses yeux et ses jambes commençaient à trembler. Tétanisé à l'idée de faillir à sa tâche, il en oubliait le temps et le lieu, lorsque la voix mourante de Guendoleu l'arracha à sa rétraction.

— Je suis content que ce soit toi…

L'enfant sursauta comme s'il se sentait pris en faute. Il raffermit aussitôt sa prise, ce qui n'eut pour effet que d'arracher un gémissement de souffrance au riothime.

— Repose-moi à terre, murmura ce dernier. Mes jambes ne me portent plus…

Merlin obéit, plus rudement qu'il ne l'aurait voulu, et tomba à genoux au côté de son ami. Avec horreur, il s'aperçut que du sang ruisselait sans discontinuer sur le torse et le ventre du roi. Il voulut se lever, appeler à l'aide, mais Guendoleu le retint par le bras.

— Le torque, souffla-t-il.

Il leva une main ensanglantée vers son cou.

— Prends… le torque… Sois-en digne…

Agenouillé à son côté, Merlin le regarda sans comprendre, jusqu'à ce que les yeux bleus du roi se figent à jamais. Sa tête pesait dans ses mains, et autour d'eux les clameurs imbéciles redoublaient, inconscientes du drame. L'enfant ne pouvait ni bouger ni parler, le corps et la gorge également noués et l'esprit vacillant. Puis, comme si le ciel pleurait à sa place, il se mit à pleuvoir, tout doucement d'abord, puis de plus en plus fort. Les gouttes frappaient le visage de Guendoleu, ses yeux ouverts, ses lèvres tuméfiées, ruisselaient dans ses cheveux et sa barbe, emportant avec elles le sang et la boue du champ de bataille. Ils furent bientôt trempés, aussi immobiles, aussi morts l'un que l'autre. Et personne n'avait rien remarqué.

Soudainement, les hommes redoublèrent d'acclamations. Leurs rangs se défirent et ils se ruèrent en avant pour porter Cadvan en triomphe. C'était assourdissant, malgré le martèlement de la pluie. Tous ces cris, cette agitation… Merlin releva la tête et vit leurs visages alarmés, déformés, grimaçants. Dans ce vacarme de déments, il les vit reformer leurs rangs à la hâte et, presque aussitôt, les chevaux du Gwynedd se fracassèrent comme une lame contre leurs boucliers, balayant cette fois tout devant eux.

Alors le jeune barde se dégagea, déposa précautionneusement la tête de Guendoleu sur le sol, puis écarta des deux mains le torque d'or resserré autour de son cou. Le lourd collier était large d'un pouce, torsadé sur toute sa longueur, et s'achevait en deux boules finement ouvragées, représentant un ours et un sanglier, symboles de force et de pouvoir.

Sans réfléchir, Merlin passa le torque à son cou et força sur les branches jusqu'à les refermer complètement. Le collier pesait sur ses clavicules aussi lourd qu'un joug, et il songea que ce poids, supporté avant lui par les deux hommes qu'il avait considérés comme ses pères, devait leur rappeler sans cesse la lourdeur de leur charge…

Toujours à genoux, il jeta au loin sa dague, se saisit de l'épée de Guendoleu, puis se releva, soudain calme, et contempla avec indifférence le chaos qui l'entourait. Il n'y avait plus que la mort à espérer. Aussi rapide que possible, pour un enfant pris dans une empoignade de brutes, dont le moindre des coups pouvait le briser en deux.

Contrairement à eux, il ne portait ni armure de mailles, ni casque, ni bouclier, pas même une broigne de cuir sous sa robe de laine. Il s'avança pourtant dans la mêlée, pareil à un brin d'herbe malmené par le torrent, frappant devant lui sans voir ce qu'il atteignait, bousculé, jeté à terre, se relevant encore et cognant toujours, tenant à deux mains l'épée du roi comme un épieu, jusqu'à ce que ses bras lui fassent mal. À l'abri de leurs longs boucliers de bois, les guerriers de Cumbrie formaient à présent un mur que les cavaliers de Gwynedd ne parvenaient plus à briser, passé l'élan de la première charge. Incapables de maîtriser leurs montures affolées, pressés de toutes parts et poussés par ceux qui venaient derrière eux, ils s'étaient empêtrés dans la confusion de la mêlée, exposant le ventre de leurs chevaux aux lances bretonnes. Les bêtes s'affaissaient les unes après les autres dans d'affreux hennissements d'agonie, condamnant leurs maîtres à une mort ignominieuse, piétinés, broyés sous les sabots ou fracassés d'un coup de hache. Les Cumbriens n'étaient plus qu'une poignée, et il aurait suffi à la bande d'Ellifer de battre en retraite pour les révéler dans toute leur faiblesse, incapables de soutenir un nouvel assaut, mais l'étrange honneur du champ de bataille commandait de s'acharner encore, en dépit des pertes effroyables, à réduire par la force brute le dernier carré des survivants.

Deux hommes s'affaissèrent presque en même temps de part et d'autre de Merlin et il se retrouva nu soudain, exposé aux lances ennemies. L'enfant eut un instant de lucidité extrême, découvrant à la fois les trognes déformées des assaillants, les yeux terrifiés et la bave des chevaux tiraillés par les mors, le flanc découvert d'un cavalier à l'instant où il levait sa hache pour frapper. Alors il plongea, enfonça sa lame avec un hurlement de dément, pesa de tout son poids pour pénétrer plus profondément encore dans ses chairs, et ce fut un moment de plénitude, de joie sauvage, primale, quand l'homme s'écroula dans le charnier. L'instant ne dura guère. À peine avait-il dégagé son épée qu'un coup de botte l'atteignit à la tempe et le projeta à terre. Il rampa sur le sol, la vue brouillée et le cœur chaviré, obsédé par l'idée de se relever et de mourir debout, ainsi qu'il sied. Son adversaire avait traversé les lignes, où ce qu'il en restait. Il sauta de cheval et le frappa de nouveau avant qu'il puisse se redresser. Merlin se retourna et le vit lever son épieu, mais quand leurs regards se croisèrent le guerrier du Gwynedd retint son geste et s'immobilisa. Il y avait sur son visage une expression étrange, d'indécision, de joie et de cruauté mêlées, et durant de longues secondes il sembla hésiter encore à porter le coup fatal. L'enfant rampait sur le dos, mais le guerrier avançait sur lui en le dardant de sa lance pour le garder à sa merci, tout en cherchant des yeux un soutien, un ordre, peut-être, au lieu d'en finir. Un court instant Merlin échappa à sa surveillance. Il roula sur le ventre, se redressa d'un bond et, d'un même mouvement, jeta tout ce qu'il lui restait d'énergie pour frapper d'un coup de taille qui heurta la lance du cavalier sans la briser. Ce ne fut qu'un court répit, mais il put se relever et, en brandissant devant lui la lourde épée du roi, parvint à maintenir le montagnard du Gwynedd à distance.

— Lâche ça, morveux ! cria ce dernier. Reste à terre et tu vivras !

Pour toute réponse, Merlin frappa sa lance à toutes forces. Le fer mordit dans le bois. Elle n'était pas brisée, mais le cavalier la jeta et saisit la hache qu'il portait sous la ceinture, avec un rire mauvais. De nouveau, l'enfant se fendit, mais cette fois le montagnard était prêt. Alors que l'épée de Guendoleu fendait l'air, l'homme tourna sur lui-même et abattit sa hache avec une force inouïe. À l'instant où l'épée, ne rencontrant que le vide, se fichait en terre, la hache frappa la lame sous la garde et la brisa net.

Merlin reculait toujours, les bras douloureux à en pleurer. La lisière de la forêt n'était plus qu'à quelques enjambées. Devant lui, le cavalier hésitait en balançant sa hache et jetait de fréquents regards en arrière, sans parvenir à prendre une décision. Finalement, il n'y tint plus et appela.

— À moi, Gwynedd ! Il est là !

Il s'était retourné, et l'enfant en profita pour se jeter en avant et frapper d'un coup d'estoc, mais le guerrier s'esquiva aisément et le tronçon d'épée, de nouveau, ne rencontra que le vide. D'une bourrade, il acheva de le déséquilibrer. Merlin roula à terre, pleurant de rage, d'épuisement et d'humiliation, d'autant que l'homme se riait de lui, à présent…

— Eh bien, jeune merle, tu ne tiens plus sur tes pieds ? Tu pleures ? C'est ta maman qui te manque ?

Il lui décocha un coup de pied méprisant. Trop méprisant. Merlin se jeta sur lui, et le glaive brisé s'enfonça profondément dans l'aine du cavalier. L'homme hurla en s'effondrant à genoux, puis roula sur le sol et Merlin frappa, tenant son épée comme un couteau, à coups redoublés, jusqu'à ce qu'il cesse enfin de crier.

Quand il releva la tête, hors d'haleine, ils étaient là, autour de lui, une douzaine peut-être. Aucun d'entre eux n'avait tenté de venir au secours de sa victime.

— Rends-toi, petit, dit l'un d'eux, un blond hirsute dont les cheveux longs et crasseux descendaient presque jusqu'à la ceinture.

Il s'avança, l'épée à la main, et Merlin jeta ses dernières forces dans un revers qui porta à faux sur sa lame et lui engourdit le bras jusqu'à l'épaule. L'homme, pourtant, recula.

— Il a le torque, grommela un cavalier survenu derrière eux.

— Je vois bien qu'il a le torque ! cria le blond. Tu veux le lui prendre ?

— Pourquoi pas ?

Le cavalier poussa sa monture au trot et, avant que Merlin ait pu s'écarter, il le propulsa au sol d'un coup sec donné du bout de la lance. Sous le choc, l'enfant perdit ce qui restait de l'épée du roi.

Ils faisaient cercle autour de lui, lui lançant des encouragements, riant et faisant de grands gestes. Sitôt qu'il tentait de se relever et de les attaquer, ils paraient ses assauts du plat de leurs boucliers puis le rejetaient à terre comme une poupée de chiffons. Merlin sentit sa raison vaciller. Pourquoi ne le tuaient-ils pas, au lieu de le traiter ainsi ? N'avait-il pas au moins mérité l'honneur d'une mort décente ?

Soudain, un cri strident, effroyable, lui vrilla les oreilles et les fit un instant reculer, sans qu'il s'aperçoive que c'était lui qui hurlait ainsi, d'une voix inhumaine, aiguë et si puissante qu'elle en était douloureuse.

— Qu'on en finisse ! s'écria l'un d'eux.

Et l'homme s'avança pour le frapper enfin.

À cet instant, une volée de flèches jaillit de la lisière et se ficha sur lui. Des flèches aussi fines que des brindilles, longues et brillantes comme une averse d'été. Il y en avait dix, peut-être plus, constellant son torse, son cou et ses bras, mais l'homme était encore en vie. Il eut même le temps de sourire et de se retourner vers ses camarades avant que le poison ne fasse son effet.

VI

Lailoken

LA NUIT était tombée, et avec elle la pluie. Merlin s'était terré sous la ramure d'un chêne aussi haut que les piliers du ciel, terrifié et transi, le corps couvert de horions et d'écorchures. Sa robe s'était déchirée aux ronces et lui collait à la peau. Lui qui n'avait d'ordinaire jamais froid grelottait et claquait des dents dans l'obscurité de la grande forêt. Il était au-delà de l'épuisement, tellement à bout de forces et tellement effrayé qu'il ne parvenait pas à dormir. Sitôt qu'il fermait les yeux, les images effroyables de cette journée l'assaillaient en foule, dans un insoutenable jaillissement d'horreur, de tristesse et de dégoût. Et le torque, à son cou, était lourd et froid.

Il n'avait pas vu l'homme du Gwynedd se tordre à terre dans les affres de l'empoisonnement, ni la déroute des autres, sous la pluie de ces flèches minuscules. Il s'était redressé sans savoir comment et avait couru droit vers la lisière, droit dans les ronces, tel un sanglier ou un cerf forcé par une meute de chasse. Ni la griffure des épines ni la morsure des orties ne l'avaient arrêté alors, mais à présent son corps lui semblait en feu. Et malgré tout leur courage barbare, aucun des hommes d'Ellifer ne l'avait suivi dans les broussailles.

Sans qu'il sache pourquoi, sans qu'il le comprenne, un mot lui revenait à l'esprit, inconnu et inintelligible, dans ses rares moments de lucidité. « Lailoken »... Un mot étrange, comme susurré à son oreille, et qui, sans raison, semblait amical.

Il passa la nuit ainsi, jusqu'à ce qu'un filet de jour parvienne à s'immiscer à travers le fouillis végétal qui l'entourait. Et ce mince halo de lumière le trouva endormi, vaincu plutôt par la fatigue, inconscient de l'éveil de la forêt. Les feulements effrayants de la nuit cédaient peu à peu au pépiement rassurant des oiseaux, et s'il ne faisait pas beau, au moins y avait-il assez de soleil pour faire briller de mille éclats d'argent le sous-bois détrempé. Le cri strident d'un martin-pêcheur, dans un cours d'eau tout proche bordé par un bouquet d'aulnes, l'éveilla en sursaut, avec un hoquet de frayeur. Dans ce mouvement, il se découvrit et réalisa qu'il était nu, nu et pansé, le corps lavé de la boue et du sang d'Arderydd. Ses vêtements en lambeaux avaient disparu. Il ne lui restait que ses bottes et un large drap fait d'une étoffe aux reflets moirés, changeante comme l'herbe au vent à chacun de ses mouvements et aussi chaude, malgré sa minceur, qu'une cape de fourrure. Le torque d'or d'Ambrosius brillait toujours à son cou, et sur son bras un emplâtre de mousse pansait une estafilade dont il n'avait pas même eu conscience durant la bataille.

Quand il eut suffisamment émergé des brumes du sommeil pour prendre conscience de l'incongruité de sa situation, il serra contre lui l'étrange étoffe et inspecta les alentours. Il n'y avait personne, pourtant. Ou plutôt *plus* personne, car il fallait bien que quelqu'un soit venu s'occuper ainsi de lui... Entre les racines de l'arbre, dans une sorte de bol fait de feuilles tressées, on avait même déposé près de lui des myrtilles et des baies acides de canneberge, rouges comme des airelles, qu'il dévora avidement, l'esprit encore trop embrouillé pour se poser des questions. Il se rendormit presque aussitôt et le jour s'écoula sans qu'il en ait conscience, suivi d'une nuit hantée de rêves étrangement réels. Silencieux et souriants, des êtres frêles et pâles l'effleuraient comme une brise, soufflant à son oreille des mots apaisants, dans une langue inconnue et familière à la fois.

— *Restan, Lailoken, feothan yfel sar. Slea Maith seon Myrddin...*

Parfois, il s'éveillait seul, pétri d'angoisse, les yeux remplis des horreurs du combat, mais son corps semblait lié, incapable du moindre mouvement, comme saisi dans une toile d'araignée infime, au point qu'il ne pouvait même pas lever la tête pour se voir. Cela ne durait guère. Quelques instants, et puis il se rendormait, et il en fut ainsi jusqu'au lever du jour, le premier en tout cas dont il eut clairement conscience.

Ce matin-là, le soleil l'éveilla, et la faim. Sitôt les yeux ouverts, il eut l'esprit assez clair pour rester couché et retenir son souffle, tous les sens aux aguets. Ses rêves de la nuit étaient encore proches, et il épia longuement le moindre indice d'une présence autour de lui, la moindre trace des étranges personnages de ses rêves éveillés. Il n'y avait rien, pourtant. Rien que leur souvenir. Alors il se redressa en serrant frileusement contre lui le drap moiré dont on l'avait recouvert. Puis il découvrit, à côté d'un nouveau festin de baies, des vêtements faits de cette même étoffe fine, vert et brun comme la forêt, soigneusement pliés et parfaitement secs, posés près de ses bottes de peau, la seule chose qu'on lui ait laissée. Il s'en vêtit, malgré leur étrangeté. Tout d'abord les braies, qu'il lia à sa taille par une cordelette et dont il glissa les jambes dans ses bottes, puis, par-dessus, une sorte de longue robe à manches larges et à capuchon, fendue des deux côtés jusqu'en haut des cuisses, formant ainsi un double tablier, par-devant et par-derrière, et qu'il serra également par une lanière de chanvre. Ces vêtements, fins et légers comme de la soie, lui donnaient une allure singulière, et il s'en amusa lui-même. Sous la lumière ondoyante filtrée par les branches, le tissu moiré semblait animé d'une vie propre, passant du vert le plus sombre à l'ocre clair à chacun de ses mouvements, et il songea qu'en se roulant en boule à l'abri du moindre buisson il deviendrait sans doute invisible, ainsi vêtu, pareil à la forêt elle-même…

Attiré par le clapotement du cours d'eau, l'enfant marcha sans bruit jusqu'au ruisseau et s'accroupit sur la berge. En restant là quelques minutes, immobile et retenant son souffle, il vit glisser dans l'onde des truites brunes et des lamproies, des écrevisses, aussi, nichées sous les pierres moussues, puis suivit toute une volée d'oiseaux gris au ventre jaune qui sautillaient sur les roches avec d'amusants mouvements de queue. Merlin troubla cet ordre naturel en plongeant la main dans l'eau pour tenter d'attraper un poisson, échoua bien sûr et ne parvint qu'à se tremper de la tête aux pieds. Renonçant enfin, il quitta le ruisseau, cueillit au passage des myrtilles et revint s'asseoir au pied du grand chêne, désœuvré mais calme, attendant que ceux qui l'avaient ainsi soigné daignent ou osent revenir. Le sol était toujours détrempé par la pluie de ces jours derniers, mais il ne ressentait plus le froid. Le vent agitait la ramure des grands arbres et mugissait lugubrement, et pourtant il n'éprouvait aucune inquiétude. Malgré sa détresse et son isolement, malgré la mort de Guendoleu, de Cadvan et de tant d'autres visages aimés, Merlin se sentait en paix, sous la voûte des pins et parmi les buissons de fougères, de genévrier et de bruyère mauve, comme dans une maison retrouvée, ramené à des bonheurs simples de survivant : avoir dormi, avoir mangé, ne plus avoir froid. Tout le reste, la mémoire et le deuil, les cauchemars, le désir de vengeance, les questions sans réponse, tout le reste viendrait plus tard…

Ce qui pouvait l'effrayer était resté au-dehors, à la lisière de la grande forêt calédonienne, et pour une raison qu'il ne s'expliquait pas – mais rien de ce qui lui était arrivé depuis la bataille n'était explicable –, aucun des cavaliers d'Ellifer, aucun des Scots, pas même leurs chiens de guerre, n'avait suivi sa piste. Elle devait être béante, pourtant, à travers les ronciers et tout le mort-bois qu'il avait traversé dans sa fuite éperdue. D'ailleurs, sans doute n'avait-il parcouru que quelques toises avant de s'effondrer là, au pied de ce chêne immense.

Du bout des doigts, il toucha le torque d'or à son cou. Il revit les regards des cavaliers du Gwynedd, repensa à leurs hésitations. Pourquoi ne l'avaient-ils pas tué, comme les autres ? L'un d'eux l'avait appelé « jeune merle ». C'est donc qu'il le connaissait… Si les tueurs de la bande d'Ellifer l'avaient épargné, ce ne pouvait être que sur ordre. Un ordre supérieur, émanant d'un être assez puissant pour museler leur furie sanguinaire, assez puissant pour s'allier avec les Scots du Dal Riada et les montagnards du Pays Blanc, pour les attirer dans ce piège… Ryderc. Se pouvait-il que ce fût Ryderc ? Fallait-il que ce soit le propre frère de Guendoloena ?

Le visage de la jeune femme lui revint en mémoire, et toutes les questions qui l'assaillaient s'estompèrent dans le doux souvenir des instants passés près d'elle. Il s'allongea et sombrait peu à peu dans l'oubli lorsque, tout à coup, il perçut un mouvement, dans les broussailles. C'était faible, à peine perceptible, et néanmoins il eut le sentiment d'une présence. Des êtres se rapprochaient de toutes parts, lentement, sans qu'il parvienne à distinguer quoi que ce soit dans le fouillis végétal qui l'abritait. Il retint son souffle mais un appel tonitruant dans ce silence brisa soudain le charme.

— Meeerliiin !

Aussitôt, les fourrés s'agitèrent. Les êtres du bois s'en allaient, sans plus prendre garde à dissimuler leur présence. L'enfant aperçut une forme humaine qui s'échappait, se leva d'un bond et courut droit dans les fougères à sa poursuite. Cela ne dura qu'un instant. Les ronces et tout un chablis de bois mort l'arrêtèrent presque aussitôt, mais il parvint tout de même, l'espace de quelques secondes, à le voir nettement. Ce n'était ni vraiment un homme, ni un enfant. Il portait un habit aux couleurs de l'automne semblable au sien, et luttait contre un buisson trop dense pour le laisser passer. Quand il tourna fugacement son visage vers lui, le jeune barde eut l'impression de se voir lui-même, de voir un frère jumeau. C'était un visage jeune, pâle et mince comme dans ses rêves, encadré par de longs cheveux noirs qui coulaient de sa capuche. Et ce visage lui sourit, ou du moins en y repensant c'est ce qu'il lui sembla. L'être murmura un mot, « Lailoken » (encore ce mot, toujours le même), puis leva sa paume avant de disparaître, de disparaître totalement, happé par la végétation.

Merlin tenta de le suivre, bien sûr, mais la forêt le retenait de ses ronces, et d'ailleurs il ne percevait plus le moindre mouvement aux alentours, sauf le vacarme d'un homme qui s'approchait en l'appelant encore, aussi épais qu'un buffle dans le sous-bois, en se taillant une route à grands coups de bâton.

— Myrddin ! criait l'homme. Emrys Myrddin ! C'est ta mère qui m'envoie !

Merlin s'arracha aux broussailles et tendit le cou. Le nouveau venu n'était qu'à quelques pas. Suant et encombré de sa robe de bure noire qui s'accrochait sans cesse aux épines, chargé de besaces pesantes, c'était le frère Blaise, le confesseur de sa mère, aussi incongru dans cette forêt qu'un aurochs dans une église, et que le moine passe ainsi devant lui sans même l'apercevoir donna à Merlin l'envie de se jouer de lui, de sauter aux arbres comme un écureuil et de le tourmenter jusqu'à ce qu'il s'effondre de peur. C'était malgré tout un visage ami, et à l'instant où le religieux allait le dépasser, Merlin s'écarta des fourrés pour jaillir presque sous ses pieds.

— Je suis là ! jappa-t-il, et le moine poussa un cri terrifié.

— Seigneur Dieu, c'est toi ! dit-il en se ressaisissant. J'ai cru voir un démon surgi des entrailles de la terre !

Merlin se contenta de sourire d'un air vaguement supérieur.

— Tu n'as rien, mon enfant ? murmura le moine. Par la Vierge et les saints, j'ai eu si peur ! Tous ces morts, dans la plaine… Tu as réussi à leur échapper ? Et comment as-tu survécu aussi longtemps ? Seigneur, tu as le torque du roi !

— Tu vois…

— C'est donc que Guendoleu est mort, lui aussi… Quel gâchis.

Alors que le moine se défaisait de ses bagages, Merlin fronça les sourcils, intrigué par l'une des phrases du saint homme. « Aussi longtemps »… De quel temps parlait-il ? Blaise, rassemblant ses esprits, était allé s'asseoir sur une racine du chêne. Sans y penser, il puisa quelques baies dans la coupe de feuilles tressées et s'en restaura, puis, alors seulement, il sembla découvrir les curieux vêtements dont Merlin était paré. Aussitôt, il se redressa et regarda tout autour de lui d'un air alarmé.

— Il n'y a plus personne, ricana Merlin.

— Alors tu les as vus ? fit Blaise en le dévisageant. Ils t'ont parlé ? C'est eux qui t'ont donné ces vêtements, n'est-ce pas ?

Il y avait sur son visage une expression qui le glaça jusqu'au cœur. De la crainte, assurément, mais aussi une curiosité avide, comme si l'enfant détenait quelque secret inaccessible que le moine aurait voulu connaître depuis toujours. Merlin, soudainement, eut peur de parler, peur de gâcher l'instant et de rester encore dans l'ignorance de ce que Blaise, lui, semblait savoir.

— De qui parlez-vous ? murmura-t-il.

Le bénédictin secoua la tête négativement, avec un rire sans joie, presque méprisant. Il s'essuya les lèvres noircies par les myrtilles, examina un moment le bol de feuilles tressées puis le posa à terre et releva les yeux vers Merlin. L'enfant vibrait comme une feuille.

— Je parle des elfes, mon fils.

Ils se regardèrent longuement, en silence. Merlin restait interdit, bouleversé, et Blaise en le contemplant se disait qu'il était vraiment des leurs… D'un geste négligent, il désigna la forêt, tout autour d'eux.

— Eux-mêmes se nomment Slea Maith, les « Bonnes Gens », reprit-il. Tu as sûrement dû en entendre parler, au moins dans des contes de bonnes femmes…

— Les elfes n'existent pas, protesta Merlin avec réticence. Ce ne sont que des légendes.

Blaise partit d'un rire sans joie.

— Et c'est toi qui dis ça !

Il se détourna, défit du bout du pied le lit de fougères sur lequel l'enfant avait dormi, ramassa la couverture moirée dont il s'était couvert et l'examina pensivement.

— Non, soupira-t-il sans le regarder, ce ne sont pas des légendes, je le crains… Les elfes étaient là au commencement, bien avant que les premiers Celtes débarquent sur cette île, au temps où la Bretagne tout entière n'était qu'une vaste forêt. Et puis les hommes sont venus et les ont chassés sans merci. On prétend que certains se sont enfoncés sous terre, dans les collines de Preseli[1] ou ailleurs, et qu'il en resterait encore des bandes, dans les bois… Tu vois, il semblerait que les légendes disent vrai…

— Mais ce ne sont pas des lutins ! s'écria Merlin. Ce sont des êtres humains !

— Ainsi tu les as vus, fit Blaise en revenant vivement vers lui. Comment sont-ils ?

— Ce… Ce sont des êtres humains, répéta l'enfant, en reculant involontairement tant le regard du petit moine l'effrayait. Ils sont comme nous, avec des bras, des jambes…

1. Collines du Pembrokeshire, dans le Dyfed, qui selon les légendes recèlent l'entrée du monde souterrain.

— Comme toi, oui, sûrement. Mais pas comme nous ! Ce sont…

Blaise s'interrompit brusquement devant les larmes qui embuaient le regard de l'enfant, et se sentit mortifié.

— Pardonne-moi, dit-il en lui prenant les mains. Je… Je n'aurais pas dû dire ça. Pardonne-moi…

Il lui sourit, ramassa ses besaces et tenta de l'entraîner, mais Merlin se dégagea et lui fit face, tremblant et défait, dressé pourtant farouchement de toute sa taille.

— Il faut que tu me parles ! s'écria-t-il. Toute ma vie, je n'ai eu que ça : des allusions, des insultes, des mots couverts qui ne veulent rien dire… Ma mère m'a dit qu'Ambrosius n'était pas mon père. Ça aussi, tu le savais ? Elle te l'a avoué en confession, pas vrai ?

Blaise ne répondit pas et tenta de se défaire de lui, en vain.

— Eh bien, que sais-tu d'autre, encore ? Qu'est-ce que j'ai de différent ? Tu crois que je suis un elfe, c'est ça ?

« Regarde-toi, pensa Blaise. Pâle et mince, avec tes vêtements de sauvage… »

— Ce n'est pas à moi de te le dire…

— Alors va-t'en ! Laisse-moi ! cria-t-il, en agrippant le torque d'or attaché à son cou pour en écarter les branches. Va dire à ma mère que je suis mort, comme les autres !

Blaise s'avança jusqu'à lui et le saisit par les poignets pour l'empêcher d'ôter le torque. Merlin s'écarta vivement, plus pâle que jamais, et sous son regard embué le moine baissa la tête. Il poussa un long soupir et alla s'asseoir auprès du chêne.

— Personne ne te prend pour un elfe, fit-il en haussant les épaules, et d'ailleurs ce n'est pas une insulte.

En tout cas, pas de ma bouche... Depuis que je suis au service de la reine, ta mère, j'effleure un monde dont je ne soupçonnais certes pas l'existence. Un monde auquel tu appartiens peut-être sans le savoir. Tu es...

Blaise s'interrompit et baissa de nouveau la tête sous le regard de l'enfant. Le visage sévère de l'évêque Kentigern lui était fugacement passé devant les yeux, avec le souvenir de leur conversation, le jour du départ de la reine. Il fallait veiller à ce que le torque d'Ambrosius revienne en Dyfed. Servir Dieu, Dieu et l'Église avant tout, et ne rien dire...

— Je ne sais pas qui tu es, jeune merle, reprit-il à mi-voix. Je ne sais vraiment pas. Mais au nom de Dieu qui me voit, j'aimerais bien pouvoir te le dire...

— Pourquoi ? jeta Merlin. Qu'est-ce que ça peut te faire ?

— Regarde-moi. Je suis un moine. Tu crois que je suis né comme ça, avec cette robe de bure et cette tonsure ?

Il sourit tristement, et Merlin se détendit assez pour lui rendre ce sourire.

— J'ai consacré ma vie à Dieu, avec la certitude inébranlable de ma foi. Mais si Dieu a fait l'homme à son image et que les elfes existent, alors qui a fait les elfes ? Le diable ? C'est ce qu'on dit...

— Et moi je suis le fils du diable, murmura l'enfant.

— Oui, le fils du diable, hein ?... Et pourtant tu n'as rien d'un démon. En un sens, tu es meilleur que nous, et c'est pour ça que les gens te craignent, Merlin. Mais moi je veux savoir, tu comprends ?

Merlin hocha la tête sans un mot.

— Allez, viens, dit le moine. Garde le torque. Je te ramène chez toi.

Un rai de soleil filtrait par à-coups depuis le rideau de cuir masquant l'unique et étroite fenêtre de la chambre royale, à chaque saute de vent, illuminant la jonchée de paille répandue sur le sol. Le corps lourd et les yeux brûlants de fatigue, Ryderc n'avait guère dormi de toute la nuit, l'esprit assailli par le doute et le sentiment effroyable d'avoir fait le mauvais choix. Le pire, sans doute, était de ne pouvoir se confier à personne, depuis que Kentigern était reparti pour l'île d'Iona. Seuls Amig et quelques-uns de ses chefs de guerre connaissaient ses plans, mais aucun d'entre eux n'en soupçonnait toute la portée. Pas même Languoreth, sa reine, qui dormait contre lui, le souffle tranquille, nue et tiède sous leurs lourdes couvertures de fourrure. Encore moins Guendoloena. Surtout pas elle, si ce que la reine avait dit de ses rapports avec ce Merlin du diable était vrai... Attaquer Guendoleu, liguer contre lui ses ennemis et en même temps se préserver, de façon à paraître le seul recours possible, cela ce n'était rien. Le dernier de ses bouviers dans la plus puante de ses étables devait estimer que le torque d'Ambrosius lui revenait de droit et qu'il n'était que naturel de le reprendre de force. Mais l'alliance que l'évêque projetait était d'une autre portée et avait de quoi remuer plus sérieusement les esprits...

Une rafale de vent plus violente fit claquer le rideau, charriant jusqu'à lui des paillettes de givre et un souffle d'air froid. Languoreth se réveilla en gémissant et ramena son bras sous les couvertures. Sa main glacée se posa sur le torse de Ryderc, qui poussa un cri de surprise. Alors qu'il tentait de s'en échapper, elle se lova plus étroitement contre lui avec un rire de gorge, et sa main glissa de son torse jusqu'à son ventre, lentement, inexorablement. Ryderc se tourna sur le flanc, enfouit son visage dans les sombres volutes de ses cheveux parfumés, caressa son corps alangui. À l'instant où il ramenait au-dessus de leurs têtes la couverture de fourrure, quelqu'un frappa à leur porte. Des coups puissants, empressés.

— Qu'est-ce qu'il y a ? cria Ryderc.

— Seigneur, vous m'avez demandé de vous prévenir ! fit la voix d'un serviteur. Des cavaliers du Gwynedd sont en vue !

Ryderc s'arracha des bras de son épouse et s'habilla à la hâte, sans prêter garde à ses protestations ni lui donner un mot d'explication. Le temps qu'il rejoigne la salle commune, ses propres chefs de guerre étaient là, ainsi qu'un groupe d'hommes du Pays Blanc que la chaleur de l'âtre faisait fumer comme des démons surgis des enfers. Hirsutes et crottés des pieds à la tête, ils se jetaient sur les restes de la table comme s'ils n'avaient plus bu ni mangé depuis des jours. Parmi eux, Ryderc ne reconnut que Gurgi, l'un des chefs de la bande d'Ellifer. Les épaules et la tête couvertes d'une chape sombre et trempée, il portait un haubert de cuir brut sur lequel se balançait une croix de bois grossière. Comme les autres, il paraissait épuisé, et son expression n'était pas celle d'un vainqueur.

— Il vous a échappé ? grommela Ryderc avant même qu'ils l'aient aperçu.

— Seigneur, non, fit Gurgi en ôtant son casque devant le roi.

Il jeta autour de lui un regard soupçonneux, mais Ryderc lui fit signe de continuer, d'un geste impatient. Les hommes réunis ici pouvaient tout entendre.

Alors le montagnard se tourna vers l'un de ses guerriers, qui écarta son manteau et lui tendit un sac noirci de sang séché. Sans un mot, Gurgi défit le lacet qui le fermait et empoigna par les cheveux la tête tranchée de Guendoleu, qu'il brandit à bout de bras devant lui.

Malgré lui, le cœur de Ryderc se serra. Une face livide, des yeux torves, du sang maculant la barbe et les cheveux du riothime… Seul un silence glacial accueillit ce sinistre trophée.

Le jeune roi hocha la tête à plusieurs reprises. Nerveusement, il triturait à son doigt l'anneau d'Aldan sans parvenir à détacher les yeux de cette vision macabre. Une boule s'était nouée dans sa gorge, et il dut déglutir pour parvenir à assurer sa voix.

— Et le torque ? demanda-t-il enfin. Où est le torque ?

Gurgi s'agenouilla prestement et baissa la tête.

— Seigneur, nous ne l'avons pas. C'est le barde, Emrys Myrddin… Il a fui dans la forêt.

— Myrddin, encore…

— Seigneur, il doit être mort, à l'heure qu'il est. Je sais qu'il a été blessé durant la bataille… Nous ne l'avons pas retrouvé, mais il est sans doute mort. Sûrement…

De nouveau, Ryderc hocha la tête, incapable d'une parole. Il sentait peser sur lui le regard de ses lieutenants, et dut faire un effort considérable pour parvenir à se maîtriser.

— C'est bien…

D'un geste, il désigna la tablée, puis se tourna vers ses chefs de guerre.

— Ces restes sont indignes de ces braves ! Qu'on leur fasse servir un repas convenable, et de la bière. Il faut fêter comme il se doit cette…

Il eut une hésitation, puis un sourire forcé.

— … cette victoire.

Les hommes du Pays Blanc poussèrent des grognements d'approbation et, sans plus prêter attention au jeune roi, ils commencèrent à se débarrasser de leurs baudriers et de leurs armes, de leurs fourrures crasseuses et de leurs lourdes broignes de cuir. Un instant, Ryderc avait délaissé Gurgi pour aller glisser quelques mots à l'oreille de l'un de ses vassaux, un colosse roux du nom de Sawel. Il revint aussitôt vers le montagnard et le saisit par l'épaule, d'un geste qui pouvait paraître fraternel s'il n'avait été aussi brusque. Alors que Ryderc l'entraînait à l'écart, Gurgi voulut se débarrasser de cette emprise, mais le roi lui saisit le poignet avec force et le contraignit à demeurer devant lui, tandis que deux gardes au manteau rouge venaient les encadrer.

— Ne bouge pas, Gurgi, murmura Ryderc. Pas un mot, pas un geste…

Le montagnard le regarda d'un air interloqué, puis il comprit, et une expression horrifiée déforma ses traits. Ses compagnons s'étaient assis par terre autour de l'âtre, vêtus de leurs seules tuniques, et menaient grand tapage en attendant le banquet. Quand la porte menant aux communs s'ouvrit, ils poussèrent une acclamation tonitruante, qui s'étrangla aussitôt. Au lieu d'esclaves chargés de victuailles, ce furent Sawel le roux et ses hommes qui jaillirent dans la pièce, l'épée haute et le regard haineux. L'un des hommes du Gwynedd se leva et tendit la main vers eux dans un geste d'apaisement, mais Sawel le fendit, du front jusqu'au torse, d'un sillon sanglant. Les autres se mirent à hurler et se jetèrent vers leurs armes, mais aucun d'eux n'eut le temps de se défendre. En l'espace d'un instant, les guerriers du Strathclyde les entouraient de toutes parts, l'arme au poing, prêts à frapper.

Gurgi tremblait convulsivement, maintenu à grand-peine par les deux gardes au manteau rouge. Les yeux écarquillés, soufflant comme un cheval, il dévisagea Ryderc, et le visage du jeune roi lui parut effroyable.

— Repars là-bas, murmura-t-il. Retrouve le torque et ramène-le. Sinon dis-leur adieu…

Il se tourna vers le groupe pitoyable cerné par ses gardes, et toisa brièvement le corps inerte de celui que Sawel avait frappé. L'homme gisait face contre terre. Une flaque de sang noir et luisant s'élargissait sous lui. Mû par une brusque inspiration, Ryderc ôta fébrilement l'anneau de turquoises qu'Aldan lui avait offert et le tendit à Gurgi.

— Retrouve le barde Myrddin, dis-lui que sa mère t'envoie. Avec ça, il te croira… Tue-le si tu veux ou ramène-le-moi, mais ne reviens pas sans le torque, ou nul n'entendra plus jamais parler de la bande d'Ellifer.

Gurgi avala sa salive et le dévisagea d'un air formidablement haineux.

— Je te le ramènerai, Ryderc de Strathclyde, lâcha-t-il d'une voix blanche. Mais ne sois pas trop pressé, car ce jour-là je devrai te tuer.

Ryderc sourit. D'un geste, il fit signe à ses gardes de le libérer.

— Telle n'est pas la volonté de Dieu.

VII

Un cri de femme

— RÉVEILLE-TOI, dit Merlin, la nuit tombe…

Blaise grogna et considéra son compagnon d'un œil torve, puis il se redressa en gémissant, peu habitué qu'il était à dormir à même le sol, et encore moins de jour, après avoir passé toute une nuit à marcher. La bouche pâteuse, il resta un long moment assis, jusqu'à ce qu'il comprenne que Merlin se riait de lui.

— Qu'est-ce qu'il y a ?

— Tu as de la paille dans ce qu'il te reste de cheveux, moine ! fit l'enfant. On dirait une couronne de mariée.

Le bénédictin frotta sa tonsure en grommelant, puis il gratta sa barbe, se leva et secoua son manteau boueux avec un air de profond dégoût. Au petit matin, titubant de fatigue, ils avaient trouvé cet abri de berger adossé à une colline rocheuse, à une portée de flèche de la mer. Ce n'était guère plus qu'un entassement de pierres jonché de paille moisie, puant le bouc et grouillant de parasites, mais au moins avaient-ils pu dormir à peu près au sec, pour une fois. Blaise jeta un coup d'œil par l'ouverture étroite et basse qui servait de porte. Il ne vit qu'une trouée de ciel gris, confondue avec une mer plombée. Le vent du large s'engouffrait dans leur abri en sifflant lugubrement, la pluie crépitait par rafales contre les grosses pierres de la paroi. Ce serait encore une nuit affreuse… Une de plus. Depuis qu'Aldan avait pris la mer en lui demandant de veiller sur son fils, il lui semblait mener la vie d'un mendiant, ce dont il avait perdu l'habitude dans l'entourage de la reine. Sa robe de bure et son manteau avaient pris une couleur brunâtre, maculés de crasse et constellés d'accrocs, pareils à ceux d'un lépreux. Peu adaptées à une longue marche, ses bottes détrempées lui meurtrissaient les pieds, tandis que ses mains et son visage rougis par le froid étaient tellement imprégnés de terre que la pluie ne suffisait plus à les laver. Saisi d'un frisson subit, le moine éternua bruyamment, puis renifla et s'essuya le nez.

— On n'y voit rien ici, grogna-t-il. Et ça pue…

Il se glissa au-dehors et fit quelques pas pour se dérouiller les jambes. Le vent, par rafales, le cingla de volées d'embruns et de pluie mêlés, mais il y trouva presque du plaisir, après la puanteur de l'abri. Relevant son froc, il soulagea sa vessie en contemplant les alentours d'un air de profond dégoût. Dans les dernières lueurs du jour, la mer, les plages de sable noir et le pays s'estompaient dans la même teinte métallique, sans le moindre signe de vie aussi loin que portât le regard.

Blaise détailla le jeune barde lorsque celui-ci vint le rejoindre, aussi sale que lui mais dont l'étrange tunique de moire n'avait guère souffert de ces journées de route… L'enfant ne souriait plus. Son visage avait repris cette expression distante, impénétrable, derrière laquelle il abritait son chagrin depuis qu'ils avaient quitté la forêt. Tout au long des jours et des nuits passés ensemble, à marcher sans cesse entre lacs et collines, en se cachant au moindre signe de présence humaine, c'est à peine si Blaise était parvenu à lui arracher quelques mots. Il le voyait parfois pleurer en silence, mais dès qu'il tentait de l'approcher Merlin forçait l'allure et se détachait. C'était une sinistre compagnie, et plus d'une fois le moine avait senti la rage monter en lui, une rage peu charitable sans doute, mais irrépressible, qui lui donnait envie de l'abandonner une fois pour toutes à ses forêts et à ses démons… Jusqu'à présent, pourtant, son sens du devoir et la promesse faite à la reine Aldan avaient été plus forts que la fatigue ou l'exaspération. Sans doute aussi y avait-il autre chose… Il lui suffisait de regarder Merlin, marchant inlassablement malgré son jeune âge, sans jamais se plaindre ni de la faim, ni de la pluie, pour que la tentation de l'abandonner se dissipe, ou de se souvenir, encore et encore, des quelques indices trouvés dans son campement, au cœur de la forêt. Ce bol de feuilles, la tunique elle-même… Même s'il l'ignorait, l'enfant touchait du doigt des mystères que Blaise ne pourrait renoncer à percer. Et puis son chagrin semblait à ce point immense qu'il ne pouvait décemment l'abandonner sans trahir ses vœux les plus sacrés, d'autant qu'il se sentait coupable de ne pas l'avoir préservé des visions d'épouvante qui les attendaient au sortir de la forêt.

Peut-être auraient-ils dû prendre un autre chemin, rester à l'abri des arbres et marcher droit vers la Cumbrie, mais le pays était sillonné par les bandes saxonnes et le danger était trop grand. En outre, le moine n'avait pas eu le courage de rester dans les bois à la nuit tombée, à l'heure où rôdaient les démons. En débouchant dans la plaine d'Arderydd, quand il avait vu la face blême du jeune prince, Blaise avait compris son erreur.

Nul n'était encore venu enterrer les morts, et ils gisaient là, dans la puanteur abjecte de la décomposition, picorés par une nuée de corbeaux. L'odeur et le spectacle avaient de quoi révulser le cœur. Le pire pour Merlin avait été de voir les dépouilles de ses amis semblables à des charognes exsangues, décapitées pour la plupart, leurs têtes emmenées comme trophées par leurs vainqueurs, et de ne plus conserver d'eux désormais que ces visions de cauchemar.

— Par les Mères, avait-il murmuré. Depuis quand sont-ils là ?

Les paroles de Blaise lui étaient revenues en mémoire et il s'était agrippé à lui, éperdu.

— Tu as mis combien de temps pour me retrouver ? Combien de temps ?

— Je ne sais pas... Une semaine, dix jours, peut-être...

— C'est impossible !

Sans comprendre la terreur qui s'était saisie de Merlin, ou s'étant mépris sur sa cause, Blaise avait voulu l'entraîner loin du champ de bataille, mais l'enfant s'était dégagé rageusement. Sans un mot, il s'était élancé à travers le charnier, jusqu'à ce qu'il ait retrouvé le corps de Guendoleu.

Lui aussi avait eu la tête tranchée, lui avant tout autre, et Merlin ne l'avait reconnu qu'à ses vêtements et à la flèche fichée dans son flanc... Surmontant l'horreur de ce contact, il avait traîné le cadavre du roi jusqu'à un monticule dominant la plaine. Durant des heures, avec un acharnement de bête, il avait entassé tout autour du corps de grosses pierres, qu'il ne soulevait parfois qu'à peine. Blaise avait fini par l'aider, et tout le jour était passé ainsi, à dresser autour du roi défunt un cairn mortuaire, qu'ils avaient recouvert de terre afin que, selon les vieilles croyances, il rejoigne le Sid, la ville du dessous, le séjour des morts. Ce n'était guère chrétien, mais une tombe est une tombe, et quand ils eurent fini le moine s'était agenouillé pour prier.

Blaise avait senti le regard de l'enfant peser sur lui, sans qu'il dise mot. Il y avait du respect dans ce silence, et bien des questions tues. Alors le moine avait aussi prié pour Merlin, puis ils étaient partis à la nuit tombée, chargés de vivres, d'armes et d'arcs récupérés dans le charnier, droit vers l'ouest, vers Carlisle, la capitale d'Urien Rheged. Très vite, la lueur d'un incendie formidable avait illuminé la nuit à leur horizon et ils s'étaient arrêtés, impuissants et misérables. La terre vibrait du grondement de la cavalerie. Le vent charriait le mugissement terrible d'une bataille. La guerre était déjà sur les Plaines Cultivées…

Au matin, ils avaient pris la route du sud, vers les montagnes arrondies de la région des lacs. Une terre sans horizon, humide et encaissée, qui se couvrait de givre chaque nuit et où les herbes étaient si hautes qu'ils devaient s'y frayer un chemin à coups de bâton. Cela avait été une journée épouvantable, passée à se cacher, la peur au ventre, à chaque bruit de galopade, craignant sans cesse d'être vus par l'une ou l'autre des bandes armées qui sillonnaient le Rheged. Ce soir-là, ils avaient fait halte aux abords d'un vaste cercle de pierres dressées, perdu dans une lande déserte bordée par de sombres vallonnements, et bien qu'il eût mené la marche Blaise avait eu le sentiment que l'enfant connaissait ce lieu, que c'était lui qui les avait conduits là, Dieu sait comment. Alors qu'il établissait leur campement, Merlin était allé se camper au centre du cercle, sans bouger jusqu'à ce que les ombres des pierres levées s'allongent et l'atteignent... Ils n'avaient dormi que quelques heures et, depuis cette nuit-là, profitaient de l'obscurité pour poursuivre leur route, se reposant de jour.

Avec un long soupir, le petit moine posa près de lui ses besaces et s'agenouilla, face au large. Il baissa la tête et joignit les mains, puis se tourna vers l'enfant.

— Viens auprès de moi, dit-il. La prière peut t'aider, tu sais...

Merlin haussa les épaules sans grande conviction.

— Nous n'avons pas les mêmes dieux, moine !

— Quelle importance ? Les hommes prient et les dieux les écoutent, quels qu'ils soient...

Le bénédictin soutint un moment le regard du jeune prince, puis il ferma les yeux et se détourna. Tandis qu'il priait, il entendit Merlin s'agenouiller auprès de lui, ce dont il remercia le Ciel dans ses dévotions. Quand il fit le signe de la croix et se releva, l'enfant eut l'air surpris.

— C'est tout ?

— Quoi, « c'est tout »... Dieu n'est pas sourd, tu sais, ce n'est pas la peine de lui parler durant des heures !

Ils échangèrent un sourire. Le premier, peut-être.

— Allez, prends ton sac...

Ils partagèrent une large galette de pain noir provenant des vivres abandonnés sur le champ de bataille d'Arderydd, puis se mirent en route. La nuit vint rapidement et, ainsi qu'ils en avaient pris l'habitude, Blaise se laissa guider par Merlin en se servant de son bâton comme d'une longe. Il avait cessé de s'interroger sur l'étonnante aptitude de son compagnon à distinguer son chemin par nuit noire, alors que lui-même parvenait tout juste à voir le bout de ses pieds. Il fallait une confiance totale pour se laisser ainsi guider comme un aveugle à travers les ténèbres. Parfois, il fermait les paupières et avançait mécaniquement en laissant ses pensées dériver librement, parfois il récitait des psaumes ou ce dont il se souvenait des Évangiles, inventant le reste au besoin. Et Merlin écoutait.

Il en était de même ce soir, et le bénédictin s'évertuait avec une certaine réussite à dresser du Seigneur Jésus un portrait qui le faisait ressembler davantage à un héros d'épopée qu'au fils de Dieu, lorsque Merlin lui intima le silence, d'une brusque traction sur le bâton. Déséquilibré, le moine faillit s'affaler, mais il retint le cri qui lui venait aux lèvres.

Droit devant eux, à moins d'une lieue, le ciel était illuminé d'une lueur orangée. Une lueur qu'ils ne connaissaient que trop, semblable à celle qu'ils avaient vue aux abords de Carlisle. À tâtons, Blaise se rapprocha de Merlin.

— C'est un incendie ?

L'enfant ne répondit pas. Il saisissait déjà son arc et s'apprêtait à s'élancer, droit vers l'horizon rougeoyant, quand son compagnon le retint.

— Nous ne sommes que deux, souffla-t-il. Et ta mère m'a ordonné de te garder en vie.

— N'entends-tu pas ? implora Merlin. N'entends-tu pas ces cris, toute cette douleur ?

Le moine tendit l'oreille : rien, hormis le sifflement du vent et le grondement de la mer. Il ne dit mot, mais l'enfant vit l'incompréhension sur son visage.

— Quelle sorte d'homme es-tu ? Et quelle sorte de Dieu sers-tu ? Tu n'es bon qu'à prier les morts !

Merlin se dégagea d'un geste brusque et s'écarta. Il aurait pu fuir, à cet instant, le laisser là comme un aveugle dans les ténèbres, mais il eut une seconde d'hésitation et se retourna vers son compagnon. Juste le temps de voir son lourd bâton s'abattre sur sa tête.

Au petit matin, l'herbe rase s'était couverte de givre et l'eau des flaques était figée. Malgré la fatigue des jours passés, Blaise avait à peine dormi. Il avait relevé son capuchon noir sur sa nuque et s'était assis à l'écart de l'abri sommaire qu'il avait monté pour Merlin, en tendant sa cape entre deux branches. Avec les premières lueurs du jour, on distinguait enfin les contours du bourg incendié, plus proche qu'il ne l'aurait cru, et ce spectacle le remplissait de chagrin. C'était un village de pêcheurs à la pointe de la presqu'île de Furness, cerné tout juste d'une palissade pour se garder des bêtes sauvages ou des maraudeurs, dominant une plage de galets où une quantité de barques avaient été tirées. Au loin, confondues dans le brouillard montant de la mer, se dessinaient les côtes de Cumbrie, qu'on pouvait atteindre à pied, par marée basse, à condition de ne pas être trop lourdement chargé et d'éviter les sables mouvants…

De nouveau, son regard se porta sur le village. La pluie avait éteint les flammes, mais le vent arrachait encore aux masures calcinées des bouffées de fumée qui se dissipaient vite, en tourbillonnant. Depuis l'aube, nul n'était entré ni sorti du village, et on n'y voyait âme qui vive. Ce n'était rien, pourtant. Ni une forteresse ni un bourg marchand, tout juste le hameau perdu de pauvres diables vivant de la mer. Rien qui puisse justifier une attaque, hormis peut-être les femmes, ou le simple désir de tuer… Seigneur, pourquoi les hommes tenaient-ils donc si peu à la vie des autres ?

Le visage rosi par le vent glacé et crispé par le sel des embruns, Blaise se tenait là, grelottant, transi jusqu'aux os, immobile, incapable du moindre geste et l'esprit divagant, quand un gémissement de Merlin l'arracha enfin de sa léthargie morbide. Alors il se leva, secoua sa robe de bure dont les plis s'étaient raidis tant le froid était intense et vint s'accroupir auprès de l'enfant. Son coup de bâton lui avait entamé le cuir chevelu, du sang séché formait une rigole noire craquelée coulant de son front à son cou, mais au moins il vivait, ce qui n'aurait sans doute pas été le cas s'il s'était jeté tête baissée dans le bourg en flammes. Du bout du pied, le moine brisa la mince pellicule de glace qui recouvrait une flaque formée dans un éboulis rocheux, y trempa un coin d'étoffe et entreprit de lui laver le visage. Aussitôt, l'enfant s'éveilla.

Blaise suspendit son geste, recula, mais une fois de plus Merlin resta coi. Il était éveillé, pour sûr, et le dévisageait intensément, mais il ne disait rien, pas un mot, se contentant du poids de son regard, jusqu'à ce que son compagnon n'y tienne plus.

— Bon, ça va, pardonne-moi ! grommela-t-il en jetant l'étoffe. Mais c'était une vraie folie…

Merlin se releva avec une grimace, porta la main à son front et regarda ses doigts tachés de sang frais. Sans plus s'occuper de lui, le religieux arracha d'un geste vif sa cape dressée en tente et s'en recouvrit, puis ramassa ses besaces.

— Et maintenant ? fit Merlin.

— On va voir si on trouve un bateau, répondit le bénédictin d'un ton rogue, en désignant le village calciné d'un mouvement de menton. Ce sera plus sûr et plus rapide que de continuer à pied.

— Un bateau…

Le jeune barde releva vers Blaise un regard angoissé, mais ce dernier descendait déjà d'un bon pas vers le bourg.

— Attends ! cria-t-il, et, comme son compagnon se tournait vers lui, il chercha désespérément un argument.

— Qu'est-ce qu'il y a ? lança le moine. Hier soir tu étais prêt à te ruer là-dedans tête baissée et maintenant tu as peur ?

— Ce n'est pas ça… Ce qu'il y a, c'est… En fait…

Blaise remonta ses besaces sur son épaule en l'observant avec un demi-sourire.

— Je comprends… Déjà à Dun Breatann tu faisais une drôle de tête quand je t'ai emmené jusqu'au navire de la reine. Tu as peur de l'eau, c'est ça ?

— Mais non ! protesta Merlin (et il se sentit rougir, ce qui ajouta à sa confusion). Mais pourquoi on ne continue pas à pied ? On n'a qu'à longer la côte !

— Ça, c'est une bonne idée !

Blaise revint vers lui et pointa son bâton de route vers le sud.

— Il y a plus de trois cents milles [1] jusqu'au Dyfed, sans compter les détours et les montagnes du Gwynedd à traverser de long en large, où chaque

1. « Mille pas » = 1,5 kilomètre.

homme en âge de porter une arme doit rêver de t'arracher du cou le torque d'Ambrosius. Il y en a pour des semaines, et ce serait un miracle qu'on s'en sorte vivants !

— On peut s'arrêter en Cumbrie, dit Merlin sans conviction, portant inconsciemment la main à ses clavicules pour toucher le collier d'or. Ce n'est qu'à dix ou vingt lieues, et on nous donnera des chevaux.

Le moine secoua la tête avec agacement, ramassa les bagages du jeune barde et les lui jeta dans les bras.

— Guendoleu est mort, dit-il d'une voix brusque. À l'heure qu'il est, ta Cumbrie ne doit pas valoir beaucoup mieux que Carlisle, ou que ce bourg, là en bas. C'est la guerre, Merlin ! Tu n'as pas compris ?

L'enfant le considéra avec un air de désespoir qui lui fit regretter son emportement.

— Allez, viens, reprit-il plus doucement. On longera les côtes, au moins jusqu'à Môn[1] ou la presqu'île de Lleyn. Ainsi on pourra revenir à terre à tout moment si la mer devient mauvaise. Il n'y a rien à craindre... Fais-moi confiance, j'ai grandi dans un village comme celui-là et j'ai su naviguer avant même de savoir marcher. Tu me crois ?

Merlin eut une moue peu convaincue.

— Eh bien tu te trompes... Un moine ne ment presque jamais. On y va ?

L'enfant dévisagea son compagnon. Blaise était secoué de frissons. Sa respiration hachée projetait de petits nuages blancs hors de ses lèvres craquelées. Le gel avait saisi sa barbe, rougi son visage et tiré ses traits. La fatigue et le froid auraient bientôt raison de

1. L'île d'Anglesey, au nord-ouest du Gwynedd, qui abritait un sanctuaire druidique détruit par les Romains.

lui. Jamais il ne pourrait aller jusqu'en Dyfed par voie de terre… Alors il acquiesça d'un signe de tête, et ils se mirent en marche.

S'il n'y avait eu ces bouffées de fumée noire et le ballet frénétique d'une impressionnante colonie d'oiseaux de mer au-dessus du village, le petit jour aurait pu paraître paisible. Le vent venu d'Hybernie chassait les nuages vers l'intérieur des terres, un timide soleil hivernal illuminait peu à peu toute la côte, et le givre de la nuit commençait à fondre en une myriade d'éclats de lumière, à perte de vue. C'était un spectacle magnifique et rude, réconfortant malgré l'angoisse qui leur nouait le ventre. Ils dépassèrent des champs en friche et des meules de paille fumantes, enjambèrent de minuscules ruisseaux dévalant des collines et perçurent bientôt l'odeur des cendres encore chaudes. Quand ils ne furent plus qu'à quelques toises du bourg, ils saisirent leurs arcs d'un même geste et encochèrent chacun une flèche. Une levée de terre couronnée d'une simple palissade de bois cernait le village jusqu'aux plages. Au centre, une porte à deux vantaux, assez large pour laisser passer des chariots à bœufs, grinçait lugubrement dans le souffle du vent, à moitié effondrée. Certains de ses madriers noircis gisaient dans la boue du chemin, en travers du passage, et le reste semblait sur le point de s'effondrer. C'est là qu'ils virent le premier cadavre, celui d'un guerrier frappé par une flèche. Un seul homme… Le bourg n'avait guère su se défendre.

En passant près de lui, Blaise retourna le cadavre du bout du pied. Son visage exsangue, ses cheveux et sa barbe étaient noircis de boue, tout comme sa broigne de cuir matelassé. Il n'avait plus d'armes, ni de bouclier. Le moine fit un rapide signe de croix, puis le laissa retomber. L'homme ne ressemblait pas à un Saxon, c'est tout ce qu'on pouvait dire…

Ils continuèrent à avancer, et lorsqu'ils franchirent ce qui restait des portes, toute la sauvagerie de l'assaut leur sauta aux yeux. Le long de la palissade, dans les ruelles, partout autour d'eux, des corps gisaient là où la mort les avait saisis, parfois nus ou à peine vêtus, parfois affreusement brûlés, les chairs tranchées, le crâne défoncé, hommes, femmes, enfants, bétail et chiens. Une nuée d'oiseaux de mer, cormorans sombres comme la nuit, grands labbes au plumage terreux, mouettes ou fous de Bassan, voletaient au-dessus du charnier dans un vacarme insane, emportant dans leurs becs acérés de longs lambeaux de chair que d'autres leur disputaient en plein vol. Par l'embrasure d'une porte, ils aperçurent le corps nu et inerte d'une femme jeté sur une paillasse, et ceux de ses enfants, au pied du lit. Ailleurs, des hommes pendus à une poutre, ou ligotés à un mât et percés de flèches. L'horreur, où que se porte le regard…

— Seigneur Dieu, pourquoi ont-ils fait ça ? gémit le frère Blaise.

L'odeur infecte de la mort et des cendres emplissait leurs narines, les cris des oiseaux de mer les assourdissaient, et leur agitation sacrilège au-dessus des corps martyrisés acheva de les révulser. Brusquement, Merlin se courba en deux et vomit, tremblant de tout son corps, puis il tomba à genoux et enfouit son visage dans le sol boueux pour ne plus voir, ne plus entendre, ne plus sentir cette abomination. Blaise le releva. L'enfant serré contre lui, il fila droit vers l'embarcadère.

Au fur et à mesure qu'ils approchaient de la baie, dans la partie du bourg battue par le vent, les habitations se faisaient plus rares, et on n'y voyait plus autant de cadavres. Quantité de filets de pêche avaient été étendus entre des piquets et sifflaient au vent, parsemés d'algues et de goémon. Ici, l'odeur du poisson et d'une récolte de varech dominait celle de la mort. Ils recevaient en pleine face un vent humide venu du large qu'ils acceptaient avec reconnaissance, à grandes goulées, et qui chassait la nausée. Le chemin caillouteux qui serpentait entre les filets les mena jusqu'à un éboulis rocheux dominant une plage de sable noir et de galets où avaient été tirées les barques. Là encore, personne.

À l'instant pourtant où ils descendaient, un cri aigu les fit sursauter.

C'était un cri de femme, si rapidement recouvert par le vacarme des mouettes qu'ils auraient pu en douter. Le moine et l'enfant s'immobilisèrent, hésitant sur la conduite à tenir. Il y avait la mer, en bas, toutes sortes de barques et de coracles à voile carrée, avec un bon vent pour naviguer, fuir loin de cette horreur. Blaise, qui était en avant, fit un pas pour descendre, ou peut-être avait-il simplement perdu l'équilibre. Mais l'enfant, lui, encocha de nouveau et remonta.

La femme s'était tue. Un seul coup d'œil pourtant leur suffit pour deviner d'où avait pu provenir le cri : une remise délabrée, au-delà des filets, la seule bâtisse à proximité. Ils se défirent de leurs sacs et avancèrent, courbés sous les mailles trempées, l'arc tendu devant eux. Merlin allait de l'avant, et son ouïe peu commune percevait, malgré le vent et le criaillement des oiseaux de mer, des grognements bestiaux, des pleurs et des rires. Sa flèche tremblait, au bout de son arc. Pour autant, il ne s'arrêta pas avant d'avoir franchi le rideau des filets de pêche. Là, il s'accroupit et se tourna vers Blaise.

Le petit moine avait le cœur serré, la gorge nouée. Ils étaient assez près maintenant pour que lui aussi perçoive le tumulte sourd provenant de la remise. Assez près pour qu'il en comprenne la nature. De l'eau coulait sur son visage défait, larmes ou embruns, et ses lèvres s'agitaient en une prière muette. Merlin eut un bref sourire, se redressa brusquement et marcha d'un pas décidé jusqu'à l'embrasure béante de la cabane. Dans l'instant, des voix d'hommes, rauques et puissantes, s'élevèrent. Un cri déchirant, lorsque l'enfant décocha sa première flèche. Puis des hurlements de rage. Blaise se releva d'un bond, perdit son arc et le ramassa à tâtons dans l'herbe détrempée, les yeux écarquillés, fixés sur Merlin. La femme cria de nouveau, à leur déchirer les oreilles, et ses tourmenteurs lançaient des imprécations dans une langue inconnue. La cabane ressemblait à un volcan près d'exploser, de vomir sa lave et ses rochers, mais Merlin ne reculait pas. Debout devant la porte, il tira une deuxième flèche. Le moine courut vers lui en s'efforçant d'encocher, à l'instant même où une forme immense jaillit de la remise, se propulsa sur l'enfant et le projeta à terre. On aurait dit un ours, avec son manteau de fourrure fauve. Le torse nu et les braies défaites, il était à la fois terrifiant, obscène et ridicule avec son sexe encore érigé et son visage effroyable. Sans remarquer le religieux, il ramassa une grosse pierre et s'avança vers Merlin, que sa charge brutale avait étourdi. Il la souleva au-dessus de sa tête avec un grognement de bête, et c'est alors que Blaise décocha son trait.

Le moine avait fermé les yeux et sa flèche ne fit qu'érafler le ventre nu du guerrier. Quand il les rouvrit, il passa en un instant de la contrition à la terreur la plus abjecte. L'homme s'était détourné de Merlin et marchait vers lui. Entravé par ses braies descendues jusqu'aux chevilles, il manqua trébucher, lâcha sa pierre et se revêtit sommairement. Cela aurait pu être suffisant pour saisir une flèche et prendre le temps de viser, mais le moine, ravagé d'épouvante, battit en retraite droit dans les filets où il s'empêtra, tel un papillon dans une toile d'araignée. Les yeux écarquillés, il vit l'homme s'avancer, massif et bedonnant, tendant vers lui des pognes de bûcheron, avec un effroyable sourire derrière sa barbe immonde. Puis il y eut cette chose monstrueuse surgissant de sa bouche dans un jaillissement de sang, emportant sa langue et ses dents. Une flèche. Une flèche qui lui avait traversé la nuque et la bouche… La brute tenta de l'arracher, mais un nouveau choc sourd la fit vaciller, puis tomber à genoux. Blaise découvrit alors Merlin, le visage plus blême que jamais, qui marchait vers eux en encochant une troisième flèche qu'il tira à bout portant, clouant l'homme au sol.

Blaise resta là, empêtré dans les filets, le cœur au bord des lèvres, sans quitter le jeune barde des yeux tandis que celui-ci arrachait posément ses trois flèches du corps de sa victime et les essuyait dans l'herbe. Cela fait, Merlin vint à son secours, sans une parole ni un regard de reproche, et l'aida simplement à se dépêtrer. Tout cela avait quelque chose d'irréel et d'absurde. Cet enfant trop vite grandi, pâle et maigre, avec ses longs cheveux noirs volant au vent, le visage si grave et si calme, enjambant sans aucune émotion le cadavre encore chaud d'un guerrier deux fois grand comme lui, qui aurait pu tout aussi bien lui fracasser le crâne. Leur fracasser le crâne à tous deux…

— Tu m'as sauvé la vie, murmura-t-il.

Mais l'enfant remontait déjà vers la remise et ne l'entendit pas. Blaise le vit entrer à l'intérieur, puis ressortir aussitôt et lui faire signe. Alors il se hâta et le rejoignit en quelques enjambées.

Dès qu'il franchit le seuil de la cabane, un spasme le contracta et cette fois ce fut lui qui vomit, appuyé au chambranle, libérant la bile, l'angoisse et la honte qui lui brûlaient les tripes. Il s'essuya la bouche du revers de la manche, cracha et reprit sa respiration avant de trouver assez de force pour affronter de nouveau l'éprouvant spectacle.

Aussi blanche qu'une banshee dans la pénombre, une femme toute jeune gisait sur une récolte de varech, remuant faiblement ses jambes nues tachées de sang, jusqu'au triangle ravagé de son ventre. Tout contre elle, une forme indistincte percée d'une flèche pesait encore sur l'un de ses bras entravés. Et derrière Merlin, qui s'était agenouillé près d'elle sans oser la toucher, un troisième homme se traînait lamentablement sur le sol en soufflant comme une forge. Blaise haletait, tremblant, sans savoir que faire. Maintenant que ses yeux s'étaient habitués à l'obscurité, il vit que la fille le regardait, implorante et muette, ses vêtements arrachés éparpillés autour d'elle comme une corolle, nue et marbrée de coups. Mais il y avait cet homme, une flèche dans les reins, qui vivait encore et auquel Merlin ne prêtait nulle attention.

— Celui-là n'est pas mort, dit-il en tâchant de maîtriser sa voix.

Merlin se retourna, saisit le guerrier par l'attache de son manteau et le renversa brutalement sur le dos, ce qui arracha un cri de douleur au moribond.

— Pas encore…

Et sans plus se soucier de lui, il reporta son attention sur la jeune femme, avec une telle expression de désespoir que Blaise s'empressa à son côté. Elle respirait à peine, le visage couvert d'une sueur glacée, les lèvres tuméfiées et le corps tellement meurtri que les larmes vinrent aux yeux du moine. Ses jeunes seins et son ventre étaient marqués de traînées noirâtres, jusqu'en haut de ses jambes.

— Je ne peux rien faire, chuchota-t-il, elle est déjà presque morte…

Il avait parlé tout bas, mais la fille l'avait entendu, et se mit à pousser des gémissements inarticulés, atroces, en s'agitant désespérément, si violemment qu'ils durent peser sur elle afin qu'elle ne bouge plus. Lorsque les convulsions cessèrent et qu'ils osèrent la regarder à nouveau, ses yeux s'étaient voilés définitivement. Blaise se dégagea d'elle, épongea du revers de la manche son front en sueur puis, avec un soupir, traça au-dessus d'elle le signe de la croix et joignit les mains.

— *In nomine patris et filii et spiritus sanctus*…

— Elle n'est pas chrétienne ! jappa Merlin. Laisse-la en paix !

— Qu'est-ce que tu en sais ? fit Blaise. Et d'ailleurs quel mal des paroles pourraient-elles faire à une morte ?

Merlin referma tant bien que mal sur elle les pans de sa robe en lambeaux avant de se laisser retomber en arrière, à bout de forces. Tandis que le moine psalmodiait son latin, il la fixa intensément. Qu'avait-elle connu de l'existence, confinée à cet îlot de vie au milieu d'un horizon désert, entre le vent et la mer ? Avait-elle aimé, au moins, avant cette horreur ? Elle n'était guère plus âgée que lui, maigre et sans beauté, les mains calleuses, les cheveux poissés par le sel, et à la voir ainsi il songeait à Guendoloena, si différente pourtant.

Écœuré, il se releva et toisa avec dégoût l'homme qui agonisait à ses pieds. Il avait basculé sur le flanc, et un tronçon de flèche saillait encore de ses reins. Du sang mêlé de bave coulait de sa bouche déformée par le rictus de l'agonie.

— *Marbhaiche... Gealtaire...*

Merlin le poussa en arrière du bout du pied et, lentement, indifférent à ses hurlements, pesa sur son ventre, jusqu'à ce que la flèche crève le cuir de sa broigne.

— *Salach cù ! Chuimrigh cù !*

Merlin se pencha vivement, dégaina en un éclair le poignard qu'il portait à la ceinture et lui trancha la gorge.

— Amen, fit Blaise.

Les deux compagnons échangèrent un regard las, puis le moine désigna la malheureuse d'un mouvement de menton.

— Aide-moi. Il faut l'enterrer…

Merlin ne bougea pas, si bien qu'après avoir saisi la fille sous les bras Blaise releva les yeux vers lui d'un air interrogateur.

— Laisse-la, dit l'enfant. Si tu l'enterres, ils sauront qu'un moine est passé et ils nous donneront la chasse.

— Et eux, tu les oublies ? s'écria Blaise en désignant les corps percés de flèches.

— Eux, n'importe qui aurait pu les tuer. Un homme du village, son père, son mari… Elle est morte, de toute façon, ça ne change rien.

Dans l'instant, le souvenir de l'acharnement qu'avait mis le jeune barde à bâtir un cairn mortuaire pour la dépouille de Guendoleu vint à l'esprit du bénédictin, mais il s'abstint d'en faire la remarque et reposa doucement le corps de la jeune femme. La fatigue et le dégoût le submergeaient peu à peu, dominant sa foi ou son sens du devoir. Il sortit sans un regard en arrière.

En silence, ils allèrent ramasser leurs sacs et descendirent l'éboulis rocheux menant au rivage. Tandis que le moine choisissait une embarcation et y entassait armes et bagages, Merlin s'avança dans la mer jusqu'aux genoux pour s'y laver les bras et le visage. L'eau était glacée, trouble et sombre, d'un vert vaseux, profond comme une tombe.

Dès que Blaise eut fait son choix – un coracle rond comme une coquille de noix dont la coque de bois était couverte de peaux de phoques graissées – ils poussèrent le bateau à l'eau et sautèrent à son bord. Merlin se cala aussitôt contre le bordé et s'enferma dans son manteau en le regardant faire. Blaise n'avait pas menti. Il savait gréer une voile et prendre le vent. Le coracle était tout juste capable de naviguer vent arrière ou au largue, et ils durent tirer de nombreux bords avant de s'éloigner du rivage. Heureusement, le clapot était faible, dans la baie, et il y avait plus à craindre des bancs de sable ou de la roche affleurant que de l'effet de la houle. En haute mer, il en aurait été autrement. Les coracles n'avaient pas de quille, et une vague un peu forte pouvait aisément les faire chavirer. Merlin, pour autant, luttait déjà contre le mal de mer, alors que Blaise, au contraire, semblait renaître, fièrement attelé à la barre, le vent du large faisant claquer sa bure noire. Voyant que ses lèvres remuaient, l'enfant tendit l'oreille et perçut une incantation étrange, que le moine murmurait d'un air béat.

— *Je m'élève en ce jour par la force de Dieu pour me piloter. La force divine pour me soutenir, la sagesse de Dieu pour me guider. L'œil de Dieu pour regarder devant moi, l'oreille de Dieu pour m'écouter. Christ pour me protéger aujourd'hui, contre poison, contre brûlure, contre noyade, contre blessure, de sorte que vers moi vienne abondance de récompenses*[1]...

Il l'écouta ainsi longuement sans rien dire ni relever les yeux vers lui, puis, quand sa litanie s'interrompit enfin et alors que les côtes de Cumbrie défilaient à bâbord, il s'adressa au petit moine.

— Ces hommes, dans le village, c'étaient des Gaëls, n'est-ce pas ?

Blaise le regarda d'un air étonné, et son sourire se crispa. Il poussa un soupir puis acquiesça.

— Tu as compris ce qu'il a dit ?

Assis sur le bastingage, le corps balancé souplement par le roulis, le moine resta un moment silencieux, tandis que les images affreuses de la matinée revenaient le hanter. Il frissonna brusquement, glacé par le vent du large sur ses vêtements trempés.

— Il nous a maudits, Merlin.

L'enfant hocha la tête, puis s'emmitoufla de nouveau dans sa cape.

— C'est bien...

1. Incantation de saint Patrick, traduction de Marcel Brasseur.

VIII

En terre picte

C'ÉTAIT une simple pierre, haute de quelques coudées et presque aussi large, dressée en travers du chemin qui longeait le loch. Un serpent avait été gravé dans le roc, artistiquement lové sur lui-même et semblant prêt à frapper, au-dessus d'une flèche brisée en Z, ornée d'un disque à chacune de ses extrémités. Rien d'autre n'était inscrit que ces symboles obscurs, mais nul ne franchissait cette borne sans frémir : ici commençaient les terres pictes, du clan des Miathi.

Ryderc poussa son cheval jusqu'à la pierre, laissa ses doigts glisser le long du dessin. Il avait conscience du regard de ses hommes posé sur lui, aussi s'efforça-t-il de sourire.

— Eh bien ! lança-t-il en se tournant vers l'abbé Kentigern, qui allait à pied, il faudra que tes moines leur apprennent au moins à écrire !

Il y eut des rires pour répondre à cette pauvre bravade, puis le silence s'abattit plus pesamment encore sur la colonne. Autour d'un chariot de vivres et d'une litière tendue d'étoffes précieuses escortée par quelques religieux venus du monastère de Luss, ils étaient moins de cent, dont une trentaine de cavaliers, couverts de lourds hauberts d'écailles métalliques et de broignes de cuir. Une forêt d'enseignes flottait au-dessus d'eux, mêlant les croix chrétiennes, les bannières rouges du Strathclyde et les têtes de dragons, que le vent faisait mugir lugubrement [1]. Lorsqu'elle avait quitté Dun Breatann, la troupe avait fière allure et semblait redoutable, mais ils marchaient à présent dans l'immensité des Trossachs [2], sur la rive est du loch, une région où l'orgueil de l'homme n'est pas de mise, entre l'immensité des forêts et la masse pesante de montagnes escarpées. Cent hommes pouvaient s'y perdre, cent ou mille, sans que personne en entende plus jamais parler. C'était là, dans ce territoire aux frontières floues, qu'avait autrefois disparu une légion romaine entière, la neuvième, comme avalée par la brume et les forêts, sans qu'aucun homme en revienne… Là que s'étaient établis les Miathi [3], une tribu mineure ni tout à fait picte ni vrai-

1. La cavalerie celte utilisait à la guerre des manches à air en tissu, que le vent faisait tordre en tous sens en émettant un son effrayant.

2. Le « Pays Rude » en gaélique, région montagneuse et boisée du centre de l'Écosse, bordée à l'ouest par le loch Lomond.

3. Les Romains les nommaient Maeatae. Ils furent décrits par Dio Cassius comme une confédération de tribus hostiles à Rome, vivant aux abords du mur d'Antonin, autour de la région de Stirling. Les Miathi de l'Est, autour du Firth of Forth et tout le long de la côte, furent rattachés à ce que l'on a appelé les « Pictes du Sud ». De l'autre côté des Grampian Mountains et jusqu'aux Orcades étaient les Pictes du Nord.

ment bretonne, et sur laquelle circulaient les pires légendes. Pour se garder d'eux, les Romains avaient bâti le mur d'Antonin d'un bord à l'autre de l'Albanie [1], et si aujourd'hui le Strathclyde et le Manau Goddodin s'étaient largement implantés le long des estuaires de la Clyde, à l'est, et de la Forth, à l'ouest, l'intérieur des terres restait sauvage et inexploré. Malgré tout, Ryderc avait préféré courir le risque d'emprunter ce chemin long et détourné pour se rendre à Dunadd, la capitale des Dal Riada, plutôt que de prendre la mer et de se mettre à la merci des longues barques pirates des Scots.

Le cri d'un aigle royal les fit tous sursauter, et ils suivirent des yeux son vol silencieux jusqu'à ce qu'il disparaisse dans les nuages. Autour d'eux, la forêt bruissait dans le vent, enserrant de près l'étroit chemin qui longeait les eaux bleues du lac. Les hommes se sentaient épiés, comme si la forêt avait des yeux, comme si derrière chaque buisson s'abritait un barbare à demi nu prêt à les darder de ses javelots. Ryderc n'avait rien dit – il ne convenait pas qu'un prince informât la troupe de ses intentions – mais la pierre picte ne pouvait laisser le moindre doute : chacun savait maintenant qu'ils étaient entrés sur les terres des Miathi. Leur nombre, dès lors, semblait ridicule. Tout juste de quoi exciter la convoitise de l'un de leurs chefs de guerre, à la recherche d'armes, de chevaux, de sang et de gloire…

Comme en écho à leur pires craintes, un cor se mit à sonner sur l'autre berge, distante seulement de quelques brasses dans la partie haute du loch. Et tandis qu'ils avançaient toujours, un second cor lui répondit,

1. Écosse.

renvoyant ainsi le signal d'une rive à l'autre, au fil de leur avancée.

Il en fut ainsi des heures durant, jusqu'au soir, sans qu'ils puissent apercevoir quiconque. Ryderc lui-même dégoulinait de sueur malgré le froid, à force de tension. Plusieurs fois la colonne s'était arrêtée sans en avoir reçu l'ordre, et les guerriers du Strathclyde s'étaient d'eux-mêmes grossièrement rangés en bataille. Il suffisait d'un rien, tant les hommes étaient à bout de nerfs. Un sanglier ou un cerf détalant dans les collines, un homme trébuchant sur une pierre et que ses compagnons voyaient déjà touché d'un javelot…

À la tombée du jour, ils avaient atteint l'extrémité du loch, à la frontière du royaume des Dal Riada et des immensités montagneuses soumises à l'autorité du roi des Pictes Brude mac Maelchon. Ils avaient marché moins vite que prévu et se trouvaient encore à des lieues du point de rendez-vous que les moines avaient arrangé. Alors que la colonne faisait halte, Kentigern se porta à grandes enjambées jusqu'aux côtés du roi.

— Pourquoi s'arrête-t-on ? demanda-t-il, ce qui eut le don s'exaspérer aussitôt Ryderc.

— Il va faire nuit, au cas où tu ne l'aurais pas remarqué…

L'évêque regarda autour de lui et, à son air, le jeune roi eut l'impression qu'il n'avait effectivement rien remarqué.

— Veux-tu que j'aille en avant ? dit-il. Mes moines portent la croix, nous ne risquons rien…

Ryderc ouvrit la bouche pour le rabrouer, changea d'avis et acquiesça d'un signe de tête presque hargneux. Il haussa les épaules en regardant Kentigern s'en aller, animé de cette énergie de brute qu'il mettait dans toutes choses, suivi de sa cohorte encapuchonnée brandissant une croix haute de plusieurs coudées. Le jeune roi les suivit des yeux un bref moment, jusqu'à ce qu'ils aient disparu à un détour du chemin, puis mit pied à terre, aussitôt imité par les autres cavaliers.

— Des hommes en haut, grogna-t-il à un sergent d'armes venu aux ordres. On s'arrête ici pour la nuit. Dressez le camp.

Durant un moment, il observa l'agitation méthodique de la troupe. Certains rassemblaient les chevaux pour les mettre à la longe, tandis que d'autres défrichaient à grands coups d'épée les broussailles alentour et que des archers allaient se poster de loin en loin, sur les hauteurs. Satisfait, il se rapprocha de la litière attelée et souleva son épais rideau de cuir. En découvrant le visage replet et vaguement nauséeux d'une dame de compagnie, son sourire se figea quelque peu, mais il se tourna aussitôt vers l'autre côté du chariot, où avaient pris place Guendoloena et une jeune fille aux longs cheveux blonds et à l'air triste.

— On est arrivés ? demanda la jeune sœur du roi.

— Pas encore... Mais on va faire halte ici. L'abbé est allé reconnaître la route. Il n'y en a plus pour très longtemps.

Il tendit le bras par-dessus les fourrures qui garnissaient tout l'habitacle et saisit tendrement la main de sa sœur, puis il considéra sa compagne, fit une moue amusée et lui claqua la cuisse.

— Il faudra faire meilleure figure, ma cousine... Sinon, je vous marie à un Picte !

Horrifiée, la jeune fille se tourna vers Guendoloena, qui haussa les épaules.

— Je pense qu'il se croit drôle, dit-elle.

Et, comme Ryderc laissait retomber le rideau et s'en allait en riant, elle saisit avec chaleur les mains de leur cousine.

— Il semble bien qu'Aedan sera roi dès la mort du vieux Conall, fit-elle. Tu vois, Melangell, tu seras reine avant moi…

La jeune femme sécha furtivement ses yeux rougis.

— On dit qu'il a déjà une femme, murmura-t-elle. Un chrétien peut-il se marier deux fois ?

— Je ne sais pas, ma cousine… Ça ira ?

Melangell hocha la tête sans rien dire. Guendoloena l'embrassa, la confia d'un regard aux bons soins de leur dame de compagnie, puis sortit vivement de la carriole et rattrapa son frère en quelques foulées. Sans lui laisser le temps de protester et malgré sa promesse de ne pas quitter de tout le voyage l'abri relatif de la litière, elle glissa son bras sous celui de Ryderc, sourit innocemment et, sans lui laisser le temps de protester, lui fit signe du menton de poursuivre sa route. Vaincu et amusé, tout heureux en fait de pouvoir ainsi faire quelques pas avec sa sœur, le jeune roi alla s'asseoir à l'abri d'un rocher moussu, bientôt rejoint par ses chefs de guerre. Ils partagèrent avec elle des tranches de jambon cru et se désaltérèrent à une outre d'eau fraîche sans qu'aucun d'eux pose la moindre question. Pour autant, Ryderc sentit l'inquiétude et l'incompréhension qui les taraudaient, et décida de leur révéler enfin le but de l'expédition.

— Il se passe de grandes choses, dit-il. L'abbé Kentigern et Columb Cille d'Iona ont organisé une rencontre entre nous, le roi Conall des Dal Riada et des princes pictes du Sud. Nous pourrions parvenir à une alliance contre les Saxons. Ou tout au moins obtenir une trêve. Le roi Brude en personne a garanti notre sécurité. Il n'y a rien à craindre…

Pourquoi ne parvenait-il pas lui-même à croire à ses paroles ? Ici, dans ces montagnes que nul ne contrôlait, comment pouvait-on se sentir en sécurité ? Ni le puissant royaume du terrible Mynydog le Riche, ni le Strathclyde ou le Dal Riada ne revendiquaient ce territoire sauvage et magnifique, pas même les Pictes de Brude mac Maelchon. Ryderc jouait distraitement avec une branche, ce qui lui évitait de voir les mines effarées de ses lieutenants. Le poids de leur silence était si lourd, pourtant, qu'au bout d'un moment il releva les yeux.

— Qu'y a-t-il ?

Devant lui se tenaient Sawel Ruadh [1] et Dafydd, deux de ses plus valeureux chefs de guerre. Pour eux, comme pour la plupart des Hommes du Nord, la menace saxonne était encore lointaine, alors qu'ils n'avaient cessé, toute leur vie durant, de combattre Pictes et Gaëls…

Sawel le Roux désigna d'un mouvement de tête interrogateur la jeune sœur du roi, mais celui-ci balaya sa question muette d'un geste agacé.

— Tu peux parler devant elle. Dis ce que tu as à dire…

Alors il haussa les épaules et cracha le morceau de jambon qu'il était en train de mastiquer.

— Pourquoi as-tu emmené des femmes, Ryderc ? Tu veux les donner en mariage à ces porcs ?

— Ha !

Ryderc leva les yeux au ciel en souriant, contempla les longs nuages roses qui s'étiraient à l'horizon dans les

1. Sawel le Roux.

dernière lueurs du jour, puis, tout à coup, dégaina sa dague et s'élança sur son lieutenant. Sawel s'était jeté en arrière, mais Ryderc l'immobilisa. La lame claire lançait un éclat d'acier en travers de sa barbe rousse, et sa pointe avait entaillé la joue du guerrier, juste sous l'œil.

— Tu vois, Sawel, nul n'est à l'abri d'une attaque, surtout quand on ne s'y attend pas...

Il se redressa et tendit la main pour l'aider à se relever, mais l'autre la dédaigna, d'un air furibond. Du bout du doigt, il cueillit une goutte de sang sur sa joue puis retourna s'asseoir sur un rocher en grommelant. Guendoloena retenait son souffle et s'efforçait de garder la tête baissée. Chacun d'eux pouvait sentir la honte outragée du guerrier.

— Si nous voulons frapper les Saxons, il faut garantir nos frontières du Nord, poursuivit Ryderc en restant debout. Alors oui, nous allons nous allier avec les Dal Riada... Et oui, il y aura un mariage. J'ai donné mon accord pour que le prince Aedan mac Gabran épouse ma cousine Melangell. À l'avenir, ne traite plus un membre de ma famille de porc...

Un silence embarrassé s'installa entre eux, vite dissipé par le ricanement sourd de Dafydd.

— Qu'est-ce qui te fait rire, toi ? grogna Ryderc en se tournant vers lui.

Dafydd leva la main en signe d'apaisement, mais avec un regard acéré.

— Range ta dague, va... J'ai compris la leçon et je suis sur mes gardes.

Les deux hommes se toisèrent un bref moment, puis Ryderc remit son arme au fourreau en riant. Il vint s'asseoir près de Sawel et lui servit lui-même à boire, avec une bourrade familière.

— Ce qui m'amuse, poursuivit Dafydd, c'est qu'Aedan est déjà marié…

Guendoloena sursauta, mais elle ne dit rien et se contenta d'écouter.

— … il a épousé Domelach, la propre sœur du roi Brude, continuait le guerrier. Ainsi, si le vieux Picte venait à mourir, Aedan pourrait prétendre au trône du royaume picte… C'est un allié puissant que tu te prépares à rejoindre, Ryderc. Un allié très puissant…

Ryderc approuva, et il allait lui répondre lorsqu'un soldat vint dresser un petit feu de camp au milieu de leur groupe. Ils le regardèrent faire en silence, jusqu'à ce que des flammes s'élèvent et éclairent leur cercle. La nuit était tombée. On ne voyait plus même le loch. Quand le garde repartit, ils se resserrèrent tous inconsciemment autour de la maigre flambée.

— Tu as raison, reprit Ryderc en se penchant au-dessus des flammes. Mais c'est plus compliqué que cela…

L'expression de son visage frappa Guendoloena, tout comme sa façon de marteler du poing chacun de ses mots contre sa paume. Elle se pencha en arrière, hors de la lueur rougeoyante de l'âtre, pour se faire oublier et tout entendre.

— Il y a une quinzaine d'années, le roi Gabran régnait sur les trois clans scots du Dal Riada, poursuivit Ryderc. Les Loairn au nord, les Œngusa sur l'île d'Islay, et son propre clan, le Cenel nGabrain, établi sur le Kyntire, l'île d'Arran et le pays de Cowall. Dès qu'ils se sentirent assez forts, ils partirent en raid vers l'est, à travers les terres pictes. Comme vous le savez, ce fut un désastre, auquel Gabran ne survécut pas. Aedan n'était encore qu'un enfant, mais il dut fuir, avec sa mère, Lucan. Heureusement pour eux, elle était la fille du roi Brychan des Manau Goddodin, et celui-ci leur offrit refuge dans sa forteresse de Caer Eden. Les Pictes avaient infligé aux Scots une défaite sévère, mais ils avaient eux-mêmes trop souffert pour aller jusqu'au bout et entreprendre une conquête en règle du Dal Riada. Alors ils se contentèrent d'un traité. Le royaume des Scots dut prêter allégeance à Brude, qui plaça sur leur trône un cousin d'Aedan, le vieux Conall, un homme pacifique…

— Un lâche, oui !

— Plus tard, poursuivit Ryderc, ignorant l'intervention, Conall obligea son jeune cousin Aedan à épouser la sœur de Brude, en signe d'apaisement. Alors, oui, Aedan est déjà marié. Oui, il est le beau-frère du Picte. Mais il est aussi un prince des Manau Goddodin et avant tout le fils de Gabran, qui ne rêve que de venger l'affront subi par son père… Lui aussi, il a besoin d'être en paix avec nous. Conall est vieux, et l'heure d'Aedan va sonner. Avec notre alliance et celle de sa famille maternelle des Goddodin, je dis qu'il est de taille à affronter Brude. Je dis que les moines d'Iona réussiront ce qu'aucune armée n'a pu faire, qu'elle soit romaine, scot ou cymri : dompter les Pictes. S'en faire des alliés. Et avec eux s'abattre comme un raz de marée vers le sud, vers les Angles de Bernicie, les Saxons et les Jutes, jusqu'à la mer !

À la lumière du feu, son visage prenait un aspect sauvage qui les effraya tous, mais il se retira avec une moue désinvolte et but à longs traits.

— Nous aussi, nous sommes à leur sud, murmura Dafydd.

Ryderc reposa son gobelet et tendit vers son lieutenant un doigt accusateur, mais au même instant un cri d'alarme retentit à l'autre bout du campement. Immédiatement, des clameurs assourdissantes s'élevèrent de toutes parts. Sawel, qui venait de se resservir à boire, jeta sa bière dans le feu, et les autres l'imitèrent. Dans l'instant, ils furent plongés dans l'obscurité, aveuglés, et se bousculèrent en dégainant leurs longues épées.

— Dafydd, veille sur Guendoloena, ramène-la au chariot ! hurla Ryderc en s'élançant déjà vers le chemin.

Un garde courut vers lui, une torche à la main. Il voulut lui crier de s'en débarrasser, mais l'homme fut frappé par un javelot et chuta lourdement, tandis qu'un tumulte assourdissant s'abattait d'un seul coup sur le loch. Ryderc se retourna sur lui-même et les vit, pareils à des spectres pâles à la lueur de la lune. Depuis les buissons dévalaient, dans le vacarme de leurs cris de guerre, des centaines de guerriers nus, hirsutes et maigres, portant de curieux boucliers carrés et armés chacun de plusieurs javelots. L'un d'eux déboucha sur lui avec un hurlement rauque. Ryderc vit ses yeux fous, son visage recouvert de tatouages bleus et la pointe de sa lance dardée vers lui. Il fit un bond en arrière et frappa, tranchant chairs et os dans une gerbe de sang qui l'éclaboussa. Un javelot, projeté de trop loin, le percuta à la poitrine sans percer son haubert de mailles, puis un second se ficha devant lui, à terre, sans qu'il voie de ses assaillants autre chose que des ombres diffuses. Ryderc recula à l'abri d'un épais buisson et reprit son souffle. La pleine lune confondait les abords du loch et la forêt de pins dans un même reflet grisâtre, où les silhouettes furtives des Pictes tournoyaient en tous sens comme des gerfauts. Il perçut des voix bretonnes dans le vacarme insensé de la bataille, et il se dirigea fiévreusement vers elles, sous le couvert des arbres. Presque aussitôt, il tomba sur un engagement. Vingt ou trente hommes, au corps à corps. Ryderc se rua dans la mêlée en criant à pleine voix, fit voler d'un large revers le poing armé d'un jeune Picte imberbe, le projeta à terre d'un coup de pied et l'acheva sans même s'arrêter. Les autres tentaient déjà de fuir, mais de partout convergeaient des gardes au manteau rouge. Les Pictes lancèrent leurs javelots, puis coururent à la mort en brandissant leurs haches, sans plus d'effet qu'une vague déchaînée se brisant sur une falaise. Le carnage ne dura que quelques instants puis, quand tout fut terminé, les Bretons relevèrent les yeux et tendirent l'oreille. Ailleurs, on se battait encore...

— Suivez-moi ! cria Ryderc, et ils s'élancèrent comme une meute de loups vers la ligne claire du sentier qui les surplombait.

Dès l'instant où ils débouchèrent à découvert, une pluie de dards venue des fourrés s'abattit sur eux. Plusieurs Bretons s'affaissèrent en hurlant, et les autres montaient déjà à l'assaut, mais une lueur rougeoyante avait attiré le regard du jeune roi, en contrebas, et il leur cria de le suivre. Seuls ceux qui étaient proches de lui obéirent. Ryderc n'en avait cure. Indifférent aux combats ou à la plainte des blessés, il courait déjà droit vers l'embrasement. D'autres barbares surgirent devant eux et le petit groupe des Bretons les percuta de tout son poids, taillant et frappant comme des forcenés, à coups de glaive, à coups de bouclier ou à coups de poing, emportés par une furie meurtrière plus effrayante encore que celle des Pictes, si massifs dans leurs hauberts d'écailles métalliques qu'ils paraissaient invincibles, et que la peur changea de camp. L'un d'eux, maigre et long comme une bête fauve, portant pour toute arme un tronçon de lance, s'agrippa au roi et le frappa à la tête. Ryderc vacilla. Des points lumineux dansaient devant ses yeux et ses jambes se dérobèrent. Du sang chaud coulait depuis sa tempe jusque dans son cou. Accroché à lui, le barbare lui enserra le cou de ses mains décharnées et ils roulèrent ensemble sur le chemin. Mais les doigts de Ryderc trouvèrent une pierre et il frappa, encore et encore, jusqu'à ce que l'étreinte du Picte se relâche. Ils restèrent ainsi un long moment, le corps de sa victime pesant sur lui. Les cheveux crasseux du Picte recouvraient son visage et leur sang se mêlait, poissant son haubert. Enfin, l'un des gardes arracha le cadavre qui le recouvrait et Ryderc parvint à se relever.

— Sire !

— Ça va…

Le jeune roi porta la main à son visage et grimaça de douleur. L'épieu du Picte lui avait entaillé le cuir chevelu et l'avait ouvert jusqu'à la joue. Sa jambe lui faisait mal, la blessure de son bras s'était rouverte, ses mains tremblaient… Malgré tout, il se tourna vers le foyer de lumière et se remit en route d'un pas chancelant. L'un de ses hommes ramassa sa longue épée et la lui rendit, puis ceux qui pouvaient encore marcher se regroupèrent autour de leur roi.

Des nuages masquaient la lune, à présent, plongeant le loch et ses abords dans une obscurité presque totale. On voyait çà et là des torches grésillant sur le chemin, mais nul ne pouvait plus ignorer le flamboiement qui illuminait les ténèbres, à cent perches de là. D'un peu partout résonnaient les cris de victoire des Bretons, la rumeur des derniers combats et les gémissements des blessés, mais leur petit groupe avançait sans y prêter garde, au rythme hésitant du pas de Ryderc. Ils n'étaient qu'une poignée autour de lui, cinq ou six, formant un rempart de leurs longs boucliers et scrutant la forêt qui les surplombait, conscients qu'une nouvelle attaque les emporterait comme un fétu de paille. Le roi, lui, n'en avait cure. Les flammes furent bientôt clairement visibles, puis la litière des femmes dévorée par le feu. Ryderc gémit lorsqu'il distingua des silhouettes tordues, prises au piège de cette horreur. Il pressa le pas, malgré la douleur, malgré les vagues de sueur glacée qui le submergeaient à chaque effort et manquaient à tout instant de le faire chuter, au point que l'un des gardes dut bientôt le soutenir. Des dizaines de corps étaient étendus autour du chariot, Pictes et Bretons, témoignant de la fureur du combat qui s'était déroulé là. Un cadavre brûlait, au cœur de la fournaise, affreux, méconnaissable. Un autre, celui d'une femme, portant les restes d'une longue robe blanche à demi calcinée, était recroquevillé à quelques coudées de là, percé d'épieux... De quelle couleur était la robe de Guendoloena ?

Soudain, un petit groupe d'hommes se détacha des ténèbres et fonça vers la maigre escorte du roi. Les Bretons se raidirent, prêts au combat, le temps de distinguer sur les arrivants les manteaux rouges du Strathclyde. En tête marchait Dafydd, qui courut vers lui dès qu'il le reconnut.

— Par les Mères, tu es vivant !

À la lueur des flammes, le guerrier croisa le regard du jeune roi, baigné de larmes et de sang, effrayant de haine et de chagrin.

— Guendoloena n'a rien ! ajouta-t-il avec empressement. Elle n'a rien !

Ryderc le dévisagea d'un air éperdu. Il hocha la tête plusieurs fois, comme pour se convaincre lui-même, et s'accrocha à lui pour ne pas tomber. C'est alors qu'il la vit, accourant à découvert.

— Protégez-la ! hurla-t-il en se tournant vers la masse sombre de la forêt au-dessus d'eux.

Aussitôt des gardes l'entraînèrent, à l'abri de leurs longs boucliers, jusqu'à un éboulis de roches moussues noyées sous la bruyère et de hautes fougères. Dès qu'elle le rejoignit, Guendoloena se réfugia dans ses bras. Elle ne pleurait pas, car il ne convenait pas de pleurer devant des hommes, mais ses yeux étaient encore emplis de l'horreur de ce qu'elle avait vu.

— Dès le début, ils ont attaqué le chariot, fit Dafydd derrière eux. Je me suis caché avec elle, il n'y avait rien d'autre à faire. Ils devaient être une centaine…

Ryderc acquiesça, mais il écoutait à peine. Guendoloena tamponnait son visage ensanglanté à l'aide d'une compresse de mousse humide et il se sentait sombrer lentement dans le néant.

— C'était un piège, poursuivait Dafydd. Et c'est le chariot qu'ils voulaient. Ça a été un massacre… J'en ai vu deux frapper demoiselle Melangell de leurs épieux, malgré nos gardes. On aurait dit qu'ils s'acharnaient par-dessus tout à tuer les femmes… Moi je dis que le vieux Brude n'a pas l'air de vouloir de ce mariage !

Guendoloena leva vers lui son visage si pâle.

— Il ne t'entend plus, dit-elle.

— Non !

Merlin s'éveilla en sursaut, avec un mouvement de recul involontaire. Les yeux grands ouverts, le visage en sueur, il luttait pour reprendre pied, tandis que s'évaporaient comme des bancs de brume les images affreuses qui étaient venues le hanter. Des morts, partout dans la plaine, hâves, livides. Le corps mutilé de Guendoleu s'avançant vers lui, les bras tendus. Sa tête tranchée, à terre, réclamant le torque… Le souffle court, encore saisi d'effroi, Merlin se redressa le long du bastingage et porta instinctivement la main à son cou. Le torque y était, glacé et couvert de givre, tout comme le reste de leur fragile embarcation. Blaise dormait, accroché à la barre et recroquevillé sur lui-même dans le grincement régulier du roulis. Avec sa robe de bure raidie et blanchie par le froid, il ressemblait tellement aux cadavres exsangues de son cauchemar que l'enfant battit précipitamment en retraite jusqu'au fond du coracle. Il chercha autour de lui quelque vision rassurante, mais de la mer elle-même suintait un brouillard épais semblable à celui de son rêve, et il sentit la panique le submerger. Le brouillard à ses yeux n'appartenait ni à ce monde ni au séjour des morts. Insaisissable, opaque et glacial, c'était le souffle du dragon, le temps des dieux, où nul mortel ne pouvait se sentir en sécurité. Déjà autour de lui galopaient en grondant les chevaux de Ler[1] qui secouaient à leur gré leur si fragile coquille de noix. Bientôt viendrait le Kelpie, ce cheval-démon à la crinière d'algues vertes qui hantait les flots et les emporterait à jamais dans ses profondeurs glauques. Merlin se tassa un peu plus contre la lisse et se couvrit le visage, si terrifié qu'il lui fallut de longues minutes avant d'oser appeler à l'aide. Lorsque enfin il parvint à ouvrir les yeux, un

1. Ler est le dieu celtique de la mer. L'expression « chevaux de Ler » (*Kezeg Ler* en breton) désigne les vagues.

faible éclat de soleil trouant la brume lui donna assez de courage pour élever la voix.

— Blaise ! Réveille-toi !

Le moine sursauta, et au premier mouvement qu'il fit de la poussière de givre s'échappa des replis de sa robe.

— Je... Je ne dormais pas, murmura-t-il d'une voix enrouée, à peine perceptible.

Merlin rampa jusqu'à lui à croupetons en s'accrochant aux cordages pour ne pas déraper sur la coque verglacée.

— Réveille-toi ! Nous nous sommes perdus, regarde !

Le moine se redressa en tremblant. Le givre avait saisi sa tonsure, ses sourcils et sa barbe. Son visage était violacé et ses lèvres craquelées. Merlin ôta sa cape et l'en recouvrit, puis se mit à le frictionner de toutes ses forces. Lui-même se sentait engourdi par le froid et éprouvait la morsure cruelle du sel sur son visage.

— On ne voit plus la terre ! dit-il en parcourant d'un regard angoissé la brume insondable qui les cernait.

Blaise s'écarta de lui, se redressa tant bien que mal contre la coque. Un coup d'œil et il pesa sur la barre. L'embarcation vint aussitôt à la lame sur bâbord, en tanguant dangereusement. Un vent régulier les avait poussés vers le sud durant deux jours, le long des côtes de Cumbrie. Sans doute ne devaient-ils guère être éloignés des rivages du Gwynedd, mais le vent était tombé avec la nuit, et Blaise s'était endormi... Dieu seul sait depuis combien de temps ils dérivaient ainsi. Il inspira une longue bouffée de l'air du large et fut aussitôt pris d'une quinte de toux qui le courba en deux. Son corps tout entier, chacun de ses os, était douloureux. La fièvre le faisait transpirer et claquer des dents à la fois.

— Donne-moi à boire, dit-il.

Blaise tendit la main vers Merlin mais, comme si ce simple geste avait brûlé ce qu'il lui restait d'énergie, il s'effondra parmi les cordages gelés et les sacs de provisions. Aussitôt l'embarcation revint au vent avec une embardée qui déséquilibra le jeune barde. Le cœur battant, il se précipita vers son compagnon et le serra contre lui.

— Il va falloir que tu te débrouilles seul, souffla le moine.

Merlin le dévisagea avec horreur, puis considéra la barre, ballottée faiblement par la houle. Blaise grelottait convulsivement dans ses bras. Ses yeux papillotèrent un moment puis se révulsèrent, et il bascula dans l'inconscience.

— Réveille-toi ! cria l'enfant. Je ne saurai pas !

Mais le moine ne répondit pas.

Merlin examina le ciel. Le brouillard se transformait en bruine, puis en crachin. Avec le jour venait le vent, et leur large voile carrée commençait à faseyer. Il déposa avec précaution la tête de son compagnon sur un sac de vivres, le couvrit de sa cape et rampa jusqu'à la barre. Ainsi qu'il l'avait vu faire, il pesa de toutes ses forces sur le gouvernail pour ramener le coracle à bâbord, vers les terres. Le bateau obéit aussi sûrement qu'un cheval, avec la même force, la même obéissance instinctive, et malgré sa peur Merlin se sentit empli d'une bouffée d'exaltation lorsque la voile s'arrondit. Sous sa main, la barre domptait les flots et le vent. Le brouillard lui-même se dissipait, comme si les dieux avaient décidé de les laisser vivre, après tout, au moins ce jour encore. À chaque creux, le coracle mené sans finesse embarquait des paquets de mer, et la voile mal tendue claquait à la moindre saute de vent, mais enfin ils naviguaient, droit devant.

Bientôt, Merlin devina dans la ligne d'étrave du coracle une forme sombre, infinie, barrant l'horizon. Il lança un regard joyeux vers Blaise, mais le moine lui tournait le dos, recroquevillé contre la lisse. C'était la terre, bien sûr, et le vent les poussait dans la bonne direction. Il suffisait de se cramponner, de tenir bon contre les vagues et les giflées d'embruns. Déjà il croyait apercevoir, au-delà du rivage et d'une forêt qui semblait presque toucher l'eau, une longue ligne de montagnes bleues, et tout le temps qu'il navigua ainsi ses yeux scrutèrent désespérément les rives à la recherche d'un repère.

Il n'y avait rien, pourtant. Ni village, ni fumée, tout juste cette bande de terre s'étirant à perte de vue, écrasée par la forme sombre d'un massif si haut qu'il semblait grimper jusqu'aux nuages, plus grand que tout ce qu'il lui avait été donné de voir… Il aperçut enfin une sorte de chenal, vers lequel le courant le poussait, séparant à bâbord la côte abrupte d'un rivage plus accueillant sur tribord, couvert par la forêt. Sans doute était-ce l'embouchure d'un fleuve… Ses cheveux détrempés par les embruns avaient gelé et à chaque creux frappaient son visage comme des baguettes, mais l'enfant restait debout, aussi luisant qu'une sirène dans sa tunique de moire, jusqu'à ce que la terre soit assez proche pour qu'il distingue l'écume des vagues se brisant sur la grève. Elle venait vite, trop vite…

— Blaise ! cria-t-il. Qu'est-ce que je dois faire ?

Tassé contre le fond, le moine ne bougeait plus. Merlin écarta d'un geste nerveux une mèche collée à son visage puis décida de laisser filer la barre. Le coracle arrondit immédiatement sa course et prit la mer par le travers. Frénétiquement, l'enfant tenta de délier la drisse qui maintenait la voile, mais le cordage avait gelé, et la côte se rapprochait toujours. Alors il dégaina sa dague et trancha. La vergue s'effondra aussitôt dans un fracas terrible, puis bascula par-dessus bord. Le coracle tourna sur lui-même, ralenti par la voilure qui traînait derrière lui comme une ancre flottante, et venait à présent vers le rivage par l'arrière, malmené dangereusement par le ressac. Merlin, de nouveau submergé par la peur, s'accrocha au mât et pria Cliodna, la déesse de la mer. Il y eut bientôt un bref raclement, puis un choc formidable qui projeta l'enfant et le moine contre la lisse lorsque le bateau s'encastra dans les galets.

Le premier réflexe de Merlin fut de sauter à l'eau, quitter enfin ce plancher mouvant et rejoindre la terre ferme, mais il revint vers son compagnon et, au prix d'un effort épuisant (car Blaise pesait son poids), il parvint à le traîner jusqu'au bord. Ils basculèrent tous deux à l'eau en s'y enfonçant jusqu'à la taille, puis s'arrachèrent à la mer et aux algues pour enfin s'effondrer sur les galets de la plage.

La côte n'offrait guère pour autant un abri confortable, battue qu'elle était par le vent, les embruns et le crachin. Le temps de reprendre leur souffle, ils avancèrent jusqu'à la forêt, aussi dense qu'un mur devant l'océan. Blaise marchait à peine. Le bras passé sur l'épaule de Merlin, il divaguait et murmurait des mots sans suite, qui pouvaient aussi bien être du latin que d'obscures jérémiades. L'enfant, écrasé sous son poids, n'alla pas beaucoup plus loin que la lisière. Il le laissa tomber dans un massif de fougères, puis retourna en titubant vers le coracle échoué pour y ramasser leurs armes et tout ce qu'il pouvait porter sans défaillir. Revenant à l'abri des bois, il s'appuya à un pin sylvestre pour ne pas perdre connaissance, lui aussi.

Étrangement, le sol lui paraissait onduler. Il ressentait dans ses jambes le mouvement de la houle auquel il avait bien dû s'habituer ces jours derniers, et il fallut un long moment pour qu'enfin cette sensation le quitte, comme si la mer voulait le garder encore. Lentement, il se laissa glisser contre le tronc, ferma les yeux et savoura les bonnes odeurs du sous-bois. Il sourit en discernant des pépiements d'oiseaux et les bruits furtifs de la forêt derrière le grondement des vagues et du vent. Malgré la fatigue et le froid, il sentait en lui une renaissance, un retour à la vie après avoir flotté au gré des dieux sur cette immensité effrayante. L'écorce de l'arbre, sous ses doigts, était délicieusement rugueuse et craquante. Il en percevait la force, la chaleur, la tranquille indifférence au fracas des vagues. Il en humait l'odeur suave, terreuse, éprouvait sous ses pieds les griffures des ronces et le craquement du mort-bois. Blaise gémissait sourdement, mais l'enfant était lui-même trop épuisé pour lui venir en aide. Ils restèrent ainsi longtemps dans un abrutissement complet, et sans doute Merlin s'était-il endormi lorsqu'il perçut soudain le galop lointain d'une biche, s'échappant au plus profond des fourrés. Avait-elle eu peur d'eux ? Non, c'était autre chose. Quelque chose qui approchait, quelque chose d'étranger à la quiétude de la forêt. Quelqu'un…

Alors il ouvrit les yeux et émergea comme au sortir d'un rêve, un peu perdu, le cœur battant. Prudemment, il revint vers la plage et, tapi derrière un buisson, vit s'approcher tout un groupe d'hommes qui, caquetant comme de la volaille, marchaient à grandes enjambées vers leur coracle échoué. C'étaient des moines, sans doute, à en juger par leurs longues robes de bure noires identiques à celle de Blaise. Ils étaient six, portant presque tous barbe et tonsure. Sans le voir, ils s'attroupèrent autour de l'embarcation et entreprirent de la hisser sur la plage tant bien que mal. Puis l'un d'eux sauta à bord et jeta à terre leurs besaces. Merlin réagit aussitôt, sans réfléchir.

— Laissez ça, voleurs ! cria-t-il en se découvrant brusquement.

Les hommes se retournèrent vers lui, inquiets tout d'abord, puis goguenards en le voyant si jeune, puis de nouveau alarmés quand ils virent l'arc que l'enfant brandissait, et sa flèche encochée.

— Nous ne voulons pas te voler, mon fils, fit l'un d'eux avec un geste d'apaisement. Je suis Gwenfaen, prieur de Penmon, et ceux-ci sont mes frères. C'est ton bateau ?... Nous voulions simplement te porter secours, au cas où tu aurais eu besoin d'aide...

Merlin dévisagea le moine avec méfiance.

— Qui est ton maître ?

— Je n'ai pas de maître, dit Gwenfaen avec un sourire amusé, si ce n'est Notre Seigneur Jésus. Mais si tel est le sens de ta question, tu te trouves sur l'île de Môn et nous dépendons de Rhun, prince du royaume de Gwynedd !

Malgré lui, Merlin se retourna vers la rive boisée qu'on devinait de l'autre côté du chenal. Ce qu'il avait pris pour l'embouchure d'un fleuve était l'étroit bras de mer séparant Ynis Môn des terres montagneuses du Pays Blanc, à une portée de flèche. La terre de ses ennemis… Il se reprit aussitôt et retendit la corde de son arc, mais les moines avaient perçu sa réaction, et échangeaient des regards entendus. Merlin déglutit, hésitant sur la conduite à tenir. Fuir à toutes jambes lui apparaissait comme la meilleure idée, et pourtant un reste de raison, au plus profond de lui, le retenait de céder à une aussi stupide impulsion. En théorie, l'île appartenait au Gwynedd, mais pour tous les Cymri c'était une terre sacrée. Tout au long de son enfance on lui avait parlé de la révolte des druides de Môn contre Rome, et de leur massacre par les légions d'Agricola. Depuis, les moines avaient succédé aux druides, mais l'île restait, pour autant qu'il s'en souvienne, une terre d'asile…

— As-tu besoin d'aide, mon fils ? répéta Gwenfaen.

Derrière lui, les autres moines attendaient en silence, regroupés auprès du coracle et de leurs maigres bagages détrempés. Merlin baissa la tête et détendit doucement la corde de son arc. Bien sûr, qu'il avait besoin d'aide… Il n'avait qu'une vague idée de la configuration des côtes, mais suffisamment pour comprendre qu'il aurait pu tout aussi bien s'échouer directement sur les rivages de ses ennemis et que, se trouvant à présent sur une île, jamais il ne pourrait s'en échapper tout seul. Et d'ailleurs, même s'il avait su naviguer, comment aurait-il pu tirer à flot tout seul le coracle coincé dans les galets ? Il remit sa flèche au carquois puis, en haussant les épaules, désigna la forêt, derrière lui.

— L'un des vôtres a besoin de soins, dit-il.

Et sans prêter attention aux regards surpris des moines ni même s'assurer qu'ils le suivaient, il leur tourna le dos et s'enfonça dans la végétation, jusqu'à l'abri de verdure où il avait laissé son compagnon.

Même s'il n'en avait pas connu l'emplacement, le champ de bataille se signalait à des lieues à la ronde par les vols de corbeaux et l'odeur effroyable de la décomposition que le vent ramenait jusqu'à lui. Gurgi mit pied à terre, défit son manteau et en couvrit la tête de son cheval. La bête avait senti l'odeur des charognards et elle ne cessait de renâcler ou de ronger son mors. Il saisit les rênes, dégaina sa longue épée et avança lentement. Passé la rivière, il dut se couvrir le nez d'un foulard, lui aussi, pour résister à la puanteur du charnier. Les premiers charognards avaient été des habitants du voisinage, laissant tout juste aux dépouilles des braves tombés dans cette boucherie quelques loques sur ce qu'il restait de leurs cadavres. Puis étaient venus les oiseaux, les loups et les renards, les fourmis et les vers… Marchant au pas, Gurgi passa à bonne distance d'un groupe de loups se disputant les derniers morceaux de chair putréfiée de ce qui avait été autrefois un être humain. À son passage silencieux, les fauves s'écartèrent à peine, sans cesser leur effroyable festin, pas plus que les corbeaux qui, par dizaines, par centaines, s'étaient abattus sur la plaine. Où qu'il porte les yeux ce n'étaient que des visions d'horreur. Des vestiges poisseux et pourrissants, voilà tout ce qui restait de la gloire des hommes, Celtes et Gaëls confondus, que nul ne pourrait désormais identifier. Rengainant son arme inutile, il serra son foulard contre sa bouche et son nez et poursuivit son chemin. Soudain, il s'immobilisa, et son cœur s'emballa dans sa poitrine. À la lisière de la forêt, un cairn mortuaire s'élevait sur une hauteur, dominant le champ de bataille. Le montagnard s'y porta prestement, noua les rênes de sa monture à un arbre et commença à déblayer fiévreusement l'amas de pierres et de terre. Avec une énergie de brute, les bras engourdis et les mains écorchées par les arêtes tranchantes des roches, il s'acharna sans discontinuer, jetant parfois au-dessus de son épaule un regard inquiet vers la plaine ou le ciel. Le jour déclinait déjà, et la perspective d'être pris par la nuit dans ce charnier empli de fauves et de fantômes décuplait son ardeur. Enfin, il perçut l'éclat terni d'une armure de mailles. Encore quelques efforts, et il la dégagea suffisamment pour reconnaître les restes de Guendoleu. Le torque n'y était pas, mais on avait glissé entre ses mains décharnées le tronçon brisé de son épée…

Haletant, en sueur, Gurgi saisit l'arme et se releva. Il arracha son foulard et s'essuya le visage, puis s'écarta pour reprendre ses esprits. L'épée de Guendoleu… Elle n'était pas auprès de lui quand il lui avait tranché la tête. Même brisée, c'était un trophée qu'aucun guerrier n'aurait dédaigné. Il repensa aux derniers instants de la bataille et aux récits de ses compagnons. L'enfant… L'enfant avait ramassé l'épée. Elle s'était brisée durant le combat, mais il avait tué l'un de ses hommes avec le tronçon acéré qui lui restait en main. Ainsi, Merlin avait survécu… Qui d'autre que lui avait pu construire ce tertre, rendre les derniers honneurs à son roi et placer les restes de son épée entre ses poings ? Il se tourna vers le ciel, puis inspecta la plaine, où les silhouettes grises des loups s'estompaient déjà dans le jour finissant. Dans une heure, deux au plus, il ferait nuit. Peut-être était-ce suffisant. Il glissa le tronçon brisé sous sa ceinture, dégaina sa propre épée et se rapprocha de la lisière, qu'il inspecta longuement, jusqu'à ce qu'il trouve enfin ce qu'il cherchait. Une trouée dans les fourrés, des branches brisées, des broussailles écrasées… D'un pas hésitant, il s'engagea dans la forêt en guettant les signes d'une piste humaine. Le froid avait figé quelques empreintes de bottes. Les ronces détenaient encore des lambeaux d'étoffe… Ainsi, il remonta jusqu'au campement de Merlin, une clairière garnie de hautes fougères. Un lit de feuilles, les vestiges d'un feu de camp. L'enfant s'était caché ici, mais il était parti, sans nul doute, et depuis longtemps à en juger par le givre qui recouvrait l'endroit… Il était parti, et le torque devait être avec lui.

Gurgi poussa un long soupir, et il s'apprêtait à rengainer son épée lorsqu'il prit soudain conscience du silence qui s'était abattu autour de lui. La forêt, brusquement, s'était tue. Le ventre noué, il commença à reculer. Le vent sifflait lugubrement dans les branches et il ne percevait rien, hormis le craquement du mort-bois sous ses pieds. Pourtant, les fougères remuaient, comme si d'invisibles agresseurs rayonnaient vers lui de toutes parts. Il repensa aux flèches élancées qui avaient terrassé son compagnon, aux affres de son agonie quand le poison avait fait effet, et tout à coup une panique viscérale le saisit. D'un seul coup, il tourna les talons et s'enfuit droit devant lui à travers les broussailles, les orties et les ronces.

Du même élan, il jaillit hors du bois et courut vers sa monture. Il arracha la cape qui lui couvrait toujours les yeux, dénoua frénétiquement les rênes et sauta en selle avant de quitter la plaine au grand galop.

IX

Entre la vie et la mort

LE SOLEIL couchant illuminait les sommets enneigés du Gwynedd, si hauts qu'ils se mêlaient aux nuages. Merlin s'était assis sur un promontoire rocheux, face au chenal séparant le Pays Blanc de l'île de Môn, et contemplait ce paysage si différent. Ce n'étaient pas les rondes collines de Cumbrie, ni même les immenses remparts rocheux marquant la frontière nord du royaume de Ryderc. Ici, tout près des côtes, s'élevaient de véritables montagnes, sombres et dentelées, couvertes de chênes, de pins et de hêtres, si abruptes, parfois, que seules des chèvres auraient pu les gravir. Un pays plus rude et plus sauvage que tout ce qu'il avait pu connaître jusqu'alors, terrible par sa masse, et dont les roches noires tranchaient en chaque endroit avec la neige et le givre qui semblaient le recouvrir tout entier. Là-bas, à quelques lieues vers le sud, s'élevait Dynas Emrys, la forteresse d'Ambroise, que son père avait bâtie sur les terres mêmes du traître Vortigern, et au-delà l'Eryri, la montagne de l'aigle, le sommet de l'île de Bretagne [1]...

Lorsque les moines avaient emmené Blaise, son premier réflexe avait été de fuir, de laisser là son compagnon et de continuer seul sa route, tant bien que mal. Peut-être aurait-il pu trouver un village, y voler une barque et passer sur l'autre rive, puis tenter sa chance à travers les montagnes du Gwynedd. C'était un pays de forêts, après tout, et nul n'avait jamais encore réussi à le pister sous les bois, ni au Dyfed lorsqu'il était enfant, ni dans les collines de Cumbrie, ni même après la bataille, quand il avait fui la plaine d'Arderydd... Ce serait un voyage épuisant et périlleux, à travers la neige et les cols escarpés, sans pouvoir compter sur quiconque tant qu'il marcherait en terre ennemie, mais cette perspective ne l'inquiétait guère, pas plus que la solitude d'un aussi long périple... Ce qui l'avait retenu alors, et qui l'empêchait aujourd'hui encore de tenter l'aventure, c'était l'idée angoissante qu'il se faisait de son retour à Caerfyrddin, s'il s'y présentait seul. Jusque-là, il avait laissé Blaise penser pour lui et il avait trouvé un certain réconfort, ou du moins une certaine quiétude de l'âme, à se contenter de le suivre. Fuir, à présent, ce serait supporter seul le poids du torque, prendre seul des décisions terribles. Comment pourrait-il se présenter devant sa mère, après ce qu'elle lui avait dit sur le bateau, sans même pouvoir prétendre avoir obéi à son confesseur ? Et s'il rebroussait chemin, s'il remontait au nord, vers Dun Breatann et Guendoloena,

1. Le mont Snowdon, haut de plus de 1 000 mètres et situé à seulement 11 kilomètres de la mer à vol d'oiseau.

ne risquait-il pas d'offrir le collier à l'homme qui avait fait tuer ses seuls amis ?

Après que les moines eurent installé Blaise dans la petite hutte de pierre qui leur servait de prieuré, il s'était enfoncé dans les bois, le long de la côte, jusqu'au bout de l'île, d'où il pouvait apercevoir la forteresse de Caernarfon et le village établi sur les restes d'un vieux camp romain, de l'autre côté du chenal. Tout le jour durant, il avait observé depuis l'abri des fourrés le ballet des barques de pêche dans le bras de mer, les allées et venues de chariots et de cavaliers autour du fortin. Des tours de bois peuplées d'archers avaient été érigées jusque sur la plage et derrière elles s'élevait une impressionnante muraille de rondins et de pierres, qui semblait contenir une armée entière. C'était inutile... Il avait tout juste su manœuvrer la barque pour l'amener jusqu'au rivage. Comment pourrait-il traverser le chenal sans attirer leur attention ? Si seulement il avait su nager...

À la tombée de la nuit, Merlin revint sur ses pas et s'enfonça de nouveau dans la forêt, le cœur lourd et l'esprit embrumé. Il marchait sans but, cueillant au passage des baies, dénichant parfois des œufs qu'il gobait sans appétit. C'est ainsi qu'il déboucha soudain sur une clairière, dominée par une petite colline couverte d'herbe rase. C'était une simple trouée dans la forêt, mais il y avait là quelque chose d'étrange, une atmosphère différente, un silence particulier qui l'éveillèrent brusquement. Sans trop savoir pourquoi, il s'accroupit, se mêla aux fougères et retint son souffle. La nuit était si noire que tout autre que lui n'aurait rien remarqué, pourtant il devina bientôt une lueur émanant du tertre, faible et diffuse. Alors qu'il observait, retenant son souffle, il eut soudain conscience du silence qui régnait. On n'entendait rien d'autre que le souffle du vent dans les frondaisons, comme si tous les bruits de la forêt s'étaient arrêtés devant cette butte rase, comme si les oiseaux, les renards et les bêtes s'en tenaient à l'écart... Lentement, il quitta son abri dans les fougères et s'approcha de la lumière. Il y avait une ouverture, à demi masquée par des fourrés, et quand il fut assez près il distingua un bourdonnement de voix humaines émanant du tertre. Rampant maintenant, pouce après pouce, il se traîna jusqu'à l'entrée pour glisser un regard à l'intérieur.

Ses yeux de chat n'avaient nulle peine à percer les ténèbres. Il reconnut aussitôt les moines du prieuré, accroupis autour du corps inanimé de Blaise. Ils étaient là tous les six, les mêmes que sur la plage, tenant chacun une bougie qui illuminait leurs visages graves, concentrés, serrés les uns contre les autres dans l'espace étroit d'une chambre souterraine aménagée entre les piliers de pierre monumentaux d'un ancien dolmen, aujourd'hui recouvert de terre. Gwenfaen, l'abbé auquel il avait confié son compagnon, était adossé à une large pierre entièrement peinte d'entrelacs, de croix latines et de runes oghamiques. Agenouillé au bout de l'allée formée par ses compagnons, il tenait la tête de Blaise sur ses cuisses, et lui couvrait le visage de dessins rituels à l'aide d'un pinceau qui, à cette distance, semblait avoir été trempé dans du sang. Dans un coin, un brasero rougeoyait, exhalant une fumée blanche à l'odeur entêtante de frêne et de marjolaine.

L'enfant avait déjà assisté à suffisamment de rites druidiques pour reconnaître l'une de leurs cérémonies, mais sous ce tertre tout semblait mêlé, la religion du

Christ et celle de ses ancêtres, la médecine, la prière et la magie… Gwenfaen reposa son pinceau et joignit les mains, imité en cela par tous ses compagnons. Puis, d'une même voix, ils récitèrent une longue incantation en latin :

— *Caput Christi, oculus Isaiae, frons nassium Noe, labia lingua Salomonis, collum Temathei, mens Beniamin, pectus Pauli, iunctus Iohannis, fides Abrache Sanctus, sanctus, sanctus, Dominus deus Sabaoth*[1]…

L'abbé cracha dans ses mains, les frotta l'une contre l'autre et les plaça sur les tempes du malade. Les autres se mirent alors à chanter le Notre Père à trois reprises, tandis que leur supérieur traçait une croix avec sa salive sur le front de Blaise, puis un signe qu'il ne put comprendre.

Merlin n'en vit pas davantage. Un caillou roula tout à coup sous sa main et dégringola jusqu'au fond de la chambre. Les moines levèrent les yeux vers lui, mais il avait déjà disparu, et le temps que l'un d'eux s'extirpe du tertre l'enfant avait rejoint l'abri insondable de la forêt.

Le lendemain, Merlin revint prudemment jusqu'à la clairière. Il n'y avait plus personne, bien sûr. L'enfant hésita une bonne partie de la matinée puis se décida enfin et rejoignit le prieuré, une grossière hutte de pierres plates en forme de cône, ayant pour seule ouverture une porte étroite, mais assez haute pour abriter un étage. Plus loin, une demi-douzaine de cabanes en bois dispersées autour d'un puits abritaient les moines, leurs serviteurs et leurs familles, ainsi que

1. Incantation contre la fièvre, du manuscrit irlandais de saint Gall.

les visiteurs de passage, et un petit muret de deux coudées à peine cernait le tout. L'ensemble évoquait davantage un hameau de bergers qu'un monastère, et ne ressemblait certes pas aux riches abbayes du Dyfed. Pressant le pas pour éviter d'être abordé par l'un des moines, il s'engouffra dans l'édifice, à l'étage duquel il retrouva Blaise, faible mais conscient, reposant sur un lit de paille et de fourrures. À côté de lui, Gwenfaen pétrissait des plantes dans un mortier.

— Je suis bien heureux de te voir ainsi, dit Merlin en prenant la main de son compagnon avec chaleur.

— Pourquoi ? fit Gwenfaen avec amusement. Tu pensais qu'il ne survivrait pas aux sortilèges de la nuit ?

L'enfant ne répondit pas mais rougit jusqu'aux oreilles. Sans oser croiser le regard du moine, il examina la pièce, à la pâle lueur d'une unique chandelle. Les murs de pierres grossières étaient presque entièrement recouverts d'étagères garnies de pots, de racines et de sacs de toile bourrés à craquer. Des bouquets d'herbes avaient été mis à sécher au plafond, et répandaient une odeur délicieuse.

— Qu'est-ce que c'est ? demanda-t-il en désignant l'un des sacs.

Gwenfaen jeta un coup d'œil par-dessus son épaule vers ses trésors et sourit plus franchement.

— Ça, mon fils, c'est toute la médecine du Seigneur ! Tiens, regarde…

Il tira vers lui quelques bols remplis de simples, qu'il lui désigna tour à tour :

— De la bourrache, dit-il en montrant de petites fleurs en étoile, de couleur bleu ciel. À boire en infusion contre la toux, avec des chatons de coudrier, une décoction d'écorce de frêne contre la fièvre et de la piloselle ayant macéré une nuit entière dans de l'eau froide… On peut aussi user de marjolaine, contre la fièvre et la grippe, ou d'une infusion de bourgeons de pin, mis à sécher durant un bon mois. Mais nous n'aurons pas besoin d'attendre autant… Dans un jour ou deux, notre frère sera remis.

Merlin huma les bols, goûta parfois du bout de la langue et, réalisant soudain que le moine l'observait, lui rendit son sourire.

— Pourtant, tu as raison, poursuivit Gwenfaen d'un ton insouciant, cette nuit, le mal était plus fort, et frère Blaise avait besoin d'une autre médecine, plus puissante que celle des simples…

Merlin osa le regarder en face, cette fois, et chacun comprit que l'autre savait.

— Tu es Merlin, n'est-ce pas ? Myrddin ap Emrys, le barde de Guendoleu ?

— Guendoleu est mort, répondit simplement l'enfant, en portant malgré lui la main à son cou, là où pesait le torque.

— J'ignorais cela… Si nous sortions ?

Sans attendre sa réponse, l'abbé se leva et descendit l'échelle menant à l'étage inférieur. Resté seul avec Blaise, Merlin se pencha vers son compagnon, qui lui agrippa le bras.

— Je ne lui ai rien dit, murmura-t-il fiévreusement.

— Ce n'est pas grave… Repose-toi. Il n'y a rien à craindre, ici…

Blaise accentua sa pression sur son bras puis le libéra en se laissant retomber sur sa couche. Un instant, l'enfant resta auprès de lui, songeant à ce que pouvait impliquer le simple fait que Gwenfaen – un moine du Gwynedd, après tout – l'ait reconnu. Quelle importance, au fond… D'une façon ou d'une autre, il fallait quitter cette île.

Le prieur de Môn l'attendait dehors, respirant l'air vif du large d'un air béat. Avec la nuit, l'habituel concert de cris d'oiseaux s'était tari. Seuls subsistaient le grondement régulier du ressac et le souffle du vent. Merlin s'avança jusqu'à lui et ils restèrent ainsi sans parler, devant l'immensité de la mer, scintillante à la lueur de la lune.

— Blaise a souvent cité ton nom, dans son délire, fit tout à coup le moine. C'est fréquent, avec la fièvre… Ne lui en veux pas.

Merlin bredouilla une vague dénégation, que Gwenfaen n'écoutait pas, de toute façon.

— Un jour peut-être les hommes cesseront de se faire la guerre, dit-il. C'est étrange, on dirait que c'est une nécessité. Un mal que nous portons en nous… Le Dieu Christ prêche l'amour et la compassion, mais il semble que le seul moyen de le servir soit de se retirer du monde, comme nous, ici, à Môn… Alors seulement on trouve une certaine paix.

Il se tut un moment et poussa un long soupir.

— Sais-tu que chacun d'entre nous a ressenti ici une présence ? Il y a sur Môn quelque chose que nous prions et que nous appelons Dieu, mais…

De nouveau il s'interrompit, les yeux exaltés, comme s'il attendait de Merlin que celui-ci finisse sa phrase, puis il baissa la tête d'un air presque gêné quand il vit que l'enfant ne le comprenait pas.

— Autrefois, il y avait ici un peuple qui vivait dans la paix, un peuple disparu, semblable aux animaux de la forêt, poursuivit-il. On dit que c'est eux qui ont bâti le mont de la Chambre-Sombre et levé toutes les hautes pierres de l'île…

— Le mont de la Chambre-Sombre ?

Gwenfaen se tourna vers l'enfant et lui sourit.

— C'est un tertre, élevé au centre d'une petite clairière. Les anciens y pratiquaient des rites de guérison… Tu vois de quoi je veux parler ?

Merlin ne répondit pas, et au bout d'un moment l'abbé le saisit par le bras.

— J'aimerais que tu restes, jeune prince. Il y a ici tant de choses étranges, tant de choses que nous pourrions comprendre, grâce à toi…

— Qu'est-ce que je pourrais bien t'apprendre, moine !

Il s'était écarté imperceptiblement, pour masquer son trouble à l'abri des ténèbres, mais Gwenfaen le tenait toujours et l'attira vers lui.

— Pardonne-moi, mais frère Blaise a parlé, dans son délire, et je n'ose croire ce qu'il a dit… Que sais-tu du Sid de Preseli, Merlin ? De la magie des pierres levées, de l'ancien peuple de la Déesse… Ici, chaque pierre, chaque arbre est plein de leur souvenir. Si la moitié de ce qu'on dit sur toi est vrai, tu peux nous être tellement utile ! Tout ce que savent les druides, tout ce que chantent les bardes vient de là, comprends-tu ? Il faut que tu nous aides, pour l'amour de Dieu !

— Qu'est-ce que tu crois ? Toi aussi, tu me prends pour un monstre ?

Le prieur eut l'air stupéfait.

— Un monstre ? Mais non… Il ne s'agit pas de ça…

Merlin se dégagea brusquement, le cœur serré, la gorge nouée, au bord des larmes. Il ouvrit la bouche pour lui répondre, mais il ne lui venait aux lèvres que de la rancœur et des mots d'insulte. Quel était ce monde où tous semblaient attendre de lui des prodiges, alors que lui-même n'était qu'ignorance ? Avant que Gwenfaen ait pu le retenir, il tourna les talons et disparut dans la nuit.

— Il revient à lui…

Ryderc avait les yeux ouverts, mais il ne voyait rien, hormis le visage de Guendoloena penché sur lui. Elle était plus pâle que jamais, d'une pâleur de spectre, les traits tirés par le manque de sommeil, mais ce visage aimé l'éclairait comme un fanal dans la nuit.

— Ça y est, il se réveille !

Au prix d'un effort considérable, Ryderc tourna la tête de l'autre côté, puis leva la main en reconnaissant ses compagnons, Dafydd, Sawel et les autres, affalés dans de hautes chaises autour d'une cheminée où rougeoyaient des braises. Il lui fallut encore quelques instants pour émerger complètement des brumes de l'inconscience, cependant la pièce lui sembla dès le premier coup d'œil incroyablement sombre et encombrée. Il y avait là une demi-douzaine d'hommes en armes, assis contre la porte ou dormant par terre, tout autour de lui. Quelqu'un approcha une chandelle de suif de sa couche et il les reconnut, tous du Strathclyde, paraissant épuisés comme s'ils n'avaient dormi depuis des jours. De nouveau, il se retourna vers sa sœur.

— Où sommes-nous ?

— Ne t'inquiète pas, nous sommes en sécurité…

Hélas ! l'expression de son visage, l'étroitesse des lieux et toute cette soldatesque en armes autour de lui démentaient si parfaitement ce pauvre mensonge qu'elle-même s'en rendit compte.

— Tu as été blessé, soupira-t-elle, et tu as perdu connaissance. Nous sommes à Dunadd, dans la forteresse du prince Aedan…

Les yeux de Ryderc s'écarquillèrent. Le cœur battant, il se tourna vers ses compagnons, à présent regroupés autour du châlit à la couche rembourrée de varech sur laquelle il gisait.

— Depuis combien de temps ? Depuis combien de temps suis-je là ?

— Tu as dormi deux jours, répondit Sawel en lui posant une main apaisante sur l'épaule. Kentigern et ses moines t'ont soigné. Ils disent qu'il n'y a plus rien à craindre…

Ryderc le remercia d'un sourire. Il se représenta fugacement ce qu'avaient dû être pour eux ces deux jours passés à le veiller, enfermés dans cette pièce étroite, craignant à tout moment un coup de main des Scots, veillant leur roi entre la vie et la mort… Tour à tour, il observa les hommes rassemblés autour lui et exprima sa reconnaissance d'un mot ou d'un signe de tête, la gorge trop serrée pour pouvoir en dire plus. Et chacun de ces guerriers formidables, bardés de cuir et de fer, semblables à des ours avec leur barbe en bataille et leur visage couturé, rougissaient comme des enfants… Enfin, Ryderc saisit le poignet de Sawel et se redressa tant bien que mal.

— Aide-moi. Je dois me lever.

Guendoloena voulut protester, mais un simple regard de son frère la dissuada d'intervenir. Ryderc avait déjà fait preuve de bien trop de faiblesse. Il lui fallait redevenir roi.

Lorsqu'il se redressa, un éclair de douleur lui transperça le crâne, et des points lumineux vinrent danser devant ses yeux. Malgré lui, il ne put s'empêcher de porter la main à sa tête, là où le Picte l'avait frappé. Son front et ses tempes étaient recouverts d'un bandage de lin sous lequel il sentait l'épaisseur d'un emplâtre végétal. Il parvint néanmoins à se hisser hors du lit et à rester debout sans aide, tandis que Sawel l'habillait.

— Il y a quelque chose que tu dois savoir, dit-il, et Ryderc le vit adresser un coup d'œil inquiet à Guendoloena, ce qui l'intrigua.

— Qu'y a-t-il ?

Le guerrier prit le temps de boucler le ceinturon autour de ses hanches, puis recula pour juger de l'effet.

— Eh bien ?

De nouveau, Sawel sembla hésiter et chercher un soutien.

— Le vieux roi Conall est mort, lâcha-t-il enfin. D'après Kentigern, Aedan a fait chercher l'abbé Columb Cille dans son île d'Iona pour qu'il vienne en personne le ceindre de la couronne des Dal Riada.

Il avait neigé tout le jour, faiblement, mais de façon continue. Une pluie de flocons tourbillonnant dans le vent avait peu à peu blanchi le paysage, depuis le sable noir de la plage jusqu'à la cime des arbres. De l'autre côté du chenal, le Pays Blanc méritait bien son surnom, et s'effaçait comme un rêve dans la brume.

Merlin restait immobile, parfaitement invisible sous la couche de givre qui le recouvrait entièrement, confondu au rocher et aux fourrés qui constituaient son refuge, depuis des jours, quand il ne rendait pas visite à son compagnon et aux moines du prieuré. Un pêcheur naviguant dans le chenal l'aurait pris pour une souche ou une vieille pierre, et les oiseaux eux-mêmes s'y trompaient, grappillant jusque dans les plis de sa cape de moire les miettes de ses repas. Seuls ses yeux vivaient encore, observant avidement le moindre mouvement sur les rives du Gwynedd ou dérivant dans un songe éveillé, bien loin de là, vers la forêt d'Arderydd ou les collines de Preseli, que Gwenfaen avait évoquées avec tant d'insistance. Il était bien jeune, en vérité, lorsque sa mère l'avait confié au vieux roi Ceido de Cumbrie et qu'il avait dû quitter le Dyfed, mais les légendes de Mynid Preseli, les collines de rocaille bleue jalonnées de menhirs et de tertres, étaient de celles qu'il n'avait jamais oubliées. Seuls les druides avaient le droit de s'y rendre, lors de la nuit de Samain, l'assemblée de la fin de l'été, et on murmurait qu'aucun de ceux qui avaient tenté d'en braver l'interdit n'étaient jamais revenus... Cette nuit était proche, d'ailleurs, et même si Merlin n'avait qu'une vague idée de l'écoulement du temps, il savait que l'arrivée de l'hiver annonçait la fête des morts. Ce soir-là, au cinquième jour du mois du roseau, l'esprit des défunts se répandait sur la Terre du Milieu, afin que la sagesse des ancêtres vienne inspirer les vivants. C'était l'une des plus anciennes fêtes de Bretagne, que les moines eux-mêmes célébraient, à leur façon, même si plus personne n'osait prendre le chemin des cercles de pierre de Preseli [1]... Les collines bleues appartenaient désormais au monde des légendes, devenues un lieu vaguement maléfique dont il convenait de se

1. La fête de Samain se tenait le 1er novembre – cinquième jour du mois du roseau, allant du 28 octobre au 24 novembre – et marquait le début de l'année celtique. Les chrétiens la rebaptisèrent All Hallows Eve, la fête de tous les saints (Toussaint), devenue la moderne Halloween.

méfier, et dont nul ne semblait plus savoir grand-chose. Mais alors, pourquoi Gwenfaen lui avait-il parlé de ces collines ? Pensait-il qu'elles étaient un refuge d'elfes ou d'esprits malins, comme la forêt de Celyddon, ou bien que les elfes gardaient l'entrée du royaume des morts ? Quelle abomination ces maudites collines recelaient-elles pour que nul n'ose lui en parler ?

Merlin resta ainsi jusqu'à la tombée de la nuit, avec une impatience et une excitation bien différentes de son apathie des jours derniers. Quand il fut environné de ténèbres, l'enfant s'arracha à son refuge et secoua sa cape, le cœur battant. Le vent du nord battait ses cheveux et plaquait contre son torse sa tunique de moire, faisant de chaque pas une épreuve. Il s'en réjouissait, pourtant, car tout à l'heure ce même vent pousserait leur embarcation à travers le chenal, devant Caernarfon et la péninsule de Lleyn, droit vers la haute mer, droit vers le Dyfed, vers sa mère et les réponses qu'il obtiendrait, cette fois, quel qu'en soit le prix.

Il faisait déjà nuit noire lorsqu'il rejoignit enfin le prieuré. Il franchit d'un saut le petit muret qui délimitait l'enclos sanctifié, provoquant l'envol rageur d'un couple de cormorans qui y nichait pour la nuit. Merlin n'y prêta aucune attention. Des centaines, des milliers d'oiseaux peuplaient cette langue de terre et la petite île avoisinante, et tout le jour durant leur ramage criard couvrait presque le bruit de la mer. Il y avait là des mouettes et des cormorans, mais aussi des pigeons, des guillemots et d'amusants macareux au bec rouge, sans parler de toutes les bêtes qui peuplaient l'île, jusqu'aux phoques qui venaient de temps à autre s'échouer sur le rivage. Étonnamment, les moines ne les chassaient pas, et s'acharnaient même parfois à soigner un animal blessé avec autant d'attention qu'ils en avaient usé pour Blaise. Tout au long des jours qu'ils avaient passé auprès d'eux, Merlin ne les avait jamais vus manger de viande, quelle qu'elle soit, se contentant d'œufs, de plantes et de tubercules. Jamais encore il n'avait connu des hommes vivant ainsi, hors du monde, de sa violence et de ses tentations, sans idée de pouvoir ni de convoitise, si bien qu'il avait fini par leur faire confiance, au point même d'écouter leurs prières et de partager leur repas. Pour autant, Gwenfaen n'avait plus fait mention de leur conversation, ni évoqué devant lui l'ancien peuple et ses secrets...

Au bord de la plage, les moines s'agitaient à présent en un groupe confus autour du coracle, à la lueur de flambeaux vacillant dans le vent. Merlin les rejoignit vivement et, dès qu'il l'aperçut, Blaise se porta au-devant de lui, emmitouflé dans un épais manteau de laine et le crâne couvert du plus étrange bonnet que la terre ait jamais porté, garni de fourrure et de laine bouclée, avec des lanières de cuir assurant le tout jusque sous son menton.

— Où étais-tu, tête d'oiseau ! Il faut partir, dépêche-toi !

L'enfant tarda à répondre, l'esprit fourmillant de répliques cinglantes sur la longue attente que leur avait surtout value la maladie de son compagnon, mais de le voir ainsi vêtu, pareil vraiment à une barrique, plus large que haut et surmonté de cette coiffe invraisemblable qui ne laissait voir que sa barbe et le bout reniflant de son nez, il n'eut le cœur de lui adresser aucune pique et se hâta de rejoindre la barque, en retenant son rire. Près du coracle, Gwenfaen l'arrêta pour lui serrer la main.

— Tu es retourné à la Chambre-Sombre ? demanda-t-il, avec dans le regard quelque chose qui ressemblait bien à une lueur d'espoir.

Merlin voulut s'écarter, mais l'abbé retenait sa main et le dévisageait avec une telle insistance qu'il lui fallut bien répondre.

— Pardonne-moi, dit-il. Je n'y suis pas retourné, car j'ignore ce que j'aurais pu y trouver. J'ignore même qui je suis, alors comment pourrais-je t'éclairer ? Depuis ma naissance, tout le monde semble s'être employé à me mentir et à se défier de moi... Tout ce que je sais, je l'ai appris des bardes de Guendoleu ou de ses druides, et je gage que sur ce domaine-là, je n'ai rien à t'apprendre...

Gwenfaen détourna les yeux et relâcha sa main. Il glissa un regard vers Blaise, qui haussa furtivement les épaules avec une moue entendue. Merlin eut le sentiment que les deux hommes avaient longuement parlé de lui, ces jours derniers.

— J'ai beaucoup de choses à découvrir, dit-il en manière d'excuse, tandis que l'abbé s'écartait de lui. Et j'espère qu'un jour je comprendrai ce que vous attendez tous de moi... Alors je reviendrai, je te le jure.

Gwenfaen acquiesça avec un sourire forcé. Au même instant, une risée venue du large fit battre sa robe et ses longs cheveux gris. La voile carrée du coracle claqua, et les moines qui retenaient le bateau à l'eau s'arc-boutèrent pour l'empêcher de s'échouer de nouveau sur la grève.

— Il faut profiter du vent avant qu'il ne tourne, dit l'abbé de Môn. Que Dieu vous garde...

Et il repartit vers le prieuré, sans plus se retourner. Merlin resta un moment sur la rive à le regarder s'éloigner, puis il sauta prestement à bord. Blaise manœuvrait déjà pour amener l'embarcation au grand largue. En quelques instants, dès qu'ils eurent lâché les amarres, les moines et leurs flambeaux s'effacèrent dans la nuit, leurs adieux avalés par le mugissement du vent dans la voile trempée de neige fondue et d'embruns. Dès les premières brasses, la mer s'imposa à eux rudement, exigeant toute leur attention.

— Passe à l'avant ! cria Blaise. Prends garde aux rochers !

L'enfant s'empressa, enjambant les cordages et les besaces chargées de vivres qui encombraient l'embarcation. Il se coucha sur l'étrave au moment où le coracle s'enfonçait dans un creux, et la vague suivante l'aspergea copieusement, mais le spectacle en valait la peine. Devant eux, l'embouchure du chenal se rétrécissait comme un entonnoir. Le courant les poussait tout autant que le vent, à une allure formidable, enivrante même, malgré ou à cause du danger. Bientôt, ils doublèrent à tribord le rocher dont il avait fait son poste d'observation tous ces jours derniers, puis, sur l'autre rive, les tours de guet et le fort de Caernarfon, éclairé de torches vacillant sous la bourrasque de neige. Ils filaient vent arrière, silencieux comme le vol d'un aigle sur l'Eryri, et si tant est que quelqu'un ait pu les voir depuis les rivages du Gwynedd, nul n'aurait pu les arrêter.

Bientôt, il n'y eut plus à tribord que l'immensité de la mer d'Irlande, tandis qu'ils longeaient à bâbord la péninsule de Lleyn.

— Si le vent tient, tu dormiras chez toi demain soir ! cria Blaise, derrière lui, d'une voix enthousiaste.

Merlin ne répondit pas. Cramponné à la lisse, trempé de la tête aux pieds par les paquets de mer qui se déversaient sur le coracle chaque fois qu'ils heurtaient la lame, il scrutait l'infinité obscure qui s'ouvrait devant eux, pareille à une gueule béante prête à les avaler.

Quelqu'un les avait vus, pourtant. Un guerrier isolé, emmitouflé dans un manteau en peau d'ours, portant à sa ceinture le tronçon d'une épée. Quand ils doublèrent le dernier promontoire, l'homme monta à cheval et partit au galop vers la ville.

X

Aedan mac Gabran

SERRÉS autour de leur roi et de sa jeune sœur, les Bretons semblaient perdus dans la foule, formant avec leurs longues capes une tache rouge visible mais négligeable, aussi seuls qu'un coquelicot dans un champ de blé. À perte de vue, un soleil d'hiver illuminait les montagnes et les plaines couvertes de givre autour de Dunadd, et dans ce paysage si vaste où l'œil semblait porter à l'infini, Ryderc et ses hommes ressentaient avec amertume l'étroitesse de leur forteresse de Dun Breatann, en comparaison de la place forte des Scots. Tout autour d'eux, par cercles concentriques, de larges enceintes de pierre et de terre s'étendaient jusqu'en bas de la colline, protégeant des centaines d'habitations, des plus riches aux plus misérables, depuis les bâtiments de pierre du cercle supérieur jusqu'aux simples huttes de pêcheurs bâties le long du fleuve. Les murs de pierres sèches abritaient en outre des salles de garde et parfois des galeries menant à une succession de chambres et d'entrepôts. Une véritable ville, bruissante et bourdonnante, dont les contours aujourd'hui disparaissaient sous le flot confus du grouillement humain qui l'avait envahie, comme si tout le royaume s'était réuni à Dunadd pour acclamer son nouveau roi. Il y avait là des milliers de Scots, hommes, femmes et enfants venus des trois clans, et qui se mélangeaient joyeusement dans le plus parfait désordre. Parmi eux, les Cenel nGabrain étaient les plus nombreux, d'abord parce que Dunadd appartenait à ce territoire et qu'ils étaient venus en voisins, mais aussi parce que Aedan était l'un des leurs, le propre fils de Gabran, fondateur de la tribu qui portait son nom. Ceux du Cenel Loairn, venus du Nord et de l'île de Mull, formaient un groupe impressionnant, composé presque exclusivement de guerriers. Plus rares étaient ceux de la troisième famille, ceux du Cenel nŒngusa installés sur l'île d'Islay, auxquels on pouvait sans doute ajouter quelques dizaines de Gaëls des Dal Riada, des Dal Fiatach et des Dal nAraide d'Yfferdon [1], ayant traversé la mer pour l'occasion. Il y avait quelque chose d'étrange, voire de choquant, pour les Hommes du Nord habitués à plus de réserve, à contempler tout ce monde assemblé, emmêlé, parcourant les enceintes basses dans le plus grand désordre, tenant marché ou jouant sans prêter la moindre attention aux prières des moines ni à leurs chants. On aurait dit que le couronnement de leur futur roi n'était qu'une formalité retardant le moment des véritables réjouissances.

En haut de la colline, l'atmosphère était tout autre. Ici, les répons lancinants psalmodiés par les religieux

1. Les Dal Riada, avec les Dal nAraide, les Dal Fiatach et les Ui Echan Coba, formaient le royaume d'Ulaid, au nord de l'Irlande.

tourbillonnaient comme le vent et bourdonnaient aux oreilles, inlassablement. À la longue, chacun de ceux qui, par leur rang, avaient été admis dans la dernière enceinte avait fini par sombrer dans une profonde mélancolie, qu'attisaient encore davantage les rires venus de la ville basse. Tout autour d'une roche claire surplombant le fort et la ville, d'anciennes pierres gravées, portant des runes oghamiques ou l'effigie d'un sanglier, disparaissaient sous la forêt de croix brandies par les moines. On ne voyait aucune autre enseigne, ni parmi les dignitaires scots représentant les trois clans, ni dans le petit groupe de leurs frères gaëls d'Hybernie ou au sein des troupes de Ryderc. Ainsi, seul le dieu des chrétiens semblait régner sur cette foule.

À l'écart des autres, une délégation de Pictes observait ce spectacle inattendu avec le sentiment visible d'être victime d'un inqualifiable outrage, ce que Ryderc n'avait guère de mal à comprendre. Tout aussi agacé par l'attente que par les chants des moines qui lui vrillaient la tête, il s'efforçait de faire bonne figure au lieu d'étaler comme eux son impatience et sa frustration, même s'il ne pouvait se départir du sentiment enrageant d'avoir été manœuvré. Depuis qu'il était sorti de l'inconscience, on n'avait cessé de repousser le moment de son entrevue avec Aedan, et voilà que le Scot l'obligeait à assister à son triomphe ! Voulait-il faire croire qu'il n'était venu ici que pour lui rendre hommage ? Ce qui devait être une entrevue secrète pour bâtir les bases d'une alliance militaire devenait cet incroyable rassemblement d'un peuple tout entier, cet étalage de force qui, malgré les rires et le désordre bon enfant de la ville basse, contenait de façon implicite une menace, claire et pesante.

Les Pictes, de l'autre côté de la roche claire, semblaient avoir plus de mal encore à contenir leur indignation. Ryderc, en les observant, se demanda quelle pouvait bien être la raison de leur présence à Dunadd, en cet instant. Peut-être avaient-ils été informés de la mort prochaine du vieux Conall. On disait que les espions de Brude étaient partout, et qu'un corbeau n'aurait pu survoler son empire immense, depuis les îles Orcades du royaume de Cait, dans le Nord, jusqu'à Dundurn, sa place forte dans le Sud, sans qu'il en soit aussitôt averti. L'attaque que les Bretons venaient de subir n'en était-elle pas la preuve ? Qui d'autre que Brude aurait eu intérêt à empêcher le mariage d'une des parentes de Ryderc avec l'héritier des Dal Riada ?

Le jeune roi prit une longue inspiration puis sourit à sa sœur, près de lui, lorsqu'il découvrit l'expression inquiète de son visage. L'espace d'une seconde, le souvenir du corps calciné de Melangell s'était imposé à lui dans toute son horreur…

Tapant du pied pour se réchauffer, il fit des yeux le tour de l'assistance, puis revint sur les Pictes. C'étaient des nobles, à en juger par la richesse de leurs vêtements et l'arrogance de leur attitude. L'on disait même que Wid, l'un des fils du roi Brude, était parmi eux, ainsi que Broichan le sorcier. Au moment où ils avaient pénétré sur le terre-plein, une vague de murmures hostiles avait parcouru les rangs des Scots et des Cymri, et à voir la nervosité des Pictes, la traversée de la ville basse avait dû être plus rude encore. Depuis près de vingt ans [1], le royaume des Dal Riada était en principe soumis à l'autorité du

1. Le roi Gabran, père d'Aedan, a été vaincu par Brude en 558.

tout-puissant roi des Pictes. Ils étaient venus ici en maîtres, assurément, tellement sûrs de leur force qu'ils ne s'étaient pas même fait accompagner d'une escorte et se trouvaient pris, maintenant, livrés au bon vouloir d'Aedan mac Gabran, ivres de haine, humiliés au plus profond d'eux-mêmes. Le fait que le Scot ose prétendre à la couronne sans se soumettre préalablement au roi Brude était plus encore qu'une provocation. De la part du fils de Gabran, c'était une véritable déclaration de guerre…

Cernés, comme Ryderc et les siens, par le grouillement de son peuple en armes dans la ville basse, les princes pictes n'avaient d'autre choix que d'assister passivement à ce spectacle qui les révoltait. Cette confusion, si rare, était assez délectable pour que le jeune roi parvienne à surmonter sa propre impatience. Mais de les voir ainsi, pleins de morgue dans leurs manteaux brodés, défigurés par les tatouages hideux qui leur couvraient parfois le visage tout entier, le désir de vengeance lui faisait bouillir les sangs… Derrière lui, Ryderc ne pouvait ignorer les grommellements de ses hommes, ulcérés eux aussi par la présence toute proche des Pictes après l'embuscade du loch, et qu'un simple mot suffirait à déchaîner… Ils étaient là, à une portée de pierre, pas plus de trente en comptant les femmes et les pages. Pas assez nombreux pour résister, suffisamment pour laver dans le sang la mort de Melangell et de tant des leurs…

D'un coup de coude, Guendoloena l'arracha à ses pensées macabres.

— Les voilà…

Comme toute l'assemblée, Ryderc se tourna vers les bâtiments qui longeaient l'enceinte. Un mouvement confus se dessina parmi la foule des clients amassés là, puis Aedan apparut enfin, à la tête de toute une procession de moines et de nobles scots, soutenant à son bras un vieil homme en froc de bure, pareil à un mendiant vraiment, tant il semblait pouilleux et émacié, la démarche courte, le pas hésitant comme s'il allait mourir d'un instant à l'autre là, sous leurs yeux, d'épuisement. Aedan, près de lui, semblait son exact contraire. Ce n'était pas un homme jeune, sans doute approchait-il déjà de la quarantaine, mais il émanait de lui une sensation de force physique et de puissance telle qu'il lui suffisait d'apparaître pour s'imposer à tous, homme ou femme, prince ou valet. Les épaules couvertes d'une cape de fourrure argentée, vêtu d'un bliaud entièrement brodé serré à la taille par une ceinture d'or et chaussé de longues bottes de peau, il allait sans armes. Ses cheveux bruns et sa barbe étaient coupés court, ce qui le rajeunissait assurément. Sans être vraiment beau, car ses traits étaient empreints de dureté, il était indéniablement séduisant. Conscient – comment aurait-il pu en être autrement ? – que tous les regards étaient posés sur lui, il prit le temps d'accompagner le vieillard jusqu'à un fauteuil installé au pied de la roche claire, et que Ryderc avait pris pour un trône. Puis il s'agenouilla humblement devant lui, tandis que le reste de la procession se disposait tout autour du rocher.

Kentigern était là, les dépassant tous de sa haute taille et paré, tout comme les abbés de Luss, de Lismore et de Cella-Duini, d'habits sacramentels étincelant de fils d'or. À en juger par le regard bienveillant dont il couvait le vieil homme assis, Ryderc comprit qu'il ne pouvait s'agir que de Columb Cille, le saint homme d'Iona, et de le découvrir si frêle, si vieux, il se sentit presque humilié d'avoir eu recours à ses prophéties. C'était un spectacle étrange, en vérité, que de voir Aedan agenouillé ainsi malgré tout son or et toute sa puissance, baissant la tête devant la croix du Christ. Les chants des moines avaient cessé et peu à peu le silence s'imposa, étouffant par strates successives les rumeurs de la ville basse. Bientôt, jusque tout en bas de la dernière enceinte, il n'y eut plus un bruit, plus un mouvement, rien que le souffle léger de la brise. Et c'est dans ce calme impressionnant que le héraut des Gabrain gravit le talus qui les dominait tous.

— Au nom du Christ écoutez-moi ! s'écria-t-il d'une voix puissante. Ce jour est un grand jour, qui voit l'héritier de Gabran de retour à Dunadd poser le pied dans l'empreinte de ses pères !

Quand il eut répété trois fois cet appel, tour à tour en gaélique, en breton et en picte, il se tut pour reprendre son souffle, puis s'inclina respectueusement vers Aedan. Celui-ci échangea quelques paroles à voix basse avec Columb Cille, puis le saint homme traça sur lui le signe de la croix. Se redressant enfin, le Scot contempla l'assemblée, et lorsqu'il croisa le regard de Ryderc il inclina la tête avec un sourire amical, qui s'élargit encore lorsqu'il aperçut Guendoloena. Ce fut bref, tout juste le temps pour Ryderc de s'en étonner, puis, d'un signe de tête, il fit signe à ses fils de le suivre et gravit rapidement le talus. Il s'arrêta auprès de la pierre blanche et glissa quelques mots à l'oreille du héraut qui hocha la tête et, aussitôt, leva son bâton pour attirer l'attention.

— Au nom du Christ, que tous voient ceci et l'attestent ! Le seigneur Aedan mac Gabran, prince du Kintyre, d'Arran et du Cowall, chef du Cenel nGabrain, appelle respectueusement en témoignage son frère en Jésus-Christ Ryderc le Généreux, roi de Dun Breatann !

Ryderc sursauta, totalement pris au dépourvu. Furtivement, il croisa le regard de Guendoloena et de ses lieutenants. À sa grande stupeur, il vit que chacun d'eux souriait, comme s'il s'agissait là d'un honneur insigne. Une fois encore, il eut le sentiment d'être manœuvré, superbement, au point que lui-même, alors qu'il s'avançait vers la pierre, avait le cœur battant et se sentait étrangement flatté. À quelques pas de la roche, Kentigern vint le rejoindre, marmonnant dans sa barbe quelques mots dont il ne saisit pas le sens, tout juste le nom de Colomba, sur lequel il avait mis une emphase particulière. Et sans qu'il ait eu le temps d'y réfléchir le moins du monde, ils s'arrêtèrent tous deux devant le saint homme.

— Enfin je te vois, Ryderc Hael, dit le vieillard de sa voix cendrée, à peine perceptible. Notre cher Kentigern m'a comblé de tes présents, et je t'en serai éternellement reconnaissant, au nom des malades et des nécessiteux qui viennent jusqu'à moi. Laisse-moi te bénir, mon fils…

C'était un très vieil homme, sans nul doute, mais son regard perçant, plus aigu que celui des aigles de l'Eryri, n'était pas de ce monde. Ryderc tremblait presque d'émotion quand il s'agenouilla devant lui.

— Tu as été blessé, mon fils…

Le jeune roi porta instinctivement la main à son front bandé et sourit en se relevant.

— Je survivrai, je crois, puisque tu me l'as dit.

— C'est vrai, fit Columb Cille en lui rendant son sourire. Tu mourras dans ton lit, Ryderc. Mais il te reste du temps, et tellement de grandes choses à accomplir pour la gloire de Dieu…

Ses yeux glissèrent vers la roche claire où attendait Aedan.

— À vous deux, vous dominerez le monde, murmura-t-il.

Ces simples mots résonnèrent au plus profond de son cœur, l'emplissant d'un orgueil formidable. Sans un mot, il se détacha de Colomba puis rejoignit à pas lents le Scot au sommet de la butte. Les deux hommes se saisirent le bras en guise de salut.

— Merci, dit Aedan. Et pardonne-moi de t'avoir fait attendre. Je ne voulais pas te voir avant d'être roi, moi aussi…

Ryderc hocha la tête, puis contempla le paysage qui s'étendait à leurs pieds. D'ici, le dernier des mendiants aurait eu le sentiment de régner sur le monde entier. Alors que dire d'un roi dont le peuple, rassemblé au cœur même de sa forteresse, attendait le couronnement en retenant son souffle ! Ryderc jeta un regard vers Guendoloena et ses hommes. Chacun d'eux souriait à présent avec autant de fierté que s'il s'apprêtait lui-même à se ceindre de la couronne des Dal Riada. Sans qu'un mot soit prononcé, avant même qu'ils prennent place autour d'une table, l'alliance des deux royaumes était devenue une évidence. Ce que des dizaines d'émissaires auraient peiné à obtenir au prix de tractations sans fin et d'échanges d'otages, Columb Cille et ses moines venaient de le réaliser, en dépit de leur faiblesse apparente… Kentigern avait raison. Il y avait chez ce vieil homme une force bien supérieure à celle d'une armée.

— Que le roi pose le pied dans l'empreinte ! cria le héraut.

Tout d'abord, Ryderc ne vit rien. Ce n'était qu'un rocher comme les autres, tout juste un peu plus clair que les granits couverts de lichens qui affleuraient au sommet de la butte, et fendu de longues entailles, comme le tranchoir d'un boucher. Au milieu, pourtant, il aperçut un renfoncement au moment où Aedan y posa le pied. Peu de chose, vraiment, mais ce simple geste déchaîna d'un bout à l'autre de Dunadd une ovation assourdissante, qui couvrit entièrement les proclamations triomphales du héraut.

Dans tout ce tumulte, encore augmenté des hymnes chantées à tue-tête par le groupe des moines, Ryderc mit un moment à réaliser que c'était fini. À peine commencée, la cérémonie avait déjà touché à son terme. Un couronnement sans couronne, sans serment, sans autre insigne ou manifestation du pouvoir que le simple fait d'avoir posé sa botte dans ce trou… Alors qu'Aedan et ses fils redescendaient, il joua un instant avec l'idée d'en faire tout autant, juste pour voir ce qui se passerait. Une idée amusante mais dangereuse, à laquelle il lui parut prudent de renoncer.

Le temps qu'il rejoigne le Scot, une foule de courtisans avait entouré Aedan pour le congratuler, et cette familiarité bon enfant évoquait davantage une sortie de noces qu'une cérémonie d'intronisation. Ryderc dut même reculer tant ils se bousculaient autour du nouveau roi, ce qui eut le don de ranimer instantanément son irritation. Il tenta de se frayer un passage pour rejoindre les siens, mais au même instant l'agitation retomba brusquement et le silence revint.

Les Pictes.

Fendant la foule avec morgue, écartant avec rudesse quiconque se dressait devant eux, ils s'avancèrent vers Aedan, groupés derrière un jeune homme trapu portant un haubert de cuir matelassé, un kilt fauve et un long manteau retenu à l'épaule par une fibule d'argent ciselée. Comme les autres, il ne portait pas d'arme, hormis un coutelas d'apparat, mais l'expression de son visage était telle que les fils d'Aedan se groupèrent autour de leur père, la main sur la garde de leur épée.

— Je te souhaite la bienvenue, Wid, fit Aedan avec un vague mouvement de la tête qui pouvait passer pour un salut.

— Qu'est-ce que ça veut dire ? cracha le Picte. De quel droit oses-tu te proclamer roi ? Nul ne peut régner sur ces terres sans l'assentiment de mon père, Bridei mac Maelchon !

— Wid mac Bridei, tu manques à tes devoirs, murmura Aedan.

Sa voix se fit brusquement plus dure, impérative.

— Salue tes cousins et viens m'embrasser, mon neveu. Ensuite nous parlerons des affaires de la famille.

Le jeune homme jeta vers Eochaid, Tuthal et Garnait [1] un regard chargé d'un tel mépris que leur père dut les retenir en tendant le bras devant eux.

— Mes cousins sont des bâtards et tu ne vaux pas mieux qu'eux, Aedan Fear-Brathaidh [2]. Profite bien de ta gloire, elle ne durera que le temps d'une bataille !

Autour d'eux, la foule des Scots vibra sous l'outrage. Nul n'osait s'en prendre au prince Wid, mais les dignitaires pictes de sa suite furent aussitôt pressés de toutes parts, bousculés, entourés de visages hostiles et de poings serrés.

1. Trois des sept fils d'Aedan. Garnait, Eochaid Find et Tuthal, les aînés, avaient pour mère la princesse picte Domelach, sœur du roi Brude.

2. Aedan le Traître. Il était également surnommé « le Rusé », dans le meilleur des cas.

— Aedan le Traître… Voilà un nom qui sonne comme un compliment, venant de ta bouche, dit le Scot. Mais prends garde. Ton père est vieux, Wid, et toi tu es bien jeune pour parler si fort… Cette terre appartient au clan des Dal Riada, et je n'ai de comptes à rendre qu'à Aedh mac Ainmire, grand roi d'Ulaid [1]. Tu veux une bataille ? Tu l'auras… Et nous verrons bien si les Pictes sont aussi braves quand il ne s'agit plus de tuer que des femmes.

Le front bas de Wid se plissa. Il était trop fier pour poser une question, mais son regard fut suffisamment éloquent pour qu'Aedan précise sa pensée.

— J'appelle, moi, trahison le fait de tendre une embuscade à une troupe dont on avait garanti la sécurité, dit-il, cherchant des yeux Ryderc dans toute l'assistance. J'appelle lâcheté le fait de s'en prendre à une femme au lieu d'affronter les nobles guerriers de Dun Breatann. J'appelle traître et lâche un roi qui a fait tuer ma promise !

— Quelle promise ? fit Wid, visiblement perdu. De quoi est-ce que tu parles ? Voilà bien des manières de Scot, avec toutes ces paroles qui ne veulent rien dire !

— C'est toi qui ne comprends rien, homme peint ! fit une voix ferme, derrière lui.

Le prince se tourna vers le nouveau venu et le dévisagea de pied en cap comme il l'aurait fait d'un lépreux venant faire l'aumône.

— Qui es-tu, toi ?

— Je suis Ryderc de Strathclyde, fils de Tudwal, de Clynog et de Dyfnwal le Vieux, de la lignée du tribun Coroticus, frère d'Aedan en Jésus-Christ et roi

1. L'une des sept provinces d'Irlande, située au nord-ouest, dont dépendait le clan des Dal Riada.

des Hommes du Nord. La femme que tu as tuée était Melangell, ma cousine, que je promettais au roi…

Il adressa un sourire à Aedan, puis ses yeux se glacèrent en se posant de nouveau sur le Picte.

— De cela, tu me rendras raison, tôt ou tard…

Wid recula, dévisageant tour à tour les deux rois.

— Je ne sais pas de quoi tu parles, Breton, et je n'ai pas affaire avec toi. J'ai appris cependant ce qui t'est arrivé. Ceux qui t'ont attaqué sont du clan des Maethae. Ils ne sont pas des nôtres… Et puis d'ailleurs tout cela n'a aucun sens…

Il se tourna vers Aedan et, prenant sa suite à témoin, le désigna d'un geste ironique.

— Tu es déjà marié, pauvre fou ! Tu as oublié ? D'ailleurs, où est la princesse Domelach ? Pourquoi ma tante n'a-t-elle pas assisté à cette farce ?

— Ah, c'est vrai, tu ne sais pas…

Aedan tenta de prendre un air désolé, mais il ne put qu'afficher un sourire d'une cruauté à faire froid dans le dos.

— Domelach est morte, mon neveu. Tes cousins et moi nous la pleurons encore…

Autour de lui, les fils d'Aedan émirent un rire méprisant qui cingla le Picte comme une gifle. Perdant tout contrôle, il dégaina son coutelas et se rua vers le roi, mais aussitôt une herse d'épées lui barra le passage. Ce fut comme un signal. Tout autour du petit groupe, Scots et Cymri avaient dégainé leurs lames et levaient déjà le bras pour la boucherie.

— Au nom du Christ, arrêtez !

Les hommes retinrent leurs coups, reconnaissant la voix grêle de l'abbé d'Iona.

— Ces hommes sont venus en paix, Aedan…

Le Scot hocha la tête. Il n'avait pas bougé, mais sa face était rouge de colère. Les veines de son cou et de ses tempes saillaient dans l'effort démesuré qu'il faisait pour se contenir.

— Laissez-les, murmura-t-il enfin. Garnait, veille à ce qu'ils quittent la ville sains et saufs… Mais à pied, et sans autre bagage que ce qu'ils pourront porter, comme des pèlerins. Ainsi, ils auront le temps d'expier leur faute.

— Oui, père…

Et tandis que ses hommes encadraient les Pictes, Aedan hocha la tête plusieurs fois, contempla autour de lui l'horizon infini et ferma les yeux à la caresse apaisante du vent. De la musique et des rires provenaient de la ville basse, encore ignorante de ce qui venait de se produire.

Quand il rouvrit les yeux, il chercha Ryderc et l'aperçut auprès de Guendoloena.

— Les deux êtres que j'aime le plus au monde ! s'exclama-t-il. Mon ami, je crois que nous devons une leçon à ce jeune imbécile…

Ryderc lui rendit son sourire mais ne répondit pas. Les mains de sa sœur s'étaient crispées sur son bras.

— Regarde bien, Wid ! Et n'en perds pas une miette, pour tout bien raconter à ton père, si jamais tu survis jusque-là !

Il se tourna vers Columb Cille et le groupe des moines.

— Très saint père, votre bénédiction… Par la grâce de Dieu, il ne sera pas dit que ces porcs auront empêché une alliance entre nos deux grands royaumes. Ryderc, mon frère, si tu le veux bien, je demande la main de ta sœur, la belle Guendoloena…

Ryderc retint une grimace de douleur. Les ongles de Guendoloena s'étaient enfoncés dans son bras. Il s'efforça de sourire, la gorge nouée et le cœur glacé, et cherchait une réponse lorsque Wid apporta une diversion salutaire.

— Ne fais pas ça, Columba Cille ! cria-t-il à l'abbé d'Iona. N'oublie pas que tu ne dois ton île qu'à Brude mac Maelchon, mon père, roi de Fortrenn et souverain des Cruithni [1] ! Si tu bénis ce crime, plus un seul de tes moines ne sera en sécurité, où qu'il aille !

Le vieil homme leva les mains en signe d'apaisement, et commença à tracer au-dessus d'eux le signe de la croix.

— Je te bénis, Wid, fils de Brude. Et je bénis Aedan comme vous tous, au nom du Christ notre sauveur. Et quant à cette union, Aedan…

Il se tourna vers le roi avec un sourire fatigué.

— Je ne crois pas qu'un mariage doive se conclure dans la haine et la confusion… Pardonne-moi, mon fils, mais je suis épuisé. Si tu le permets, je vais me reposer un peu avant les festivités.

Aedan le dévisagea un moment d'un air déçu et interrogatif, comme s'il ne comprenait vraiment pas pourquoi Colomba avait refusé d'accéder à sa demande. Qui était-il pour oser désobéir au roi ?

— Bien sûr, dit-il enfin. Je vais vous faire accompagner.

Il levait déjà le doigt vers l'un de ses fils, mais Colomba l'arrêta d'un geste et désigna Guendoloena.

1. Fortrenn est le nom de l'une des sept provinces du royaume picte (Fib, Fotlaig, Fortrenn, Circenn, Fidach, Ce et Cait). Cruithni ou Priteni – mot signifiant « le peuple des formes » – est à l'origine du terme « Britannique ».

— Qu'elle m'accompagne, elle… Tu veux bien, mon enfant ? Ainsi, nous pourrons faire connaissance.

Puis, à l'intention d'Aedan :

— Comment pourrais-je vous bénir, si je ne la connais pas ?

Ryderc sentit la main de sa sœur se décrisper. Il l'encouragea d'un regard, et l'accompagna même auprès du saint homme.

— Tu es très belle, ma fille, dit Colomba. Très belle, vraiment… Tu ferais une reine merveilleuse…

Le saint homme se tourna vers Ryderc et lui sourit. De nouveau ce regard pénétrant, plus vif que celui d'un jouvenceau.

— … Reste à savoir de quel royaume, n'est-ce pas ?

Ils partirent avant que le jeune roi ait pu répondre, si tant est qu'il l'ait souhaité. Encore plongé dans ses pensées, il sursauta quand Aedan et ses fils vinrent le rejoindre.

— Je ne sais pas ce que tu en penses, mon frère, mais tout ceci m'a donné soif ! J'ai du vin, si tu aimes ça. Du vin venu des Gaules… Un présent du grand roi d'Ulaid, mon cousin.

Ryderc hocha la tête et, de nouveau, s'efforça de lui sourire.

— Par Dieu, il était temps ! dit-il d'un air enjoué. J'ai craint que tu ne nous laisses mourir de soif sur cette colline !

Tandis que l'enceinte se vidait, la plupart des troupes allant rejoindre les festivités dans la ville basse, ils gagnèrent les bâtiments des quartiers royaux. Sawel et Dafydd les suivirent sans attendre l'ordre de leur roi, ce dont il leur fut reconnaissant. Aedan le tenait familièrement par l'épaule, et pourtant Ryderc ne pouvait s'empêcher de ressentir une part de menace dans ce simple geste. Le Scot le traitait en égal, voire en hôte d'honneur, mais il était plus grand, plus fort, plus vieux que lui. Sans doute trop vieux pour Guendoloena... Et plus puissant que lui-même, peut-être. Assez pour défier les Pictes et leurs hordes innombrables, en tout cas. Ils effectuèrent en silence les quelques pas qui les séparaient de la grande salle, sans parvenir à briser la gêne qui s'installait entre eux, malgré leurs sourires forcés et leurs gestes fraternels.

Néanmoins la pièce était chaude, avec un bon feu de braises en son centre, et le vin des Gaules qu'on leur servit brûlant sentait l'épice. Ils s'assirent à même le sol tout autour de l'âtre, adossés pour la plupart aux piliers centraux qui maintenaient le toit. Kentigern ne tarda pas à les rejoindre et s'installa près de Ryderc, à côté de ses chefs de guerre. Après la froideur du dehors, le bruit et l'agitation, ils restèrent tous silencieux un long moment, les joues rouges et les oreilles cuisantes, à savourer ces quelques instants de calme en écoutant le vent siffler au-dehors. Et puis, comme on pouvait s'y attendre, ce fut Aedan qui parla le premier.

— Pardonne-moi si je t'ai brusqué, tout à l'heure, dit-il en levant son gobelet vers son hôte. J'espère que Guendoloena ne m'en tiendra pas rigueur...

— Je pense qu'elle a été surprise, comme nous tous, rétorqua Ryderc. Elle ne devait sans doute pas s'attendre à un tel honneur...

— Ha !

Aedan leva un peu plus haut son gobelet en un geste de salut et le vida d'un trait.

— Tu mens mal, Ryderc Hael ! Un bon menteur doit savoir faire mentir non seulement sa langue, mais aussi ses yeux, son visage, tout son corps ! Crois-moi, j'en sais quelque chose, je suis le plus grand menteur que la terre ait jamais porté ! C'est pour ça qu'on m'appelle « le Rusé » !

Tout en se joignant aux rires de l'assistance, Ryderc songea qu'on l'appelait surtout « le Traître », et qu'il ne faudrait jamais l'oublier.

— Je sais ce que tu penses, reprit Aedan. J'aurai bientôt quarante ans, elle en a quoi, seize, dix-sept ? Je suis trop vieux, c'est ça… Trop vieux et trop laid !

— Mais non, dit Ryderc – puis, avec un sourire : Je ne suis pas le meilleur juge, mais tu ne me sembles pas si laid…

— Simplement trop vieux, alors ! Viens ici, viens que je te montre ce qu'un vieillard comme moi peut faire d'un jeune roi breton ! D'une main, si tu veux ! Et la gauche, encore !

— Non, ça va, dit Ryderc en riant franchement, cette fois. Je te crois, tu n'es pas trop vieux !

Il tendit son gobelet, qu'un esclave resservit aussitôt. Pendant que le vin coulait, l'homme osa poser sur le jeune roi des yeux pleins d'espoir et d'angoisse, mais Ryderc ne lui accorda pas la moindre attention. C'était un Breton du Strathclyde. Un pêcheur capturé par les Scots dans l'estuaire pour s'être aventuré trop près des côtes du Dal Riada.

Il s'attarda un instant de trop, et le vin déborda de la coupe, coula sur les doigts du souverain.

Cette fois, le regard de Ryderc se posa sur lui, bref et plein de colère. Bien sûr, il ne le reconnut pas. Pour cela, il aurait fallu que l'esclave lui parle, qu'il se jette à ses genoux pour l'implorer d'intercéder en sa faveur. Mais l'incident avait attiré l'attention d'Aedan, et le

Scot toisait son serviteur d'un air si terrible qu'il lui scella les lèvres.

— Pardonne cet imbécile pour sa maladresse, dit-il. Cylidd, maudit lourdaud, faut-il que ce soit ton roi qui s'excuse ?

Ryderc tressauta en entendant ce nom cymri, et dévisagea l'esclave.

— Je... Je vous demande pardon, seigneur, dit Cylidd en baissant la tête devant lui.

— Ce n'est rien.

L'homme releva la tête et leurs regards se croisèrent un bref moment, puis il se détourna et quitta la pièce. Ryderc désigna du doigt la porte par laquelle le serviteur venait de sortir.

— Cet homme...

— Cet homme est un esclave et un maladroit, trancha Aedan. Il sera puni, fais-moi confiance... Mais ce n'est pas de lui que nous parlions, n'est-ce pas ?... N'est-ce pas ?

— Non.

Ryderc croisa furtivement le regard de Sawel, assis près de lui. Le guerrier leva la main en un geste interrogatif auquel le jeune roi répondit sans un mot, en secouant la tête négativement.

— Nous parlions de guerre, dit-il en reportant son attention sur son hôte.

Et comme celui-ci levait un sourcil étonné, il poursuivit :

— N'est-ce pas de cela qu'il s'agit, en vérité ? La paix entre nos royaumes, la guerre pour les autres... Te voilà libre de venger ton père, Aedan, et de porter le fer jusqu'à Fortriu, sans craindre une attaque du Strathclyde ou des Manau Goddodin...

— Tu parles au nom du roi Mynydog ?

Ryderc, une fois encore, sentit une menace dans le ton du Scot, mais il ne pouvait plus reculer.

— Je parle au nom de tous les royaumes de Bretagne.

— Et pourtant je ne vois pas le torque d'Ambrosius briller à ton cou, murmura Aedan en secouant la tête d'un air désolé. J'ai pourtant tout fait pour ça...

Ryderc s'éclaircit la gorge et jeta un coup d'œil oblique vers ses partisans.

— Guendoleu est mort.

— Je sais qu'il est mort ! Et je sais que nul autre que toi ne pourrait à présent prétendre au titre de Grand Roi.

Il inclina la tête respectueusement et leva vers lui son gobelet.

— Pourtant il te faut le torque, mon frère... Imagine qu'il tombe dans de mauvaises mains. Imagine qu'un roitelet ou même un prince, un enfant à peine sorti des jupes de sa mère, s'en empare, un bâtard païen voué aux cultes anciens... Ne pourrait-il te contester la place ?

Ryderc s'efforça de ne rien laisser paraître, mais il se sentit glacé par ses paroles. Se pouvait-il qu'Aedan ait entendu parler d'Emrys Myrddin ? Il y eut une lueur amusée dans l'œil du Scot, puis il changea de sujet avec désinvolture.

— Je dois te dire que j'ai eu l'occasion de voir Guendoloena plusieurs fois, tant que tu étais inconscient, dit-il avec chaleur. Je ne saurais dire si je lui plais, moi en tout cas j'ai pu apprécier sa beauté, sa douceur et son intelligence... Puisque Melangell est morte, Dieu ait son âme, pourquoi ne pas me donner ta sœur ? Ainsi, nous serions vraiment frères, pas vrai ? Qu'en dis-tu ?

Sans laisser au jeune roi le temps de répondre, l'évêque-abbé Kentigern toussota pour attirer l'attention, puis joignit les mains en un geste plein de componction, trop appuyé, que Ryderc trouva ridicule.

— Assurément, monseigneur, l'alliance entre vos deux grandes nations serait un bienfait du Ciel, et il n'y a rien que l'Église souhaite davantage, pour la plus grande gloire de Dieu.

— Mais ?

Kentigern sourit modestement.

— Mais la journée a été riche en émotions, et je crois que le roi et sa sœur ont besoin de tenir conseil.

— Vraiment ? fit Aedan en glissant vers ses fils un regard ironique. J'ignorais que les Cymri tenaient en aussi haute considération l'avis des femmes…

— Ce n'est pas n'importe quelle femme, rectifia Kentigern. Mon seigneur n'ignore pas qu'en devenant l'époux de Guendoloena il pourrait prétendre à la couronne du Strathclyde, si le roi Ryderc venait à mourir sans héritier…

La phrase du moine plana longuement au-dessus du lit de braises, sans qu'aucun d'eux brise le silence, et l'atmosphère se chargea peu à peu de défiance et de rancœur. Ils burent pour se donner une contenance, restèrent encore un moment autour de l'âtre, puis Aedan s'excusa, profitant d'une clameur au-dehors pour rappeler qu'il se devait à son peuple.

Il faisait nuit noire, une nuit sans lune ni étoiles, avec un brouillard glacé et humide qui pesait sur Dunadd comme un linceul. Ryderc sentit Guendoloena frissonner contre son flanc et la serra un peu plus fort sous son manteau. Il aurait voulu dire quelque chose, mais les mots lui manquaient. Tous les mots avaient déjà été prononcés, et ceux qui lui restaient se bloquaient dans sa gorge, à l'étrangler, à lui faire jaillir les larmes, inutiles et vains. Il partait, elle restait. Tout était dit.

Demain, ils feraient voile vers Dun Breatann en longeant le loch Fyne puis l'île de Bute pour remonter ensuite l'estuaire de la Clyde. Un jour de mer, au plus, et sans le risque d'une nouvelle embuscade des Pictes…

Demain… Déjà ses hommes étaient prêts, ainsi que les bateaux chargés des trésors offerts par Aedan. Ç'aurait pu être un moment de triomphe, l'avènement d'une ère nouvelle, celle de l'offensive, de la reconquête et de la gloire, mais cette nuit était amère, et le prix à payer bien plus lourd qu'il ne l'aurait cru.

Combien de temps avait-il fallu pour en arriver là ? Combien d'efforts et combien d'or, combien de morts, combien de sang ? N'était-ce pas suffisant ? Fallait-il encore cet ultime sacrifice ? Tout redevenait enfin possible, pourtant, pour la première fois depuis le départ des Romains. L'alliance des Scots et des Bretons permettrait à la fois de contenir les Pictes et d'attaquer les Saxons, ce qu'aucun roi n'avait pu faire, ni Agricola, ni Vortigern, ni Maelgoun Gwynedd, ni même Ambrosius, l'Ours de Bretagne… Malgré leur force et leur courage, tous s'étaient épuisés à batailler leur vie durant d'un bout à l'autre de l'île, en vain, avant de succomber misérablement, abandonnés et trahis. Mais c'était différent, à présent. Ce n'était plus seulement une guerre qui se préparait, mais une croisade, une chevauchée irrésistible contre les païens ennemis de Dieu, qu'ils soient celtes, gaëls, pictes ou saxons, ordonnée et bénie par l'Église, ce ciment qui leur avait manqué à tous… C'était le moment dont il avait toujours rêvé et dont la réalisation, enfin, se trouvait à portée de main.

Et cependant, d'une phrase, Aedan lui avait montré que tout restait à faire. Le torque… Sans le torque, l'alliance pesait en sa défaveur. Il songea à Merlin, le revit si jeune, empêtré dans sa robe, maladroit, ridicule, devant la poterne de sa forteresse, à Dun Breatann. Merlin qui avait séduit sa sœur. Merlin le barde qui avait fui la plaine d'Arderydd, emportant avec lui le torque d'or d'Ambrosius… Pourquoi fallait-il que cet enfant, ce bâtard, ce fils du diable que les moines avaient en horreur, tout juste bon à chanter des poèmes, se dresse devant lui comme un obstacle ?

Guendoloena se serrait contre lui, emmitouflée dans sa cape de fourrure. Peut-être aurait-elle pu lui servir, si vraiment le bâtard l'aimait. Il songea quelques instants à ce qu'aurait pu être une autre alliance, sous d'autres dieux… Ranimer les anciennes croyances, la magie des pierres levées et les armées d'arbres que chantait Taliesin… Sans doute était-ce trop tard. Il n'y avait plus d'autre choix, désormais.

Tout cela, Guendoloena le comprenait autant que lui. Elle n'avait eu nul besoin des sermons de Colomba ni des explications embrouillées de son frère. Depuis qu'elle était en âge d'écouter, elle l'avait entendu ressasser les mêmes chimères, avait rêvé avec lui de batailles et de sièges, de rois vaincus, prosternés, et de captifs enchaînés implorant leur pardon. Dans ses rêves, pourtant, elle se voyait auprès de lui, aussi terrible que Boudicca [1], dirigeant un char de guerre orné des têtes de

1. Reine de tribus celtes du sud-est de l'Angleterre qui se révoltèrent contre les Romains en 60. Après les avoir chassés de Londres (Londinium) et avoir massacré plus de 70 000 d'entre eux, elle fut vaincue et s'empoisonna.

ses ennemis, et non captive elle-même, enchaînée pour la vie à un homme deux fois plus vieux qu'elle.

Dès que Ryderc était venu la rejoindre dans la chambre de Columb Cille, accompagné de l'abbé Kentigern, elle avait compris. Il suffisait de voir leur tête, leurs sourires empruntés, leur fausse bonhomie. Elle les avait laissés parler pour le seul plaisir de les voir s'empêtrer, alors qu'il était tellement évident qu'on ne pouvait refuser l'offre d'Aedan. Et tandis qu'ils s'évertuaient à développer leurs arguments, elle avait songé à Melangell, à l'insistance qu'elle-même avait mise pour obtenir de Ryderc qu'il la laisse l'accompagner, et à Merlin... Emrys Myrddin, le premier homme à l'avoir embrassée par amour, et peut-être le dernier...

Tout le jour elle était restée muette, muette et résignée, trouvant un peu de réconfort à faire ainsi souffrir Ryderc. Le soir venu, Columb Cille d'Iona avait béni les fiançailles de la princesse celte et du roi scot, et Aedan avait aussitôt donné des ordres pour qu'on aménageât ses quartiers. Ce ne fut pas une surprise. Aedan le Rusé ne l'aurait jamais laissée repartir pour attendre le jour du mariage... On lui donna des bijoux et des fourrures, des dames de compagnie souriantes et même un serviteur de son pays, un Breton du Strathclyde qu'Aedan avait bien voulu affranchir de son esclavage, à la demande de Ryderc. L'homme se nommait Cylidd. Vêtu de neuf et libéré du collier de fer qui marquait ce matin encore sa triste condition, il les précédait en brandissant fièrement une torche pour éclairer leur passage. Nul doute qu'il se serait fait tuer pour eux, mais Ryderc et sa sœur n'en avaient cure. Serrés l'un contre l'autre, ils longeaient l'enceinte de la ville basse, dans l'odeur des feux de tourbe et des poissons mis à fumer, parmi la populace, la volaille et les porcs qui encombraient les ruelles fangeuses des quartiers les plus pauvres. Dafydd et quelques hommes les suivaient à distance, l'épée tirée sous le manteau, mais nul ne leur prêtait attention. On était loin de la roche blanche et des bâtiments royaux dont on voyait luire les flambeaux, au sommet de la colline. Là-haut, Aedan devait déjà ruminer ses plans de bataille, s'enivrer de ses succès, partager déjà entre ses fils un royaume scot qui s'étendrait jusqu'aux Orcades... Ici, le vent ne soufflait pas. La brume charriait l'odeur fétide des berges vaseuses, détrempait le sol et pesait sur les âmes.

Toujours enlacés, ils parvinrent jusqu'à la grande porte. Quantité de flambeaux et de feux de camp éclairaient comme en plein jour le poste de garde aménagé au sein même du rempart, projetant un halo de lumière vacillant jusqu'aux navires arrimés sur les berges de la rivière. Les Bretons campaient là, prêts à embarquer. Ryderc les contempla un long moment sans rien dire. Il sentait battre le cœur de Guendoloena contre lui et savait qu'elle ne dirait rien, elle non plus. Pourtant il aurait suffi de franchir cette porte, de courir jusqu'aux bateaux et de prendre le large...

Demain, il serait parti, et elle resterait.

XI

En Dyfed

AVEC la neige, le vent était tombé, et un brouillard épais réduisait la visibilité à quelques toises. Merlin et Blaise avaient saisi des rames, mais le courant les poussait bien plus efficacement que leurs mouvements désordonnés, davantage utiles à les réchauffer qu'à mouvoir leur pesante embarcation. De gros flocons s'accrochaient à la mer, figeant la houle en une nappe lourde d'un gris plombé. Le ciel et les flots se confondaient en une même masse informe, indéfinissable et désespérante, alors qu'ils s'étaient crus si près du but.

Une bonne partie du jour s'écoula ainsi, et à la nuit tombée ils s'écroulèrent au fond du coracle, exténués, suants, exhalant d'épais nuages blancs à chaque respiration. Bientôt, l'obscurité fut totale. Sans qu'ils aient échangé le moindre mot, ils s'enroulèrent dans leur manteau, serrés l'un contre l'autre pour tenter de conserver un peu de chaleur, puis s'endormirent.

Un raclement les éveilla en sursaut, quelques instants ou quelques heures plus tard, immédiatement suivi d'une secousse brutale qui les renversa sans ménagement. Ils se hissèrent aussitôt contre la lisse, les yeux écarquillés, mais il n'y avait rien. Rien que les ténèbres insondables, la gifle des embruns et le vol tourbillonnant des flocons, jusque dans leurs yeux. Un nouveau reflux souleva le coracle, puis le drossa durement contre le même obstacle invisible dans un craquement terrifiant, leur faisant perdre de nouveau l'équilibre. Cette fois, le bateau resta coincé, prenant la houle par le flanc, avec une gîte de plus en plus accusée à chaque vague. Merlin sentit soudain de l'eau sous ses pieds, un courant glacé qui s'engouffrait à gros bouillons dans la barque.

— On coule ! cria-t-il d'une voix terrifiée. Le bateau coule !

— Il faut sauter ! hurla Blaise en lui saisissant le bras.

Merlin s'arracha à lui, tétanisé par la peur, et se cramponna frénétiquement à la lisse, alors que le coracle versait. L'instant suivant, la coque se déroba sous ses pieds et la mer l'aspira, si brusquement qu'il n'eut pas même le temps de fermer la bouche. Alors qu'il se débattait, le plat-bord du coracle vint le frapper dans le dos et le projeta vers le fond. Ses genoux frappèrent des rochers, puis ses coudes, et de nouveau l'embarcation disloquée passa sur lui, le plaquant sous l'eau glacée, à moins d'une coudée sous la surface. Il rua furieusement, mais ses mains roulaient sur des galets sans trouver de prise et il se démenait en vain, toussant, crachant et avalant chaque fois un peu plus d'eau de mer. Et puis, soudain, sa tête fut hors de l'eau. Le ressac avait rejeté l'épave loin de lui et l'avait découvert. D'un bond, il se propulsa en avant, parvint à se relever, tomba encore, rampa frénétiquement, au paroxysme de la terreur, jusqu'à ce qu'enfin il parvienne à s'arracher aux flots. Sous ses pieds, de gros galets noirs le faisaient trébucher à chaque pas et sa robe détrempée pesait d'un poids formidable sur ses épaules, comme si la mer s'accrochait encore à lui. Les mains tendues tel un aveugle, les yeux et les poumons brûlés par le sel, il s'abattit sur la grève et vomit tripes et boyaux avant de rouler à terre, recroquevillé, le corps et l'âme brisés, déchiré à chaque inspiration à en hurler.

Des mains l'agrippèrent brusquement et le soulevèrent à demi. Il n'eut que le temps de reconnaître Blaise et de s'accrocher à lui, puis le moine le hissa sur son dos et l'entraîna jusqu'à l'abri tout relatif d'une levée de terre. Une terre boueuse et couverte d'algues rendues cassantes par le gel, que le moine ramassa par poignées. Merlin, anéanti, n'eut même pas la force de se débattre lorsqu'il lui arracha sa tunique de moire, mais il hurla de douleur quand Blaise commença à l'étriller vigoureusement sur le dos, le torse et les membres, indifférent au sang qui coulait de ses écorchures. Le traitement, si brutal qu'il fût, le ramena à la vie. Son corps n'était que souffrance, mais une souffrance cuisante qui l'arrachait à son engourdissement.

Blaise se dévêtit à son tour, quittant même ses bottes et ne gardant que ses braies. Secoué de spasmes, il commença à se frictionner lui-même, puis Merlin ramassa des algues et se mit à lui frotter le dos avec toute la vigueur dont il était capable.

— Tes bottes, murmura le moine d'une voix hachée. Vide tes bottes…

Ils tremblaient l'un et l'autre comme des feuilles, battus par les embruns et la neige, nus et blancs dans la tourmente, mais quand ils se vêtirent de nouveau, le pire était passé.

— Il faut marcher à présent, dit Blaise en claquant des dents. Marcher jusqu'au jour. Si on reste ici, on mourra.

— Je… Je n'ai pas d'arme, objecta Merlin.

— Moi non plus. Elles sont au fond de l'eau, avec nos vivres et tout le reste… Tu veux aller les chercher ?

Merlin se tourna vers le large. Les vagues se brisaient sur la grève avec des grondements de tonnerre. Il secoua la tête négativement.

— Tu crois qu'on est en Dyfed ? demanda-t-il.

— Sans doute… Allez, on y va.

Alors ils marchèrent, escaladant tout d'abord la levée de terre qui délimitait la grève, puis droit devant eux, vers les collines rases de l'intérieur des terres. À chaque pas, de l'eau glacée suintait de leurs bottes, et leurs vêtements trempés leur collaient à la peau. Merlin, pourtant, ne ressentait plus le froid. Il y avait dans l'air une senteur connue, quelque chose de familier dans ce vallonnement infini. Quand ils croisèrent un cours d'eau dévalant des collines, il eut la certitude d'être de retour chez lui.

— Cette rivière ! cria-t-il soudain d'un ton joyeux qui surprit son compagnon. C'est l'Afon Teifi, j'en suis sûr ! Il n'y a qu'à la suivre, et on arrivera à la forteresse de Cenarth ! On est en Dyfed, Blaise ! On y est !

— Combien encore jusqu'à Cenarth ? murmura le moine.

— Je ne sais pas… Deux heures, trois heures de marche, peut-être.

— Dieu soit loué…

Au petit jour, ils marchaient encore, dodelinant à la lisière de l'inconscience, se soutenant l'un l'autre, de la neige jusqu'aux chevilles, effroyables à voir avec leurs cheveux blanchis par le gel, leurs vêtements déchirés et leur teint de cadavres. Blaise priait, ruminant des mots latins que Merlin ne cherchait même plus à comprendre. Les yeux grands ouverts, l'enfant ne voyait plus la campagne enneigée, les collines et les vallons qui s'étendaient à l'infini, jusqu'à l'horizon. Il était avec Guendoleu, chevauchant aux côtés de Cadvan, de Diwel et des autres, enivré par la course de leurs montures et le grondement sourd des sabots. Ils allaient vite, riant comme des enfants, si vite que leurs chevaux quittèrent le sol et qu'ils s'envolèrent, droit vers le soleil, le laissant en arrière. Merlin voulait crier, mais son cheval n'avançait plus. Il lui battait les flancs, claquait des rênes, en vain, et tout à coup il n'y eut plus de cheval. Il était seul, seul et nu, assourdi par le martèlement de leur galopade, abandonné, incapable même de courir vers eux. Ils avaient disparu, toutefois le grondement persistait, de plus en plus net, de plus en plus fort, fonçant droit vers lui.

Émergeant brusquement de sa vision, Merlin se jeta en arrière, entraînant du même coup Blaise dans sa chute. Une horde de chevaux avait surgi devant eux, presque à les toucher, puis dévala une colline pour disparaître dans un vallon.

— Tu les as vus ? cria Merlin en se relevant d'un bond.

Blaise se redressa plus difficilement. Il secoua la tête négativement, d'un air de parfaite incompréhension, puis son regard se porta sur le large sillon formé dans la neige par le passage des bêtes, et un sourire se forma sur son visage défait.

— Il faut les rattraper.

— J'y vais ! cria Merlin.

Il s'élança aussitôt, toute fatigue oubliée, emporté par sa course jusqu'au bas de la colline, si vite qu'il roula à terre et dévala les derniers arpents dans un tourbillon blanc. Les chevaux étaient là, plus d'une dizaine, portant encore pour la plupart leur harnachement, selle et mors, au bord d'un boqueteau de bouleaux. C'étaient des chevaux de guerre, à n'en pas douter. La robe de certains était tachée de sang, le leur ou celui de leur cavalier, l'un d'eux avait une flèche fichée dans le poitrail...

Merlin s'avança à croupetons, invisible tant il était couvert de neige, d'un mouvement lent et ininterrompu pareil au ruissellement de l'eau ou au passage des nuages, et quand il se releva, tout doucement, il était au milieu d'eux. Le cheval blessé le regardait de son œil sombre, la tête penchée vers le sol et tremblant de tous ses membres. C'était un rouan de petite taille, au crin et aux fanons noirs, portant encore un tapis de selle d'un rouge vif. Merlin se porta jusqu'à lui, posa la main sur son chanfrein en lui parlant tout bas, puis caressa sa longue crinière. La flèche avait profondément pénétré son poitrail, un peu au-dessus de la pointe de l'épaule. Sa hampe battait lentement, au rythme de sa respiration, un filet de sang brun luisait sur sa robe et tombait, goutte après goutte, sur le sol enneigé. Merlin tendit la main pour s'en saisir mais, comme s'il avait deviné son geste, le cheval s'ébroua, arracha brusquement sa tête des mains de l'enfant et s'écarta d'une ruade. Presque aussitôt, il s'effondra et roula sur le flanc, avec un hennissement aigu. Merlin le rejoignit en quelques enjambées, s'agenouilla auprès de lui et, les yeux brillant de larmes, enfouit son visage dans sa crinière. Le petit rouan mourut tandis qu'il pleurait, sans même un dernier frémissement. Ce n'était pas la première fois qu'il voyait mourir un cheval ainsi. Des destriers de guerre étaient capables de survivre à des blessures affreuses tout le temps d'une bataille, puis s'effondraient comme des masses sitôt qu'on les ramenait au calme… Ce n'était pas la première fois, mais toute la fatigue, l'horreur et la tristesse des jours passés s'étaient abattues sur lui et pesaient de tout leur poids sur ses épaules. Ce n'était qu'un cheval, bien sûr, et si une harde galopait ainsi en liberté c'est que des dizaines, des centaines d'hommes avaient dû s'entretuer, quelque part au-delà de ces collines, et que la guerre était déjà en Dyfed… Mais ce petit rouan n'y était pas pour grand-chose…

Un croassement lui fit lever les yeux vers la cime des bouleaux. Des corbeaux, déjà, s'assemblaient pour la curée. Merlin poussa un cri et se releva d'un bond en battant des bras, sans autre effet qu'un bruissement d'ailes méprisant. Il jeta un dernier regard vers le cadavre puis, mû par une brusque inspiration, se pencha vers lui et arracha la flèche de son poitrail, avant de la briser en deux et de l'envoyer au loin. Lorsqu'il se retourna, les autres chevaux le regardaient, immobiles, les naseaux fumants. Il s'avança vers la harde sans qu'aucun d'eux bouge, et choisit deux montures indemnes et harnachées. Un alezan, pour lui, noble bête équipée d'une selle de guerre, et pour son compagnon un gros cheval gris louvet à l'air paisible.

Le temps qu'il saute en selle et saisisse les rênes du louvet, Blaise apparut, dévalant la colline en soufflant comme un ours. Aussitôt, le reste de la harde apeurée prit la fuite au grand galop et disparut dans un nuage de brume neigeuse.

— Je t'ai entendu crier ! dit le moine. Ça va ?

Merlin hocha la tête avec un pâle sourire.

— Ça va… Tu arriveras à tenir en selle ?

— À l'idée qu'on puisse trouver un toit et des vêtements secs, je serais prêt à chevaucher un dragon !

Merlin réprima un sourire en le regardant se hisser péniblement sur le dos de sa monture, puis se cramponner à ses rênes d'une façon qui montrait assez bien son manque d'entraînement à ce genre d'exercice. Ils partirent au pas, remontèrent la colline pour retrouver sur l'autre versant le cours de la rivière. À l'orée d'une forêt, ils trouvèrent un chemin marqué de profondes ornières gelées indiquant le passage de nombreux chariots. Quelques minutes plus tard, alors qu'ils parvenaient au sommet d'une butte, ils aperçurent un groupe, au loin, marchant dans leur direction. Sans attendre son compagnon, Merlin piqua des deux et poussa sa monture au galop.

C'étaient des villageois, hommes, femmes et enfants, chargés de bagages et poussant devant eux deux vaches faméliques et une mule attelée à un travois de fortune. En le voyant galoper ainsi droit sur eux, la bande commença à se disperser. Certains fuyaient déjà dans les bois, d'autres se regroupaient en brandissant des épieux, assez affolés pour être dangereux. Merlin mit l'alezan au pas et s'arrêta à distance.

— Je ne vous veux pas de mal ! cria-t-il. Je suis Emrys Myrddin, le fils de la reine Aldan !

— C'est ça ! répliqua l'un des hommes, un rouquin dont la barbe lui sembla la plus touffue qu'il lui ait été donné de voir. Et moi, je suis son frère !

Les villageois se mirent à rire, mais les épieux restaient dressés.

— Alors ça fait de toi mon oncle ! fit Merlin en s'approchant doucement. On n'a pas eu souvent l'occasion de se voir, on dirait...

— Qu'est-ce que tu veux, petit ? reprit le rouquin. Tu es bien jeune pour chevaucher comme ça, tout seul. D'abord, il est à toi, ce cheval ?

Une lueur dans son œil alerta Merlin. Les autres villageois s'avançaient à leur tour, et ceux qui avaient fui dans les bois rebroussaient chemin. L'homme souriait – pour autant qu'on pouvait en juger dans la broussaille qui lui recouvrait le bas du visage – et, lorsqu'il fut à portée, il leva le bras pour attraper les rênes. Juste à temps, Merlin fit cabrer sa monture et se dégagea.

— Donne-nous ton cheval ! s'écria l'homme en brandissant de nouveau son arme. On en a plus besoin que toi !

— Baisse ton épieu, dit l'enfant. Je ne veux pas me battre avec toi !

— Oh, te battre ?

Le rouquin éclata de rire, et tous les autres avec lui. Ils l'entouraient à présent, quatre ou cinq, sans compter ceux qui se pressaient derrière. Merlin chercha des yeux Blaise, mais il n'avait pas encore franchi la butte. Peut-être était-il tombé de cheval, qui sait ? Pourquoi ne l'avait-il pas attendu ?

— Tu veux te battre avec moi, petit ? ricana le rouquin. Et avec quoi ? Tu n'as même pas d'arme !

— C'est juste.

D'une brusque pression des jambes, Merlin fit bondir sa monture en avant. L'homme tenta de redresser sa pique, mais l'enfant frappa le premier, d'un coup de botte en pleine face. Et comme son adversaire reculait sous l'impact, il lui prit au vol son arme des mains. Dans le même mouvement, il tira les rênes, fit exécuter une demi-volte à son cheval et leur fit face de nouveau, l'épieu levé. Le tout n'avait pris que quelques secondes.

— À présent, me voilà armé, dit-il. Tu veux toujours mon cheval ?

Rouge de colère, l'homme flageola un instant, puis arracha la pique de l'un des villageois et se tourna de nouveau vers l'enfant, avec un cri de rage. Au même instant, des exclamations retinrent son assaut. Blaise arrivait enfin, agité par les soubresauts d'un petit trot qu'il maîtrisait difficilement, assez grotesque avec son bonnet qui lui tombait sur les yeux.

— Merlin ! cria-t-il. Tu n'as rien ?

Les autres échangèrent des regards stupéfaits, que l'enfant ne vit pas. Parvenu jusqu'à eux, le moine arrêta son cheval tant bien que mal et, alors que l'un des hommes venait baiser sa robe de bure détrempée, il l'écarta d'un geste brusque :

— Vous avez perdu la raison ? Comment osez-vous lever la main sur le prince Emrys ?

Cette fois, Merlin ne put ignorer les regards portés sur lui, et le mouvement de recul général de ceux qui, un instant plus tôt, s'apprêtaient à le jeter à bas de sa selle. Il se sentit flatté un court moment, puis sa gorge se serra en une sensation familière. Ce n'était pas du respect qu'il lisait dans leurs yeux. Plutôt de la frayeur, ou du dégoût…

— C'est lui, Merlin le barde ? murmura le rouquin.

— Oui, c'est lui, bougre d'idiot ! cria Blaise. Et je m'étonne qu'il ne t'ait pas encore changé en âne !

Merlin secoua la tête et poussa un soupir. Il talonna sa monture et commença à s'éloigner sur le chemin, mais un cri de Blaise l'arrêta.

— Seigneur, attendez un peu, que je questionne ces gens et que j'achète des vêtements secs !

Ils échangèrent un signe de tête et le moine mit pied à terre. C'est-à-dire qu'il dégringola de sa monture avec aussi peu de dignité que possible.

— Allons, mes frères, que je vous bénisse...

Tous mirent genou en terre et baissèrent la tête tandis qu'il traçait au-dessus d'eux le signe de la croix. Puis il leur sourit et, désignant leurs bagages :

— Vous n'auriez pas deux manteaux et des bottes ? Vous pourriez garder les nôtres, et je paierais pour la différence.

Les paysans échangèrent des regards hésitants, mais l'une des femmes les bouscula avec irritation et alla chercher ce que le moine demandait.

— Sois deux fois bénie, fit Blaise en allant s'asseoir sur une souche pour changer de bottes.

Il défit la cape qui lui recouvrait les épaules, accepta le manteau de mouton retourné qu'elle lui tendait et poussa un soupir de bien-être. Les regards méfiants du groupe s'adoucirent quand il lui glissa quelques pièces dans la main. Coupant court à ses remerciements, Blaise prit un second manteau pour Merlin et alla le lui porter.

— Vous êtes décidément bien chargés, dit-il en chemin. Qu'est-ce que vous fuyez, comme ça ?

— Mon père, notre hameau a été détruit et la ville elle-même est en flammes, dit la femme en lui emboîtant le pas. Il y a des guerriers partout...

Merlin accepta de mauvaise grâce le manteau et le jeta en travers de sa selle.

— Quelle ville ? dit-il d'un ton brusque.

— Cenarth, seigneur, répondit la femme. On dit que les Gaëls ont aussi pris Mathri et plusieurs villes de la côte…

Merlin leva vers Blaise un regard alarmé, auquel son compagnon répondit par un hochement de tête.

— Et Caerfyrddin ? demanda l'enfant.

— Je ne sais pas, seigneur… Tout le monde fuit vers l'intérieur des terres.

La femme se tourna de nouveau vers Blaise, ouvrit la bouche pour poser une question mais se reprit aussitôt.

— Qu'y a-t-il ? demanda le moine.

— Mon père… Ces Gaëls, ce sont vraiment des chrétiens ?

— On le dit, oui…

— Alors pourquoi nous attaquent-ils ? Ne sommes-nous pas censés être tous frères ?

Blaise entendit Merlin ricaner du haut de son cheval, ce qui l'exaspéra au plus haut point.

— Ma fille, l'homme est une créature imparfaite…

— C'est ce que disait notre prêtre, fit-elle d'un ton de reproche. Il disait tout le temps qu'il fallait pardonner à ses ennemis et prier pour eux. Je me demande s'il pense toujours la même chose, maintenant qu'il est mort.

— Ce sont les Gaëls qui l'ont tué ?

— Non, dit la femme. Ils ne touchent pas aux prêtres… Mais c'était un vieil homme, il n'a pas résisté. En fait ils nous ont même aidés à l'enterrer dans son église, avant qu'ils ne brûlent le village.

— Mon Dieu…

Peu à peu, les autres s'étaient rassemblés autour de la femme, en silence, posant sur Blaise des regards pleins de reproches et de désarroi. Il baissa la tête, incapable de trouver les mots qui parviendraient à ranimer leur foi vacillante, mais elle poursuivit sans remarquer son trouble.

— Il nous a dit de prier pour lui, dans deux jours, et qu'il viendrait nous voir…

Blaise releva les yeux, fronça les sourcils.

— Pourquoi deux jours ?

Il y eut des rires, parmi le groupe des paysans. Certains secouaient la tête d'un air consterné.

— La fête des morts, mon père !

— Samain ! s'exclama Merlin.

— La Toussaint, rectifia Blaise. La Toussaint, bien sûr…

Durant quelques secondes, le moine parut totalement ébahi. Ils cheminaient depuis si longtemps que la notion du temps lui avait complètement échappé. Mentalement, il essaya de retracer le fil des jours depuis leur départ de Dun Breatann, mais il y renonça rapidement et tâcha tant bien que mal de retrouver une contenance.

— Merci, mes amis, dit-il. Vous venez sans doute de nous rendre un fier service. Tenez… En guise de remerciement.

Il tendit les rênes de sa monture à la femme et sourit devant son regard interloqué.

— Vous en aurez plus besoin que moi, dit-il avec un mouvement de menton vers les enfants.

Puis, baissant la voix :

— Et d'ailleurs je crois bien que ce cheval me déteste…

Elle lui baisa la main, bientôt imitée par tous les autres, si bien qu'il lui fallut un moment pour s'extirper de leur groupe et rejoindre son compagnon de route. Sans trop oser le regarder, il se hissa en croupe derrière lui. Merlin toucha des talons les flancs de son alezan et ils partirent, suivis des yeux par le groupe des villageois.

Alors que le rouquin avait saisi les rênes du cheval qu'ils avaient laissé et s'apprêtait à grimper en selle, la femme lui prit le bras.

— Tu crois que c'était vraiment Merlin ?

— Je crois bien, oui…

Et il cracha par terre.

— Le fils du diable… Qu'il crève, et sa garce de mère avec !

Les Pictes s'étaient arrêtés pour camper bien avant la tombée de la nuit, épuisés, morts de faim et de froid. Ils marchaient depuis deux jours déjà sans vivres ni bagages, et la plupart d'entre eux, confits d'honneurs et de richesses à la cour du roi Brude, avait perdu l'habitude de tels efforts. Wid n'en avait cure. Lui marchait comme un forcené, pestant entre ses dents du matin au soir, ruminant ses projets de vengeance, animé d'une rage telle qu'il aurait pu traverser tout le pays Cruithni à pied avant que sa colère ne tombe… La route était encore longue jusqu'à Fortriu, mais des bandes de cavaliers pictes sillonnaient fréquemment les hautes collines servant de frontière entre le Dal Riada et l'immense royaume de Brude. Tôt ou tard, ils croiseraient leur route. Wid pourrait alors récupérer un cheval et galoper jusqu'à la forteresse royale… Et si personne ne venait jusqu'à eux, tant pis. Il marcherait jusqu'à Fortriu. Seul, s'il le fallait. Qu'Aedan profite bien de sa traîtrise. Dans moins de deux semaines, Dunadd ne serait plus qu'un monceau de ruines fumantes balayées par le vent.

Tandis que les autres allumaient un feu ou partaient à la recherche de tubercules comestibles, le Picte gravit un monticule rocheux pour mieux observer le paysage. La neige avait recouvert les highlands et le vent chassait les nuages, si bien que l'œil semblait porter jusqu'à l'infini. C'était un spectacle d'une grandeur et d'une beauté à couper le souffle, dans la lumière cuivrée du crépuscule, mais Wid n'était pas d'humeur à l'apprécier. La nuit tombait, ce qui ne signifiait qu'une perte de temps. Des heures à crever de froid sans trouver le sommeil, à ronger des racines comme des animaux… Il serra contre lui son manteau et joua nerveusement avec son coutelas, seule arme laissée par les Scots à toute son escorte. Soudain, un mouvement attira son regard. Au loin, un panache de neige, indistinct, miroitait dans les dernières lueurs du jour. Ce pouvait être une risée de vent, mais aussi le sillage laissé par une troupe de cavaliers au galop. Le corps tendu en avant, il resta là à scruter ce tourbillon infime jusqu'à ce qu'il soit certain de ce qu'il avait vu. Alors il descendit en courant jusqu'au campement des siens.

— Des cavaliers ! cria-t-il dès qu'il fut à portée de voix. Activez le feu, il faut qu'ils nous voient !

Broichan le sorcier se rapprocha de lui et plissa les yeux pour tenter d'apercevoir ce que montrait le doigt tendu du prince.

— Tu es sûr qu'ils sont des nôtres ?

— Et qui d'autre ? fit Wid. Ce sont nos terres, vieil homme ! Ha !

Bientôt, le groupe des cavaliers fut distinct. Ils paraissaient n'être qu'une trentaine, chevauchaient à vive allure vers l'est, à plus d'une lieue, et ne semblaient pas les avoir vus. Les Pictes hurlaient et agitaient leurs manteaux, tels des naufragés. Le feu de bois humide dégageait une épaisse fumée que le vent, hélas ! dispersait vite, et la troupe galopait toujours, passant presque devant eux, à présent. Un instant, les Pictes crurent que les cavaliers allaient s'éloigner sans les voir, mais ces derniers s'arrêtèrent, marquèrent le pas durant un long moment avant de modifier leur route et de venir droit vers eux, sous les acclamations de Wid et de son escorte.

Petit à petit, pourtant, les cris et les vivats se tarirent. Les cavaliers s'étaient déployés en ligne de bataille et galopaient toujours à vive allure. On ne voyait de chacun d'eux qu'une masse noire confuse, tranchant sur la blancheur du sol, mais bientôt ils furent assez près pour que les Pictes aperçoivent l'éclat de leurs épées.

— Ce sont des Scots ! hurla Broichan en saisissant Wid par le bras. Par les cendres de Cruithne [1], ce sont des Scots !

Tout autour d'eux, les Pictes prenaient la fuite, comme une volée de moineaux. Wid ne bougea pas. Lentement, il dégaina son coutelas, puis défit la fibule d'argent qui retenait son manteau. Broichan le sorcier se pencha sur le feu, saisit une branche enflammée et traça frénétiquement autour d'eux un cercle de fumée en grommelant d'obscures incantations. La torche grésillante fit fondre la neige, et un cercle de cendres et de terre gelée les entoura bientôt.

1. Roi légendaire, fondateur du royaume picte.

— C'est trop tard, murmura Wid.

— La fumée nous rendra invisibles ! répondit le sorcier. Ne sors pas du cercle !

Wid ne répondit pas. Avec un dégoût indicible, il contemplait le massacre des siens. Aucun d'eux n'était armé. Certains avaient ramassé des bâtons, ou des pierres, mais les Scots les fauchaient à coups de lance ou d'épée, et leur sang se répandait sur la neige… Des cavaliers passèrent à leur droite, sans s'arrêter, à la poursuite d'un groupe de fuyards.

— Ils ne nous voient pas, Wid ! murmura Broichan à son oreille.

— Pauvre fou…

Deux autres galopaient droit sur eux, comme s'ils se disputaient l'honneur de sa mort. Sans doute Aedan avait-il dû promettre de l'or pour sa tête…

À l'instant où ils allaient frapper, le Picte roula à terre, jaillissant au-dessus du cercle tracé par le sorcier. Il sentit le sifflement d'une épée au-dessus de lui et se redressa dans leur dos. D'un coup d'œil il vit Broichan, le visage et le corps zébrés d'un long trait écarlate, qui s'affaissait lentement avec une expression de stupeur totale. De toutes ses forces, il lança son coutelas dans le dos de l'un des cavaliers, qui chancela sur sa selle et tomba à terre, un peu plus loin.

— Aedan le Traître, sois maudit ! hurla-t-il à pleine voix.

L'autre cavalier faisait volter son cheval et revenait déjà vers lui, mais un troisième Scot surgit et l'embrocha d'un coup de lance, avec une telle puissance que le fer traversa son haubert de cuir et jaillit de sa poitrine comme une corne.

Wid s'abattit dans la neige. Il n'avait pas mal, il se sentait juste essoufflé, hors d'haleine. Devant lui, il voyait les Scots tourbillonner, lever leurs épées en poussant des cris de victoire… Sans doute devaient-ils le croire mort. Il ne fallait pas bouger. Rester là. Économiser ses forces. Attendre qu'ils partent, puis se remettre en route. Survivre, au moins le temps de prévenir Brude…

Des bottes se rapprochèrent, puis quelqu'un le souleva par les cheveux. La dernière chose qu'il vit fut la gerbe de sang qui jaillissait de sa tête tranchée, éclaboussant la neige.

XII

Une tache de sang

ASSISE sur un coffre recouvert de fourrure, les mains croisées devant elle et les lèvres closes, Guendoloena laissait son regard dériver, au-delà de l'étroite fenêtre de sa chambre, jusqu'à la ligne lointaine des montagnes. À la lueur du petit jour, leur cime enneigée étincelait comme un ruban d'argent, semblable à ceux que ses dames de compagnie tressaient dans ses longs cheveux noirs depuis des heures, ou tout du moins depuis plusieurs dizaines de minutes, un temps infini pour la princesse, qui ne rêvait que de courir au-dehors, sortir enfin de cette chambre où la neige et le vent l'avaient maintenue cloîtrée une bonne partie de la semaine. Il faisait beau, enfin, et elle ne voulait rien manquer de cette première journée ensoleillée. Parcourir la ville, découvrir un peu de ce royaume dont elle devrait bien s'accommoder, trouver un cheval, peut-être, et galoper tout le jour durant… Si du moins Aedan n'avait pas laissé d'ordres pour l'en empêcher.

Guendoloena prêta l'oreille au babil de ses dames de compagnie. Aucune d'elles ne parlait la langue bretonne, et la princesse quand à elle ne parvenait à saisir au vol que quelques mots de leur dialecte gaélique. « Righ », le roi. « Tuislich », le voyage... Aedan était parti depuis plusieurs jours déjà, et sans parvenir à suivre, loin de là, tout ce que les jeunes femmes disaient, elle eut le sentiment que son retour était imminent. Sans doute même était-ce pour cela qu'elles l'apprêtaient ainsi.

— *Righ Aedan... An-diugh ?* dit-elle en souriant.

Elles répondirent toutes en même temps, en riant et en battant des mains, sans que Guendoloena y comprenne un mot, mais à les voir ainsi, elle sut la réponse à sa question. Oui, Aedan revenait bien aujourd'hui...

Il lui fallut attendre encore de longues minutes pour qu'elles aient achevé de la coiffer, et quand elles lui tendirent avec des sourires un peu inquiets un miroir de bronze de facture romaine, Guendoloena put enfin contempler le résultat de leur travail. Ses cheveux, tressés en nattes épaisses rehaussées de rubans d'argent, dégageaient son visage et son cou, où étincelait un collier d'or à trois rangs. De l'ombre à paupières agrandissait ses yeux, et de lourdes boucles d'oreilles d'or et de turquoise jetaient de doux éclats à chacun de ses mouvements de tête. Sa robe claire n'avait rien d'extraordinaire, mais elle était rehaussée par l'éclat d'un manteau rouge d'une laine merveilleuse, aussi épaisse qu'un haubert de guerre et cependant d'une douceur exceptionnelle, fermé à son épaule par une fibule d'or ouvragé, sertie de plusieurs pierres précieuses. Au-dessus de ses manches, ses bras étaient chargés de dizaines de bracelets, qui tintinnabulaient joyeusement. Elle sourit à son reflet, puis leva les yeux vers ses suivantes et les remercia d'un signe de tête.

— *Tapadh leat* [1], dit-elle. Merci... Laissez-moi, maintenant, s'il vous plaît...

Guendoloena attendit qu'elles aient quitté la pièce, puis sortit sur leurs talons et, passant la tête au-dehors, appela son serviteur. Cylidd fut là dans l'instant. Il referma soigneusement derrière lui, puis marqua un temps d'arrêt lorsqu'il l'aperçut.

— Ma reine, vous... Vous êtes vraiment très belle...

— *Tapadh leat*, Cylidd...

— Vous faites des progrès, fit-il en souriant.

— Pas encore assez, soupira-t-elle. Je n'ai pas vraiment compris ce qu'elles disaient, mais j'ai l'impression qu'Aedan va revenir aujourd'hui. Tu peux essayer de te renseigner ?

— Inutile, ma reine. Il est effectivement sur le chemin du retour. Les gens ne parlent que de ça, ici. À ce qu'il paraît, Columb Cille et lui ont obtenu du roi d'Ulaid que le territoire des Scots devienne un royaume indépendant, détaché des Dal Riada d'Hybernie. Ça a l'air important... Ils préparent une grande fête.

— C'est bien, dit Guendoloena. Va te préparer, je veux que tu me fasses visiter toute la ville, et je veux être à l'embarcadère quand Aedan arrivera.

Cylidd sourcilla, mais de longues années de servitude lui avaient appris à obéir sans poser de questions. Pourtant, la princesse remarqua son trouble et le retint avant qu'il sorte.

1. Merci.

— Je n'ai pas le choix, tu comprends ? Que je le veuille ou non, je serai sa femme. Le seul moyen pour moi d'avoir une vie à peu près normale est qu'il me fasse confiance… Qu'il… Qu'il croie que je l'aime…

Elle fit des yeux le tour de la pièce et poussa un long soupir.

— … Sinon, je finirai mes jours entre ces quatre murs… Et crois-moi, je n'en ai aucune envie.

— Pourquoi a-t-il fallu que tu leur donnes ton cheval ! grommela Merlin. On aurait déjà rejoint la forteresse, à l'heure qu'il est !

— Ou nous serions peut-être déjà morts, bougre d'âne, répliqua Blaise, derrière lui. Avec ton empressement à galoper droit devant toi sans réfléchir, c'est tout ce qu'on aurait gagné !

L'enfant haussa les épaules. Depuis qu'ils avaient quitté les paysans, dans la forêt, ce devait être la dixième fois qu'ils avaient ce genre d'échange. À deux sur une bête déjà fatiguée, ils n'avançaient guère plus vite qu'à pied, mais peut-être Blaise avait-il raison. Les paroles de la paysanne avaient étreint son cœur d'une angoisse oppressante, et il devait se faire violence pour ne pas pousser leur pauvre monture jusqu'à ses dernières forces.

— Par les Mères, on n'y arrivera jamais !

Merlin passa une jambe par-dessus l'encolure et sauta à terre. Il saisit les rênes et se tourna vers son compagnon, mais Blaise ne lui prêtait guère attention. Les yeux fixés vers l'est, le moine scrutait l'horizon d'un air grave, presque bouleversé. L'enfant regarda dans la même direction sans rien voir. Le ciel bas noyait le paysage dans la brume, au-delà des collines qui les environnaient.

— Qu'est-ce que tu cherches ? lança-t-il d'un ton exaspéré.

Blaise se détacha à regret du spectacle lointain qui le captivait et le dévisagea avec tant d'intensité que Merlin s'en sentit mal à l'aise.

— Elles ne doivent pas être loin. Quelques milles… Ce ne peut être un hasard… Tu crois que c'est un signe de Dieu ?

— Mais de quoi parles-tu ?

— … Moi je le crois.

Merlin jeta de nouveau un coup d'œil par dessus son épaule. Vraiment, il n'y avait rien. Des collines rases et des vallées enneigées à perte de vue… Il claqua des rênes pour arracher son compagnon à cette contemplation apathique, exaspérante et dénuée de sens, à ses yeux.

— Allez, descends de là, dit-il. Que le cheval se repose, au moins !

Blaise marmonna une réponse inintelligible mais se coucha néanmoins sur l'encolure et se laissa glisser à terre. Au même instant, hélas, l'alezan fit une embardée, et le moine s'étala de tout son long. Merlin jeta vers lui un coup d'œil ironique, puis s'agaça de le voir rester à terre.

— Relève-toi ! jappa-t-il. Tu ne t'es pas fait si mal !

— Silence !

Blaise avait collé son oreille au sol. Frénétiquement, il déblaya la neige puis écouta de nouveau. Un grondement. Le martèlement d'une troupe au galop…

— Des cavaliers ! murmura-t-il en se relevant.

Merlin inspecta rapidement les alentours puis, lâchant les rênes, il se précipita au sommet d'un monticule rocheux, à quelques perches de là. Aussitôt, il s'accroupit. À plus d'une lieue, deux longues colonnes galopaient dans leur direction, portant des oriflammes qu'il ne connaissait pas. Quels qu'ils soient, ce n'étaient pas des hommes du Dyfed.

— Ils viennent par ici ! Il faut fuir !

D'un bond, il sauta en selle, puis tendit la main vers Blaise pour l'aider à monter.

— Non, dit le moine. À deux, on n'a aucune chance. Le cheval ne tiendra pas, tu l'as dit toi-même.

Merlin le regarda éperdument. Le grondement de la troupe devenait perceptible et s'amplifiait rapidement.

— À moi ils ne feront rien, poursuivit Blaise. Tu te souviens de ce qu'a dit la paysanne. Je suis un homme de Dieu… Ils n'attaquent pas les hommes de Dieu.

Il sourit et lui tendit la main, la gorge nouée.

— C'est ici que nos chemins se séparent, prince Emrys. Il faut savoir obéir à la volonté divine lorsqu'elle se manifeste.

Merlin jeta un regard en arrière. D'un instant à l'autre, les colonnes de cavaliers seraient là.

— Il est encore temps, monte !

Blaise referma la main avec regret et s'écarta d'un pas.

— Tu ne comprends pas… Ton destin se trouve dans les collines. Il sera toujours temps pour toi de rejoindre ta mère plus tard.

— Mais quelles collines ? dit Merlin, saisi à présent d'une bouffée d'angoisse.

Blaise tendit le doigt vers l'est.

— Preseli, mon fils. L'entrée de l'Autre Monde… C'est la Toussaint, comprends-tu, Samain, dans deux jours ! Ne vois-tu pas que c'est le bout du chemin ?

L'enfant le regarda d'un air terrible, éperdu, les poings tellement crispés sur les rênes de son cheval que ses jointures en étaient blanches. Mû par une brusque inspiration, il empoigna des deux mains le torque pesant à son cou et en écarta les branches, suffisamment pour le retirer, puis le jeta vers le moine.

— Cache-le ! dit-il. Tu me le rendras à Caerfyrddin !

Blaise resta un moment interdit, à contempler le collier d'or dans ses mains. N'était-ce pas le but même de sa quête ? La Forteresse de la Mer était proche et, quoi qu'il arrive à Merlin désormais, la mission que lui avait confiée l'évêque Kentigern touchait à son but… Pourtant, il n'en éprouvait nulle joie, rien d'autre qu'un vague dégoût.

Le bruit de la galopade était tout proche, maintenant. En hâte, le moine ouvrit son manteau de mouton retourné et enfouit le torque sous sa bure. Tandis qu'il relevait les yeux vers son compagnon, un rayon de soleil transperça la grisaille et vint illuminer la robe cuivrée de l'alezan. Leurs regards se croisèrent une dernière fois, puis Merlin talonna soudainement sa monture et partit au galop.

Blaise, saisi par ce dernier regard, s'agenouilla dans la neige, les mains jointes.

— *Quand il a ouvert le deuxième sceau sortit un cheval couleur de feu*, murmura-t-il. *Et à celui qui le montait il fut donné d'enlever de la terre la paix, pour que les gens s'entre-tuent, et une grande épée lui fut donnée*[1]…

Avant qu'il ait achevé sa prière, un bruit de cavalcade le fit sursauter. Il se retourna d'un bond et se vit

1. Apocalypse, 6-5.

entouré par une bande de guerriers sombres comme des démons, couverts de mailles et de cuir, hérissés de lances, de haches, et qui dardaient sur lui des regards terribles du haut de leurs montures. Blaise baissa la tête, joignit de nouveau les mains et se remit à prier.

— Debout, mon frère !

Le moine releva les yeux, chercha un moment parmi tous ces visages durs, grimaçants, celui qui avait parlé. L'un d'eux mit pied à terre et l'aida à se redresser.

— Vous n'êtes pas du Dyfed, murmura Blaise.

— Ça non ! s'exclama l'autre, avec un fort accent irlandais. Nous sommes des Deisi Muman, et le Dyfed est à nous, maintenant ! Mais tu n'as rien à craindre, nous…

Des cris l'interrompirent. À quelques pas de là, des hommes montraient les traces laissées par le cheval de Merlin.

— Un voleur, fit Blaise précipitamment. Il vient de me prendre mon cheval, et tout ce que je possédais !

Le Gaël lança un ordre. Aussitôt, deux cavaliers s'élancèrent sur la piste de Merlin. Blaise les suivit du regard avec angoisse.

— Ne crains rien, lança le Gaël en remontant en selle. Ils le retrouveront et sauront le châtier, au nom de Dieu, amen ! J'aurai besoin de ton cheval, malheureusement pour toi, mais reste avec nous et tes biens te seront rendus…

Blaise secoua la tête.

— Sans cheval, je vous retarderais, seigneur…

L'autre secoua la tête d'un air amusé, puis tourna bride et sa bande fit demi-tour avec lui.

— Si tu veux fuir le pays, dépêche-toi ! dit-il en s'éloignant. Tous les tiens sont en train d'embarquer à Caerfyrddin !

Lorsqu'elle fermait les yeux, Guendoloena sentait son corps vaciller et le sol se mettait à tanguer comme un vaisseau sur la mer. Une impression pas vraiment désagréable, plutôt amusante, en fait. Elle tendit la main pour saisir son gobelet, mais Aedan intercepta son geste et l'attira contre lui.

— Je crois que tu as assez bu comme ça…

Il saisit doucement le hanap d'hydromel des mains de sa promise, le vida d'un trait et poussa un soupir de contentement. À la lueur des torches, ses yeux aussi sombres que sa barbe brillaient d'un éclat trouble, qui n'était pas seulement dû à l'ivresse. N'était-ce pas la conclusion idéale d'une journée parfaite ? Le matin même, il avait quitté la cour du grand roi d'Ulaid Aedh mac Ainmire, alors que ce vieux fou pétri de christianisme avait tenté de bannir les poètes de l'île verte. Quelle idée ridicule… Columb Cille lui-même s'y était opposé, ainsi que toute personne sensée de l'assemblée. Aedan n'avait rien dit. Il avait obtenu la couronne du Dal Riada, la bénédiction du Grand Roi et l'assurance de renforts s'il lançait son offensive contre les Pictes. C'était beaucoup, et il aurait été inconvenant de ne pas s'en montrer reconnaissant.

Tenant toujours la jeune femme contre lui, le Scot posa le gobelet sur une table, sourit et contempla le visage de sa fiancée.

— J'ai tellement attendu cet instant, chuchota-t-il.

— Nous ne sommes pas encore mariés, seigneur, dit-elle en soutenant son regard, avec dans les yeux un air de défi qui l'aiguillonna.

— Je sais…

D'un geste, il dégrafa la fibule d'or qui retenait son manteau, et celui-ci glissa à terre dans un bruissement d'étoffe. Les bruits de la fête, les rires et la musique des bardes leur parvenaient estompés, lointains. Le souffle de Guendoloena s'accéléra lorsque Aedan posa la main sur la peau nue de son cou et remonta lentement, sous le tissu de sa robe, jusqu'à son épaule. Elle ferma les yeux quand il se pencha sur elle et que ses lèvres lui frôlèrent le cou. Un frisson la saisit et l'électrisa, assez pour qu'elle ose croiser ses mains sur la nuque du Scot et caresser ses courts cheveux bruns. L'image de Merlin lui traversa l'esprit un instant, ainsi que le souvenir de leur étreinte. Aedan était tout autre. Sous ses doigts, elle sentait son cou de taureau, sa nuque aussi large qu'un tronc d'arbre. Contre lui, ses seins et son ventre ondoyaient comme une flamme. Avec Merlin, elle n'avait pas ressenti ce désir d'être prise, mais plutôt celui de donner. Ils avaient fait l'amour comme deux enfants éblouis, sans oser se regarder, s'effleurant à peine, alors que le Scot la serrait contre elle de toute sa force, que leurs corps s'étaient imbriqués et que leurs mains avides s'étreignaient passionnément.

— Veux-tu être ma femme ? murmura-t-il à son oreille. Le veux-tu vraiment ?

Guendoloena ne répondit pas, mais son corps parla pour elle. L'hydromel lui faisait tourner la tête, confondant cet instant d'abandon avec les souvenirs de ces dernières heures. Tout le jour durant, elle avait galopé librement à travers les plaines sauvages du

Cowall jusqu'au loch Long, entre les montagnes et la mer, sous un soleil éclatant. Des guerriers scots affectés à son escorte avaient réussi à pêcher un saumon et l'avaient préparé sur la cendre. Ils n'y avaient pas touché, ravis de la voir manger de bel appétit et se contentant pour leur part de jambon fumé et de galettes de pain. Ces hommes ne ressemblaient pas aux gardes de Dun Breatann, ni à aucune des personnes de leur entourage. Il n'y avait pas trace chez eux de cette distance respectueuse qui l'avait depuis toujours maintenue à l'écart, confinée dans un isolement dont elle n'avait pas vraiment eu conscience. Au contraire, leur familiarité immédiate lui semblait tellement naturelle qu'elle n'aurait pu s'en offusquer. Cylidd, le dos brisé par leur galopade, ne cessait de se plaindre ou d'émettre des jugements méprisants sur leur tenue, leur façon de pêcher, de manger ou de boire, et c'est vrai qu'ils ressemblaient davantage à des marauds qu'à des gardes royaux, mais elle n'en avait cure. Rapidement, elle le fit taire et lui ordonna de traduire à leur intention un compliment sur le saumon, ce qui les enchanta. Il en avait été ainsi tout au long de la journée, jusqu'à ce qu'ils retraversent la péninsule pour guetter le navire d'Aedan.

Les yeux clos, elle posa sa joue contre le torse du Scot. Son cœur s'emballa un peu plus lorsqu'il commença à dénouer le lacet fermant sa robe. L'espace d'un instant, elle eut peur. Peur d'aller trop vite, peur de ce qui allait se passer, de ce qui ne pouvait plus être arrêté, à présent, de ce qu'elle désirait de tout son être alors qu'elle n'en avait pas le droit. Elle songea à Ryderc, au rang qu'elle devait tenir et qui lui interdisait de céder à ses pulsions comme une fille de ferme. Mais Ryderc était loin, et les mains d'Aedan caressèrent son dos nu, ceignirent sa taille avec une telle chaleur que ces pensées s'évanouirent. Tout à coup, elle se sentit soulevée, aussi facilement que lorsqu'elle était petite fille et que son père la portait dans ses bras. Aedan la déposa sur le lit, puis s'écarta pour se dévêtir.

Ce n'était pas la première fois qu'elle voyait un homme nu, mais jamais encore dans un état de désir aussi manifeste. De nouveau elle eut peur, tout juste le temps qu'il la rejoigne et la recouvre tout entière de son corps massif. Elle s'accrocha à lui et mordit ses lèvres lorsqu'il la pénétra, puis une ondée de plaisir la submergea au rythme de ses mouvements. Lentement, longuement, ils furent l'un à l'autre, jusqu'à ce qu'il se détache d'elle, après un dernier baiser.

— Par les Mères !

L'exclamation d'Aedan l'arracha brusquement à sa béatitude. Il s'était écarté d'elle et regardait ses jambes d'un air de stupéfaction indignée. Tout à coup, elle se sentit nue, mais alors qu'elle cherchait un drap pour se recouvrir le Scot la repoussa en arrière.

— Qu'est-ce qu'il y a ? bredouilla-t-elle, stupéfiée à son tour par ce brutal revirement, et les yeux déjà brillants de larmes.

— Il n'y a pas de sang ! chuchota Aedan. Pas de sang !

Guendoloena ne saisit pas tout de suite. Elle suivit le regard de son amant et découvrit l'impudeur de ses cuisses ouvertes. Alors seulement elle comprit.

— Tu n'es pas vierge, dit-il, et il la regarda d'un air terrible.

Avant qu'elle ait pu dire un mot, Aedan s'écarta du lit, marcha vivement jusqu'à la table et revint, nu comme un ver, tenant à la main une dague. Elle cria, tenta de s'échapper, mais il lui saisit le bras et d'un seul mouvement, sans aucune hésitation, il lui trancha la paume.

Guendoloena poussa un cri de douleur. Ce n'était pas tant la blessure, mais plutôt la force avec laquelle il lui tenait le poignet et l'humiliation de ce brusque revirement. Du sang coulait de sa main tailladée jusque sur le poignet d'Aedan, et gouttait sur les draps, au-dessous d'eux. Il la retint ainsi quelques instants, puis desserra son étreinte. Tandis qu'elle bondissait hors de sa portée, le visage baigné de larmes, il retourna la dague contre sa propre paume et s'entailla de la même manière. Ainsi, leur sang mêlé se répandit sur les draps.

À son tour il se leva, évitant son regard, puis se rhabilla prestement, ramassa sur la table un linge dont il se banda la main et se dirigea vers la porte. Alors qu'il s'apprêtait à sortir, il se tourna vers elle, la gorge nouée et le regard embué. Guendoloena se tenait dans un angle de la pièce, ombre de chair si frêle et si désirable malgré tout qu'il se sentit déchiré jusqu'au plus profond de lui-même.

— Un roi ne peut jamais perdre la face, murmura-t-il.

XIII

Caerfyrddin

ACCROCHÉ à la crinière de son cheval sans se soucier des rênes qui battaient librement au rythme effréné de leur course, couché en travers de l'encolure, Merlin marmonnait à son oreille le « Dit de la grande horde », une chanson que les chevaux aimaient et qui libérait en eux une énergie sauvage. C'était ainsi, disait-on, que les tribus de la Déesse avaient domestiqué les premiers coursiers du monde, bien avant que l'homme ait posé le pied sur la terre des dieux... Indifférents aux arbustes et aux fougères qui parfois s'accrochaient à eux dans leur folle galopade, l'enfant et sa monture filaient comme le vent à travers la forêt dans le martèlement régulier de leur battue. Depuis longtemps déjà, les deux Gaëls les avaient perdus de vue, à pareille allure. Merlin désormais ne galopait plus pour fuir, mais pour le simple plaisir, le plaisir exaltant d'aller droit devant sans que rien puisse l'arrêter, de sauter au-dessus des ruisseaux, des souches ou des rochers sans ralentir sa course, de fendre les broussailles dans un jaillissement de neige scintillante, de faire si étroitement corps avec son alezan qu'on eût dit un centaure surgi des entrailles de la terre. Par instinct, il s'était enfoncé sous la voûte des arbres pour fuir les Gaëls, sachant qu'il n'aurait aucune chance de les distancer en rase campagne avec une bête fourbue. Chaque foulée l'éloignait sans doute aussi bien des collines de Preseli que de la forteresse de sa mère, mais pour autant qu'il s'en était rendu compte Merlin ne faisait rien pour modifier sa route ni ralentir sa monture. Leur course folle, pour l'instant, maintenait enfouies toutes les questions que les paroles de Blaise feraient immanquablement surgir tôt ou tard, et c'était bien ainsi.

Des heures durant, il galopa dans l'odeur entêtante de l'humus et des fougères, à travers l'immense futaie de chênes qui couvrait alors les collines du Dyfed, de Llandeilo à Caerleon. À la tombée du jour, la bête exténuée porta au vent et commença à renâcler. Sans que Merlin y fût pour grand-chose, l'alezan passa d'un galop effréné au petit trot, puis s'immobilisa absolument, le corps fumant dans la froidure du sous-bois. Merlin, lui aussi enfiévré par cette longue course, mit quelques instants à reprendre ses esprits puis sauta à terre, les cuisses endolories d'avoir tant serré sa monture. Il se laissa tomber à genoux, engloutit une poignée de neige pour se désaltérer puis, lorsqu'il eut retrouvé son souffle, arracha quelques touffes d'herbes et commença à bouchonner sa monture luisante de sueur.

Peu à peu, les bruits de la forêt se reformèrent autour d'eux. Tandis que la bête, libérée de sa selle, broutait avidement les maigres feuilles d'un arbrisseau blanchi de givre auquel l'enfant l'avait attaché, Merlin écouta le vent dans les branches dégarnies, loin au-dessus de leurs têtes, les piaillements des oiseaux, les craquements furtifs du sous-bois et le ruissellement des eaux sous la neige. Aucune trace humaine dans cette symphonie. Les Gaëls avaient dû renoncer... L'image de Blaise lui vint à l'esprit, mais au lieu de s'alarmer pour son sort cette pensée le fit sourire affectueusement. Blaise le bénédictin, Blaise le bien nourri, confesseur onctueux de la reine Aldan, moine de palais, moine de cour, tout en rondeurs, secrets et patenôtres, tout ce qu'il aurait dû détester... Blaise pourtant était devenu son ami. Un ami qui, sans doute, connaissait depuis toujours ce que lui, Merlin, recherchait tant, mais un ami quand même, assez sûr pour qu'il lui confie son bien le plus précieux sans même y réfléchir... Dans un geste devenu familier, l'enfant porta la main à son cou, mais le torque d'or n'y pesait plus. Le destin de la Bretagne était désormais dans les mains du petit moine. Avait-il seulement pu échapper aux cavaliers gaëls ? Était-il prisonnier, en ce moment même, le torque pris, ornant la poitrine de l'un d'eux ? Était-il mort ? Merlin secoua la tête, chassa cette pensée. Blaise n'était pas mort. Sans savoir pourquoi, il éprouvait la certitude que le moine n'aurait pu succomber sans qu'il ressente sa perte. Il repensa aux visions qui s'étaient imposées à lui, ces derniers temps, à la frayeur qu'il éprouvait lorsque les images devenaient trop réelles. Un jour peut-être arriverait-il à maîtriser ces songes éveillés, à les provoquer même, et à ne plus en avoir peur... En attendant, il ne pouvait que faire confiance à son instinct. Si Blaise avait été tué, ou même s'il avait risqué la mort, une vision l'en aurait averti. Il ne pouvait en être autrement…

Alors que la lumière du jour baissait rapidement sous la voûte des chênes, l'enfant se laissa tomber à terre, s'adossa à un tronc d'arbre et resserra sur lui son manteau en peau de mouton. Étrangement, il se sentait en paix, serein malgré l'obscurité qui l'enveloppait peu à peu et qui aurait effrayé tout autre que lui, au cœur de la forêt. Peut-être avait-il agi inconsidérément, mais il n'arrivait pas à se sentir coupable. Il était seul, mais cette solitude ne lui pesait guère. Toutes les questions qu'il avait refoulées au plus profond de lui-même ces dernières heures affluaient avec le crépuscule et il s'en laissait envahir sans crainte, presque voluptueusement.

Blaise avait semblé effondré lorsqu'il avait réalisé que tout leur long voyage aboutissait ici, à quelques milles de Preseli et à quelques heures du jour des morts. Sans doute devait-il penser que les cavaliers gaëls eux-mêmes étaient une manifestation de la volonté divine, survenus uniquement pour les séparer, afin que Merlin accomplisse seul la dernière étape…

Les collines bleues de Preseli. Durant un long moment, l'enfant s'efforça de rassembler ses souvenirs, mais rien de ce qui lui venait à l'esprit ne lui était de quelque secours. À vrai dire, nul n'aurait pu savoir ce qui pouvait l'attendre là-bas. C'était une terre maudite, interdite aux mortels, et que seuls les druides osaient approcher. Toutes les légendes qui lui revenaient en mémoire évoquaient le sort affreux des inconscients qui avaient oser braver cet interdit. C'était un lieu qu'on n'évoquait guère, en vérité, à des milles de tout endroit habité et dont les moines eux-mêmes se tenaient à l'écart. Merlin, pourtant, ne ressentait aucune frayeur. Au contraire, pour la première fois depuis bien des jours il parvenait à se détendre, comme si le simple fait de s'être libéré du torque allégeait son âme autant que ses épaules. La première fois depuis… depuis la nuit passée à l'abri du bois des elfes, après la bataille. Il revit la silhouette entr'aperçue dans les fourrés, ce visage d'enfant, pâle et mince, vêtu comme lui de cette étrange tunique de moire, légère et de couleur changeante, pareille à une feuille au vent. Une tunique trop fine pour réchauffer un homme, mais qui l'avait jusqu'ici protégé du froid, de la pluie et de la mer. Pourquoi les elfes lui avaient-ils fait ce présent ? Se pouvait-il vraiment qu'il fût l'un d'eux ? Blaise le croyait. Et sa mère aussi, sans doute, et Gwenfaen, le moine de Môn, qui lui aussi lui avait parlé de Mynid Preseli. Même le vieux Taliesin, dont les paroles énigmatiques, le soir du banquet des rois, lui revenaient en mémoire. « L'un des tiens », avait-il dit, en évoquant le maître qui l'avait fait renaître par l'illumination du chant… Ce maître pouvait-il être un elfe ? Se pouvait-il que le prince Elfin dont parlait sa légende fût l'un d'eux, que ce nom ne fût qu'un sobriquet à peine voilé, inventé par Taliesin ? Il y avait tant de questions, tant de choses étranges que lui seul semblait ignorer…

Merlin enfouit son visage dans la laine jaunâtre de son manteau. La fatigue de la journée alourdissait peu à peu ses paupières et sans doute se serait-il endormi là, contre cet arbre, si le cri sonore d'un engoulevent ne l'avait tiré de son engourdissement. Malgré les ténèbres, il aperçut l'oiseau au moment où il prenait son essor, et suivit des yeux son vol silencieux, accompagné de son ronronnement caractéristique. Au loin, un hibou ulula. Les prédateurs de la nuit partaient en chasse… Merlin ne ressentait aucune crainte, mais son cheval piaffait nerveusement et mâchonnait son mors. Sans doute avait-il senti un renard.

Rapidement, l'enfant dressa un feu de camp entre quatre pierres. Dès qu'il eut pris suffisamment pour éclairer les alentours et maintenir les bêtes à distance, Merlin s'enfonça à quatre pattes dans un massif de fougères presque aussi hautes que lui, s'aménagea une trouée pour la nuit, qu'il tapissa de longues frondes feuillues. Plus tard, il fit cuire sur les braises une poignée de longues racines de fougères, dont la chair sembla digne d'une table de roi à son ventre affamé, puis il s'étendit enfin sur son matelas de feuilles et sombra dans le sommeil. Un sommeil hélas agité de rêves oppressants. C'était la nuit, et des cavaliers hérissés de lances galopaient devant une ville en flammes. Il percevait leurs visages hideux, grimaçants à la lueur de l'incendie, les moulinets de leurs armes et les tirs incessants de leurs archers, accablant la ville de traits enflammés. Et puis soudain il vit le visage de sa mère hurlant son nom, ses cheveux blancs épars et le choc subit d'une flèche. Il vit ses vêtements en feu, entendit ses cris de douleur et s'éveilla en hurlant, trempé de sueur.

La route était boueuse, défoncée par les roues des chariots qui l'encombraient et le piétinement de la foule apeurée. Ils étaient des centaines, des milliers peut-être, convergeant vers la côte en une longue file, tandis qu'il ne se passait pas une heure sans qu'un parti de Gaëls d'Hybernie fonde sur leur pitoyable colonne. Les chevaux et les ânes avaient été pris depuis longtemps, ainsi que tout ce qui pouvait ressembler à une arme. La plupart se contentaient de réclamer quelques vivres ou de quoi boire, d'autres y mettaient moins de formes et abattaient le bétail à coups de lance pour le mettre en broche. Des femmes avaient été enlevées, des hommes étaient morts pour avoir tenté de les défendre, mais la masse des réfugiés se laissait dépouiller sans réaction, contournant les cadavres tête basse, fermant leurs oreilles aux hurlements des malheureuses qu'on violait sur le bord du chemin, dans la neige et la boue glacée, ou aux cris des enfants abandonnés. Blaise en avait réuni toute une troupe autour de lui et ne cessait d'en recueillir davantage, à l'abri d'une croix de branches qu'il brandissait comme un gonfanon.

Il en fut ainsi tout le jour. Quand il ne resta plus rien, pas même une chèvre ou une poule, les Gaëls se mirent à leur arracher leurs manteaux ou leurs bottes, dans une frénésie croissante à mesure qu'ils se rapprochaient de Caerfyrddin. Ce n'était certes pas un raid, comme le Dyfed en avait déjà tant connu, mais une invasion en règle, menée avec soin par une armée entière. On disait que les troupes de la reine Aldan en avaient massacré des quantités formidables, du côté de la forteresse de Mathri, sur la côte ouest, et qu'elles revenaient à marche forcée vers la cité royale. Mais on disait aussi que l'armée avait perdu bien trop d'hommes pour servir encore à quelque chose, et que les chefs de guerre se terraient désormais dans leurs forts.

La route longeait la rivière Duad, entre les collines. Au soir, alors qu'ils passaient devant une petite crique vaseuse bordée de roseaux et protégée du vent par un éboulis rocheux, Blaise entraîna les enfants hors du flot des fuyards et ils s'abritèrent là sous quelques tentes de fortune, rejoints peu à peu par des familles entières. Au petit matin, ils étaient plus d'une trentaine, à demi morts de froid et de faim, sans qu'aucun d'eux ait osé allumer un feu. Blaise n'avait pas dormi, ou alors il n'en avait pas eu conscience. Des enfants s'étaient blottis sous ses bras, sur ses genoux, s'agrippant à lui comme des naufragés à une épave, et c'est bien ainsi qu'il se sentait lui-même. Sa croix plantée devant lui grinçait lugubrement dans le vent, mais elle étincelait, couverte de givre. Ce spectacle le réconforta quelque peu. Doucement, il repoussa les petits corps endormis autour de lui, arracha sa croix du sol et se hissa en haut des roches, dans les brumes du petit matin. Là, il s'agenouilla pour prier longuement, intensément, les yeux clos, accroché à sa croix. Il pria pour Merlin, pour le torque qui pesait contre sa chemise, pour le Dyfed et pour tous ces malheureux qui comptaient sur lui, à présent, alors que lui-même aurait tant eu besoin de secours.

Quand enfin il rouvrit les yeux, il vit levés vers lui les regards perdus de ses pauvres ouailles, agenouillées elles aussi dans la prière, muettes et implorantes. Pitoyable troupe, en vérité. Il n'y avait là pas un homme valide, rien que des éclopés, des vieillards et des femmes chargées d'enfants… Du haut du rocher, il se tourna vers l'aval du fleuve et vers la route, déserte à présent, qui menait jusqu'à la rivière Tywi et au chenal de Caerfyrddin. Malgré le vent, la brume ne s'était pas encore levée, limitant son champ de vision, mais il n'y aperçut âme qui vive, tout juste de sinistres vestiges humains immobiles dans la gadoue, de loin en loin. Il s'efforça de sourire et descendit de son perchoir avec autant de dignité que possible, sur des rochers glissants couverts d'une mousse gelée.

— Allez, les enfants, lança-t-il en parvenant auprès d'eux. Trouvez du bois pour qu'on puisse allumer un feu et manger quelque chose de chaud !

— Il n'y a rien à manger, mon père, gémit une vieille femme.

Blaise sourit et lui prit les mains.

— Merci à toi, mère. Tu me donnes l'impression d'être le Christ en personne.

— Tu vas multiplier les pains ? demanda une petite fille.

— Non… Non, j'aimerais bien, mais je ne crois pas être assez saint pour y parvenir. Et puis d'abord pour multiplier les pains il faudrait qu'il y en ait au moins un, pas vrai ?

Quelques rires lui répondirent.

— Allumez des feux. Et si quelqu'un parmi vous a un récipient quelconque, faites bouillir de l'eau. Vous deux…

Il se pencha sur deux enfants enlacés, sans doute frère et sœur.

— … allez ramasser des orties, là-bas. Et prenez garde à vous couvrir les mains pour ne pas vous piquer. Ne prenez que les petites pousses, c'est meilleur.

Puis, alors qu'ils s'élançaient, il se tourna vers les autres.

— Ramassez tout ce que vous pourrez. Des joncs, des pissenlits, ce que vous trouverez de mangeable… On va faire bouillir tout ça. Ça ne sera pas bon, mais au moins ça nous réchauffera. Allez !

En quelques secondes, la torpeur résignée de la nuit céda le pas à une agitation presque joyeuse, et bientôt les maigres fumées de trois feux de brindilles s'élevèrent dans la crique. Il n'y avait qu'un chaudron de cuivre, et de petite taille, mais ils parvinrent à y faire bouillir de l'eau puisée à la rivière, dans laquelle ils jetèrent quantité de pousses d'orties et de toutes sortes de plantes sauvages. Parmi leurs maigres possessions, ils regroupèrent une demi-douzaine de bols de terre cuite et de gobelets grâce auxquels ils purent tous se rassasier de ce potage improvisé, et tandis que les sourires renaissaient parmi eux, Blaise songea que Merlin avait fait de lui un véritable homme des bois. Un homme meilleur en tout cas… Un pasteur capable de ramener à Dieu le pauvre troupeau qu'il lui avait confié.

Quand la brume fut levée, ils se remirent en route. Le ciel était clair, mais une nappe obscure se maintenait toujours à l'horizon, vers Caerfyrddin. Le vent se leva et dissipa le sombre nuage en sinistres volutes de fumée. Il ne pouvait y avoir de doute, la ville était en flammes… Autour d'eux, la neige était sale, comme chargée de cendres. Des corps sans vie, parfois nus, dépouillés de tout et raidis par le gel, encombraient le chemin, mais ils ne croisèrent aucune troupe. Le cœur serré, ils avançaient toujours, soutenus par la voix de Blaise qui récitait des passages des Évangiles, des prières et des psaumes, pêle-mêle, sans discontinuer.

— *Mes petits enfants, voyez comme il est grand l'amour dont le Père nous a comblés : il a voulu que nous soyons appelés enfants de Dieu – et nous le sommes. Voilà pourquoi le monde ne peut pas nous connaître : puisqu'il n'a pas découvert Dieu*[1]*…*

1. Première lettre de Jean, 3.

L'odeur et la rumeur parvenaient désormais jusqu'à eux. L'odeur de la mort, de l'incendie et du sang. La rumeur de la bataille. Ils franchirent une dernière colline et s'arrêtèrent aussitôt, saisis d'effroi. À l'embouchure de la Tywi, Caerfyrddin brûlait. Des colonnes de fumée noire tourbillonnantes s'échappaient des restes calcinés de masures situées en dehors de la forteresse, ainsi que de dizaines de foyers au sein même de la ville royale. Comme une vague se brisant sur la falaise, l'armée des Gaëls se pressait contre les remparts, accablée de flèches, de rochers et de lances, acharnée et absurde, et le vent par à-coups ramenait jusqu'à eux les hurlements des combattants. L'étendard de la reine flottait toujours, mais le chenal était rempli de navires faisant voile vers le large, comme si la ville se vidait, et cette image plus que toute autre leur serra le cœur.

Incapables de faire un pas de plus, ils restèrent là, spectateurs effarés d'une bataille désordonnée et brutale. Les Deisi Muman s'acharnaient, encore et encore, alors que les corps des leurs s'entassaient sous les remparts, morts et blessés, hommes et chevaux confondus en un talus sanglant. Quand le vent soufflait de la terre, ils n'entendaient plus rien, et la vision silencieuse de cette boucherie insane n'en était que plus terrible encore. Il en fut ainsi une grande partie du jour, et le temps leur parut effroyablement long. Blaise ne priait plus, restait assis, serrait sous son manteau de mouton retourné deux enfants transis, la bouche sèche et le cœur au bord des lèvres, tandis qu'autour de lui s'affaiblissait peu à peu sa pauvre communauté. Au fil des heures, ils virent remonter vers eux des blessés et des fuyards, les yeux hagards, le visage blême, couverts de sang, le cuir noirci, parfois sans armes. Il lui fallut parfois se lever, menacer de sa croix la soldatesque rageuse qui, sans lui, se serait vengée sur sa misérable troupe de l'humiliation de leur défaite. Caerfyrddin n'était pas tombée, et l'armée des Gaëls avait fondu, dispersée sur la neige en d'horribles tumulus sanglants, sans qu'aucun d'eux ait pu franchir les remparts de pierre et de bois de la cité royale. C'était une défaite, sans doute, mais pour le Dyfed autant que pour les Deisi Muman. Ni Blaise ni aucun de ses compagnons, vieillards, femmes ou enfants, n'éprouvait autre chose que de la tristesse, de la peur et du dégoût. Le moine ne pouvait prier, en vérité, tant Dieu semblait loin de ce carnage qui opposait des armées chrétiennes se réclamant l'une et l'autre de lui. Seul régnait sur le champ de bataille le spectre hideux de la mort et son odeur infâme, la terreur abjecte d'hommes en train d'agoniser dans la boue et la neige, les chairs tuméfiées, ouvertes, écrasées, brûlées, l'acharnement encore des derniers combattants, jusqu'à la tombée du jour, butés comme des taureaux, n'essayant même pas de sauver leur vie.

Au matin, l'armée des Gaëls avait disparu, laissant derrière elle des dizaines, des centaines de cadavres jonchant les abords des remparts. L'une des petites filles était morte dans les bras de Blaise, de froid, de faim ou d'épuisement, pitoyable cadavre déjà raide agrippé à sa bure, que le moine décrocha en pleurant à chaudes larmes. Ils ne l'enterrèrent pas – comment l'enterrer dans ce sol gelé, pourquoi l'enterrer alors que tant de corps gisaient là sans sépulture ? – et repartirent vers la ville, sans un mot, le pas lent et la tête basse. Ils croisèrent des soldats et des détrousseurs de cadavres, des corbeaux et des mouettes venus se repaître de ce gâchis humain, et parce que les portes avaient été obstruées par un amoncellement de pierres, de poutres, de chariots et de meubles, pénétrèrent dans Caerfyrddin en escaladant les murs. Il ne régnait aucune joie dans la cité libérée, tout juste une odeur de brûlé, des visages défaits, des pillards dans les maisons abandonnées, des fuyards convergeant encore vers le fleuve à la recherche d'un embarquement. Le monastère était intact, et Blaise put y abandonner les enfants à des sœurs et des moniales, en promettant qu'il reviendrait, ce qui était un mensonge dont il n'avait que trop conscience. Puis il s'enfuit sans se retourner, vers la colline des quartiers royaux. Là-haut, un groupe de soldats et d'archers s'était posté devant la barbacane défendant l'entrée principale de la dernière ligne de fortifications, un large rempart de pierres sèches coiffé d'une palissade de rondins, derrière laquelle il aperçut encore quelques troupes. En le voyant grimper jusqu'à eux, un sergent s'avança d'un air qui lui parut menaçant, mais l'homme le reconnut, malgré ses vêtements de gueux, et son visage fermé s'éclaira.

— Vous êtes le frère Blaise, pas vrai ? dit-il avec un sourire soulagé (et Blaise lui rendit son sourire, pourtant bien incapable de mettre un nom sur cette trogne de soudard). Eh bien, vous arrivez à temps !

— Je n'en ai pas l'impression, répondit-il en tournant la tête vers la ville ravagée.

— Je parlais de la reine, mon père… Il faut vous dépêcher.

Blaise se sentit glacé jusqu'aux os. Il dévisagea le sergent sans oser l'interroger davantage, de peur d'entendre l'inconcevable, et sur ses talons franchit la barbacane pour remonter la sente menant jusqu'aux logements royaux. Sitôt passées les défenses menant au parvis intérieur, le moine eut un mouvement de recul. L'assaut des Deisi Muman avait prélevé un lourd tribut. À l'intérieur de l'enceinte, des dizaines, peut-être une centaine de blessés et d'estropiés gisaient le long du mur, soignés tant bien que mal par des moines et des mages, certains morts déjà ou ne valant guère mieux. Il croisa le regard épuisé d'un novice qu'il connaissait et n'eut que le temps de lui adresser un geste de sympathie avant de rejoindre son guide, que ce spectacle sinistre n'avait pas arrêté et qui avait poussé la porte du bâtiment principal. Blaise entra à sa suite et en éprouva aussitôt un peu de réconfort. La grande salle était telle qu'il l'avait quittée quelques semaines plus tôt. On avait laissé mourir le feu et les rideaux de cuir masquant les embrasures des fenêtres battaient au vent avec de sinistres claquements, mais le sol de terre battue était jonché de paille fraîche et de joncs répandant encore une odeur agréable. Sur une table à demi recouverte d'une large peau d'ours étaient installés des pichets d'hydromel et des plats remplis de noisettes et de fruits secs, prêts à accueillir un visiteur selon les règles. Les murs étaient parés de somptueuses tapisseries et de panoplies d'armes qui conservaient à l'endroit tout son luxe et sa majesté, comme si la guerre n'avait osé en franchir le seuil. Et pourtant ce décor familier semblait étrangement différent... Blaise s'avança à pas lents, et sursauta lorsque le sergent referma la porte derrière lui, le laissant seul. Seul... Voilà ce qui était différent. La salle autrefois bourdonnante d'un va-et-vient incessant de serviteurs et de courtisans était déserte, silencieuse, glacée comme la mort. Au fond, près de l'âtre éteint, la porte des appartements royaux était ouverte et, sur la portion de mur ainsi dévoilée, il apercevait une ombre vacillant à la lueur des chandelles. Blaise dut faire un effort sur lui-même pour avancer encore, aller jusque-là, pénétrer dans la chambre… Ce n'était pas un homme endurci. Son enfance lui avait épargné les rigueurs de la guerre et de l'épidémie de peste jaune, son noviciat dans le monastère bénédictin d'Ynis Pyr [1], malgré les nuits de prières et de jeûne, n'avait guère été plus pénible que la vie de bien des enfants de son âge, et depuis qu'il était devenu le confesseur d'Aldan, dans ces lieux mêmes, il menait une existence aisée qui ne l'avait certes pas préparé à tant d'épreuves en si peu de temps. Depuis que lui et Merlin avaient quitté la Forteresse des Bretons, il avait souffert de la faim, du froid et de la maladie, avait survécu à un naufrage et à une confrontation à des pillards gaëls. Ses yeux, en quelques jours, avaient vu tant de morts qu'il ne pouvait en conserver le souvenir, et bon nombre de ses certitudes s'étaient envolées au fil de leur voyage. Aussi, lorsqu'il vit la reine couchée, inerte et aussi pâle qu'une dépouille, son cœur flancha. Tombant à genoux, il s'effondra en pleurs au seuil de la porte. Le corps secoué de sanglots, recroquevillé sur lui-même, suffoquant presque de tant pleurer, il resta ainsi jusqu'à ce que des bras charitables le relèvent. C'était Dawi, le père abbé, seul resté à veiller la reine.

— Mon frère, reprends-toi. Elle te réclame…

Blaise le dévisagea de ses yeux baignés de larmes, puis aussitôt il se tourna vers elle. Du fait de sa pâleur extrême et de son immobilité, il l'avait cru morte, mais Aldan le regardait et levait faiblement la main vers lui.

1. Caldey Island, au large de Tenby, au sud du Dyfed.

Il accourut à son chevet, se jeta à genoux et lui saisit la main.

— Ma reine, pardonnez-moi d'avoir autant tardé !

Au même instant, son expression se figea. Avec horreur, il venait de remarquer le tronçon brisé d'une flèche saillant des bandages qui enserraient étroitement le torse de la reine, oscillant faiblement au rythme de sa respiration.

— La flèche est trop près du cœur, souffla l'abbé, derrière lui. Nous n'avons rien pu faire. Ça l'aurait tuée...

Aldan secoua la tête et eut un pauvre sourire.

— Mon fils, murmura-t-elle. Où est-il ?

Blaise sentit de nouveau une boule lui nouer la gorge. Le torque fixé à sa ceinture, sous son froc noir, lui meurtrissait le ventre, rappelant cruellement s'il en était besoin la mort de Guendoleu et son ignorance totale du sort qui avait été réservé à Merlin, depuis qu'ils s'étaient séparés. Mais comment l'avouer à une mourante ?

— Le prince va bien, fit-il d'une voix brisée. Il... Il va venir. L'armée de Guendoleu est en route...

— Dieu soit loué ! s'exclama l'abbé Dawi près de lui. Vous entendez, ma reine ? La ville est sauvée !

Aldan ferma les yeux avec un sourire soulagé. Sa main retomba sur ses draps blancs et une larme coula sur sa joue décharnée. Blaise, mortifié par ce nouveau mensonge, jeta un regard en coin vers son supérieur. Sans un mot, il secoua la tête négativement, mais l'abbé ne perçut pas le message, ou se méprit, croyant peut-être que le moine évoquait l'état d'Aldan. D'un signe, il rassura Blaise.

— Il faut vous laver de vos fautes, à présent, dit-il d'une voix douce en se penchant au chevet de la mourante. Le frère Blaise va recevoir votre confession…

La reine acquiesça d'un cillement de paupières, puis congédia l'abbé d'un geste.

— Sans doute… Sans doute ai-je beaucoup péché…

La voix n'était qu'un souffle. Dawi traça sur elle le signe de la croix puis saisit dans sa bourse une petite fiole d'huiles saintes qu'il glissa sans un mot dans les mains du confesseur avant de quitter la pièce. Blaise resta un long moment interdit avant de comprendre qu'il lui appartiendrait de donner l'extrême-onction, selon le rite défini par l'épître de Jacques. Il se retourna vivement vers son supérieur, mais Dawi refermait déjà la porte derrière lui et Blaise n'osa élever la voix pour le retenir. Sans doute allait-il répandre la nouvelle de l'arrivée des renforts à travers la citadelle, et de là vers toute la ville… D'une main tremblante, il posa la fiole à terre puis se pencha vers elle, priant Dieu de les absoudre tous deux.

Ce fut un faux mouvement qui éveilla Guendoloena, ravivant brusquement la douleur de sa main tailladée. Éblouie par la lumière du jour, elle papillota des yeux, frissonna et ramena les couvertures de fourrure sur son corps nu en gémissant quand son esprit libéré des brumes du sommeil se remémora les événements de la nuit. Il faisait beau sans doute, à en juger par l'éclat du jour filtrant par les interstices d'un rideau mal fermé. Mais à quoi bon se lever, si c'était pour affronter une nouvelle journée de solitude et d'humiliation ? La tête lourde et le cœur au bord des lèvres, la jeune femme se sentait misérable, ses yeux étaient rougis d'avoir tant pleuré et sa main l'élançait. Elle réalisa qu'on avait nettoyé et bandé sa paume d'un linge propre, sous lequel elle sentit une compresse de feuilles. Le souvenir du regard d'Aedan, ses yeux brillants de colère, l'éclat de son poignard à la lueur des chandelles, la morsure de l'acier, tout lui revenait avec le jour et lui serrait le cœur. Elle se redressa et souleva les draps. Une tache de sang bruni s'y étalait, celui d'Aedan et le sien, mêlés pour sauver les apparences... Tout à l'heure, des chambrières viendraient le ramasser pour l'exposer à la vue de tous, afin que nul n'ignore qu'elle était devenue sa reine et qu'elle n'avait connu aucun autre homme avant lui.

La jeune femme eut un sourire d'amère ironie. Aucun autre homme... Après tout, c'était peut-être vrai. Depuis que Merlin était parti, on n'avait cessé de l'abrutir d'allusions pesantes à son sujet, de la questionner maladroitement sur ce qui s'était passé entre eux, d'évoquer toutes sortes de rumeurs à propos du barde et de sa naissance... À les en croire, Merlin n'était pas quelqu'un de normal, à peine un être humain. Alors, si la moitié de ce qu'on disait sur lui était vrai, Aedan n'avait pas de souci à se faire... Quoi qu'il se fût passé entre le prince Emrys Myrddin et elle, le Scot était sans doute le premier *homme* qu'elle eût connu...

D'un geste écœuré elle rabattit les draps, serra contre elle la fourrure et s'adossa au chevet. Elle passa un long moment sans bouger, évadée dans un rêve éveillé, bien loin de cette chambre. L'évocation de Merlin lui était venue comme une acerbe plaisanterie, mais elle faisait son chemin à travers son esprit divagant, et le souvenir de leur unique étreinte venait se superposer à celui de la nuit dernière.

L'air et le feu.

La caresse du vent et la lutte des chairs…

Ses deux amants étaient aussi différents que possible, et pourtant elle les avait aimés tous deux pareillement. Elle les avait aimés et elle les aimait encore…

Guendoloena se couvrit le visage de ses mains, honteuse d'avoir formulé pareille pensée. Ce n'était que la vérité, pourtant, et dans la solitude de cette chambre nuptiale désertée par son amant, il n'était nul besoin de se mentir à soi-même. Mais comment pouvait-elle éprouver de si étranges sentiments ? Fallait-il qu'elle fût folle pour aimer deux êtres que toute femme normale aurait fuis, sans aucun doute ? Le fils du diable et le diable en personne… Ne pouvait-elle au moins détester Aedan, à qui son frère l'avait abandonnée, ce barbare mal dégrossi, tout enrubanné de chrétienté, roi d'un peuple de pillards et de pirates ne valant guère mieux que des Pictes, ce rustre qui l'avait blessée, humiliée et abandonnée ?

Si étrange que cela paraisse à ses propres yeux, si absurde et irraisonné, la frayeur, la rage et la honte de la nuit s'étaient diluées avec le jour, et sa peine, ce matin, était diffuse. La réaction d'Aedan avait brisé un instant de magie mais ne l'avait pas effacé pour autant, et même si cette idée la révulsait, une part de sa tristesse présente venait de la crainte de l'avoir perdu, de ne plus jamais connaître avec lui de pareils instants et de vivre désormais sans amour.

D'un geste rageur, elle arracha la couverture de fourrure pour s'en draper et se leva brusquement. Aussitôt, une violente nausée la fit vaciller au point qu'elle dut se retenir au châlit et se rasseoir pour ne pas s'écrouler. Des points blancs dansaient devant ses yeux, une suée froide la recouvrait, ses jambes ne la tenaient plus... Cela ne dura qu'un instant, mais le vertige l'avait laissée interdite et tremblante. Le souffle court encore, elle entrouvrit la cape de fourrure et regarda son ventre. Se pouvait-il qu'une vie nouvelle soit née en elle ? Guendoloena sourit, gagnée par ce qui était davantage qu'une intuition ; la plus forte et la plus douce des certitudes... Au même instant, on frappa à la porte. Guendoloena se recouvrit précipitamment, puis se leva de nouveau, plus lentement cette fois.

— Entrez !

La porte s'ouvrit sans bruit. Après un temps, Aedan passa la tête, la vit et se glissa à l'intérieur, refermant aussitôt derrière lui. La jeune reine ne dit rien, mais son cœur battait la chamade. Le Scot ébaucha un sourire, baissa les yeux et s'avança gauchement jusqu'à la table, où il saisit un pichet et but à longs traits, sans oser la regarder. Son visage était gris, ses traits tirés, de la neige durcie recouvrait encore ses bottes et son haut-de-chausses. Visiblement, il n'avait pas dormi. Sans doute avait-il chevauché une bonne partie de la nuit. Il se tourna enfin vers elle en esquissant un sourire, et de le voir ainsi, aussi misérable et maladroit, l'air à ce point désespéré, Guendoloena sentit sa gorge se nouer. D'un geste rapide, elle effaça une larme naissante, révélant ainsi sa main bandée. Aedan tendit le doigt vers elle, se reprit et gratta sa barbe pour se donner une contenance.

— Tu n'as plus mal ? demanda-t-il. J'ai... Je suis venu te soigner la main, cette nuit.

Il ôta son gant et montra la sienne, bandée pareillement.

— Dans un jour ou deux, ce sera cicatrisé… Les herbes devraient…

— Ça va, dit-elle. Je n'ai pas mal.

Il hocha la tête, reposa le pichet qui lui encombrait désormais les mains, puis s'avança de quelques pas. Il voulut parler encore, mais les mots ne venaient pas. Tout au long de sa nuit, il avait pourtant mûrement préparé un discours parfait, plein de tendresse et d'émotion. Il avait hélas suffi qu'elle le regarde avec cet air apeuré, comme si elle craignait encore quelque violence, pour que toutes ses belles phrases s'envolent et le laissent désemparé, imbécile, à donner de lui-même l'image d'un pauvre d'esprit, balourd et empêtré. Alors il hocha de nouveau la tête et recula vers la porte.

— C'est bien, dit-il en se retournant pour sortir.

— Et toi ?

Aedan s'arrêta net et se retourna. Les yeux de Guendoloena étaient toujours brillants de larmes mais elle avait un pauvre sourire.

— … Ta main ?

Aedan revint vers elle, s'agenouilla et saisit un pan de la couverture dont elle s'était recouverte, pour la porter dévotement à ses lèvres.

— Il faut me pardonner, ma reine, murmura-t-il en relevant les yeux vers elle. J'avais préparé tout un discours, mais je crois qu'au fond c'est bien plus simple que je le pensais. Je t'aime… Je n'aurais pas cru que ça pourrait m'arriver, mais je t'aime, et l'idée qu'un autre que moi ait pu… Pardonne-moi. Moi aussi, j'ai connu d'autres femmes. J'ai été marié, j'ai eu des fils, mais je n'avais encore jamais aimé. Tout au long de la nuit, je n'ai cessé de penser à toi, et je me suis haï d'avoir fait ça. Si tu ne veux pas de moi, je comprendrai. Je suis assez vieux pour comprendre…

Il eut un soupir amusé, ou résigné.

— Sans doute même suis-je trop vieux pour toi. J'ai près de quarante ans et toi tu n'en as pas vingt.

— Pas dix-sept.

Aedan hocha la tête en silence et se releva.

— Je te ferai escorter jusqu'à Dun Breatann. Par voie de mer, tu y seras demain, au plus tard.

Il sourit tristement, posa un bref instant les yeux sur elle et se retourna, mais à l'instant où il s'en allait elle le retint. Dans le mouvement, la couverture glissa à terre et c'est nue qu'elle se serra contre lui. Aedan resta sans bouger, le souffle coupé. Une saute de vent écarta le rideau d'une fenêtre. Dehors, il faisait un soleil éclatant.

XIV

Les collines bleues de Preseli

AU MATIN du deuxième jour, Merlin était sorti de la forêt. C'était une triste journée d'hiver battue par le vent, aussi lourde et froide que son âme. Son rêve ne l'avait pas quitté. Dès qu'il fermait les yeux, l'image de sa mère frappée d'une flèche enflammée lui revenait à l'esprit, image terrible, insupportable, qu'il ne parvenait à chasser qu'en lançant son cheval au galop. Avec de la neige jusqu'aux canons, l'alezan épuisé ne tenait pas longtemps à cette allure, guère plus d'un mille, et Merlin ne se sentait pas le cœur de forcer sa monture. Chaque minute le rapprochait du but à présent, et cette évidence, au lieu de l'enflammer, lui pesait lourdement, par peur de ce qu'il y trouverait, mais aussi parce qu'il éprouvait le sentiment de trahir sa propre destinée, sur la seule foi de ce rêve. En lui-même, l'enfant ne cessait de ruminer les paroles de Blaise. Il marchait vers Caerfyrddin, mais les collines de Preseli étaient là, quelque part dans la brume de l'horizon, vers l'est.

L'enfant avait mis pied à terre pour soulager sa monture lorsque des cris lui parvinrent, portés par le vent. Merlin sursauta, parcourut du regard le paysage enneigé et les vit enfin, à une demi-lieue de là, galopant vers lui en brandissant déjà leurs armes. Deux cavaliers. Se pouvait-il que ses poursuivants l'aient pisté jusque-là, ou s'agissait-il d'une autre bande ? L'enfant ne prit pas le temps de s'en soucier. Il bondit en selle, talonna furieusement son cheval et parvint à le remettre au galop, mais la course de l'alezan était lourde, irrégulière et vicieuse, avec de brusques écarts qui menaçaient souvent de le désarçonner. Sans ralentir, il dégagea de ses arçons l'épieu qu'il avait arraché au paysan, dans la forêt. Il le serra contre lui et jeta un coup d'œil en arrière. Les deux hommes se rapprochaient irrésistiblement en hurlant comme à la chasse, dans une langue qu'il ne comprenait pas. Des Gaëls… Comment l'avaient-ils retrouvé ? Ils s'étaient séparés pour le prendre en tenaille, sans lui laisser d'autre choix que de filer droit devant, vers l'est, s'écartant un peu plus à chaque foulée de Caerfyrddin. Le souffle court et le corps endolori par cette course chaotique, Merlin ne parvenait pas à réfléchir. La peur s'était emparée de lui. Il voyait se profiler devant lui de hautes collines rocheuses et, tout en sachant que son cheval à bout de forces ne parviendrait pas à les gravir à cette allure, il ne pouvait que lui battre les flancs à coups de talons, claquer des rênes sur son encolure et l'implorer, encore et encore, de le sauver de ses poursuivants. L'alezan parvint à soutenir ce rythme insensé quelques minutes de plus, mais la pente se fit tout à coup plus abrupte. Les flancs du massif, couverts de bruyère, devenaient impraticables, il fallait à tout moment donner de la bride pour chercher une voie, perdre de précieuses secondes pour avancer ne serait-ce que de quelques toises. Merlin jeta un nouveau coup d'œil par-dessus son épaule, vit les Gaëls à une portée de flèche, et alors que son cheval renâclait, il prit une brusque décision. En tirant de toutes ses forces sur les rênes, il lui fit faire volte-face et l'élança dans la pente. Le cheval retrouva un peu d'allure, alors que ses poursuivants s'empêtraient à leur tour dans les bruyères. D'un regard, il jaugea la situation. Une petite ravine emplie de ronces et de broussailles séparait les cavaliers. Résolument, il battit les flancs de son cheval et fonça vers le plus proche des deux. En quelques secondes, il fut sur lui. L'homme tenta de faire face, mais Merlin s'accroupit sur sa selle et, se redressant de toute sa taille, se jeta sur lui en pointant son épieu. Le choc fut aussi brutal que s'il avait percuté un mur en plein galop. L'enfant fut rejeté en arrière comme un jouet. Son épieu arraché des mains, il s'abattit lourdement dans la rocaille enneigée, dévala la pente sur plusieurs toises avant de parvenir à s'immobiliser et se redressa avec une grimace de douleur, les bras et le visage écorchés. Les deux chevaux s'enfuyaient, mais le Gaël était resté à terre. De l'autre côté de la ravine, tout proche, l'autre lui lançait des insultes et brandissait sa longue lance. Merlin se pressa jusqu'auprès du corps inanimé du guerrier. L'épieu, fiché sous son épaule, s'était brisé dans la chute, mais ce n'était pas cela qui l'avait tué. En tombant, l'homme s'était fracassé le crâne sur une pierre couverte d'un lichen gris qui buvait déjà son sang. Frénétiquement, Merlin saisit la lance du mort, recula vers un éboulis rocheux et se tourna vers son second agresseur.

Étrangement, l'homme n'avait pas bougé. Toujours de l'autre côté du roncier, il faisait face à la plaine où s'échappaient les chevaux. Un instant, il sembla hésiter puis se tourna vers lui, lança une dernière insulte gutturale et mit sa monture au trot.

Merlin le regarda s'en aller. L'alezan éreinté s'était immobilisé à mi-pente. Le Gaël n'eut qu'à se pencher pour saisir ses rênes, et repartit sans se hâter vers le cheval de son infortuné compagnon qui, lui aussi, était immobile. Un instant, Merlin craignit qu'il ne revienne, mais l'homme reprit le chemin de la forêt sans se retourner. Il avait les chevaux, ainsi qu'on le lui avait ordonné, et aucune envie de livrer combat. C'était fini…

Épuisé, Merlin se laissa glisser contre la roche avec un gémissement de douleur. Sur ses joues, ses mains et ses bras, du sang perlait de dizaines d'écorchures, chaque respiration lui cuisait affreusement, mais avant tout il se sentait brisé de chagrin, écœuré de lui-même et vidé de toute volonté. Les Gaëls l'avaient poussé loin de Caerfyrddin, vers l'est et l'intérieur des terres, au lieu de descendre vers le sud et la mer. En d'autres circonstances, sans doute aurait-il reconnu l'endroit d'un simple coup d'œil, mais la peur lui avait voilé les yeux tout au long de la poursuite et à cet instant, véritablement, il n'avait pas la moindre idée de l'endroit où il se trouvait.

Lorsque enfin il eut retrouvé son souffle et maîtrisé le tremblement qui l'agitait depuis qu'il avait tué cet homme, il releva les yeux vers la crête rocheuse qui le dominait. De là-haut, peut-être parviendrait-il à voir un village. Alors il se releva tant bien que mal et, s'appuyant à la lance du Gaël, commença à se frayer un chemin dans la bruyère. Bientôt, il lui fallut s'agripper aux racines et aux roches pour gravir les dernières toises, tant la pente était raide et le vent violent. Au sommet, des rochers acérés jaillissaient de partout, pareils aux écailles d'un dragon enseveli. Des bourrasques chargées de neige tourbillonnaient entre les hautes pierres, dans un concert confus de mugissements sourds et de stridences assourdissantes. Merlin se sentait parfois aspiré puis poussé dans le dos, rejeté par une rafale rageuse, et seul un acharnement animal, au-delà de toute raison, le faisait encore avancer. Il progressa tant qu'il le pouvait entre l'amas chaotique des hautes pierres, jusqu'à ce qu'il s'écroule, hors d'haleine, contre une dalle monumentale, le visage crispé par l'effort. Le cœur au bord des lèvres, il resta là un long moment sans accorder un regard au paysage infini qui s'étendait devant lui. Du haut de cette colline, on voyait pourtant le pays tout entier : la côte où les Deisi Muman avaient débarqué et où ils regroupaient sans doute leurs forces, la forêt, derrière lui, et les grandes plaines de l'Ouest. Merlin cependant restait prostré sous le tumulte des vents. Les yeux clos et le visage enfoui entre ses bras, il demeura ainsi jusqu'à ce qu'il sente naître en lui une sensation étrange, un espoir informulé qui peu à peu l'arracha à sa détresse. Il releva enfin les yeux et regarda autour de lui, le cœur battant. Il y avait quelque chose de familier dans ces roches désolées, dans leur couleur même, étrangement bleutée. Et, comme si cette simple constatation déchirait le voile de panique, d'épuisement et de souffrance qui avait jusque-là obscurci son esprit, il se dressa d'un bond. Ces roches bleues sauvages et escarpées, ce chaos de pierre désertique, étaient connues d'un bout à l'autre du pays. Ainsi, le destin avait voulu qu'il obéisse à Blaise ou à ce qu'il nommait la volonté divine. Merlin s'en sentit profondément troublé. De nouveau, alors qu'il avait repris le chemin de Caerfyrddin, le hasard avait voulu qu'il trouve justement refuge dans ces terres interdites. Les collines de Preseli… L'entrée de l'Autre Monde, la Terre du Dessous où séjournaient les âmes des morts, et dont elles ne sortaient que lors de la nuit de Samain… Ce soir même…

Avec hésitation tout d'abord, puis de plus en plus impatiemment, il se mit à fouiller chaque anfractuosité à la recherche d'un hypothétique passage, mais il lui apparut vite qu'il n'en existait pas, ou du moins pas assez visible pour se révéler aussi facilement. Alors il revint s'asseoir à l'abri d'un rocher et se recroquevilla afin de résister au vent.

Blaise sortit en silence et referma la porte derrière lui. La reine était retombée dans l'inconscience. Ses derniers mots avaient été à peine perceptibles, brouillés d'incohérences et de pleurs. Ce n'était pas une confession, mais l'oraison d'une vie de remords, dont il portait déjà le secret depuis de longues années. Depuis la naissance de Merlin, à vrai dire…

En se retournant, le bénédictin ne put réfréner un mouvement de surprise. La grande salle, déserte à son arrivée, s'était remplie de religieux, de nobles et de guerriers qui, tous, fixaient sur lui des yeux chargés de la même fatigue et du même espoir. Il accepta le gobelet d'hydromel qu'un moine lui tendit, le remercia d'un hochement de tête et but longuement pour se donner du temps ou du courage, puis il alla lui-même reposer son verre sur une table. Il y avait là du pain, des fruits secs et des noix, et il dut se faire violence pour ne pas se jeter dessus, tant il avait faim. Lentement, il revint auprès de l'abbé et leur fit face.

— Il n'y aura pas d'armée de secours, avoua-t-il. Guendoleu est mort et la Cumbrie en est réduite, comme nous, à livrer bataille pour sa propre survie. J'ai menti à la reine pour la rassurer, que Dieu me pardonne…

Des regards effarés furent leur seule réponse, puis un seigneur recouvert d'une coûteuse cotte de mailles écarta ceux du premier rang pour se porter jusqu'à lui.

— Ce n'est pas possible ! cria-t-il. C'est maintenant que tu mens !

— Seigneur, non, dit Blaise. Le roi Guendoleu est tombé dans une embuscade près de Carlisle. Tous ceux qui l'accompagnaient sont morts, hormis le prince Emrys Myrddin.

Blaise voulut continuer, mais chacun y alla de sa question, avec un empressement tel qu'il dut reculer jusqu'à la table. Un guerrier portant un pansement sale autour du crâne le saisit par le bras avec une force terrible, exigeant des détails sur la bataille. Une dame de compagnie d'Aldan demandait des nouvelles du prince, d'autres voulaient savoir comment il avait franchi les lignes gaéliques, et Blaise se sentait perdre pied lorsque la voix du père Dawi ramena un peu d'ordre dans ce tumulte.

— Au nom de Dieu taisez-vous ! tonna-t-il. La reine lutte pour sa vie en ce moment même, faut-il vous le rappeler ?

Le groupe s'écarta avec rancœur, en jetant des regards en coin vers la porte close des appartements royaux. Dawi se rapprocha de Blaise et lui posa une main sur l'épaule, mais son regard n'avait rien d'amical. Le mensonge de son moine l'avait grisé d'espérances après tant de jours d'épreuves et déconsidéré aux yeux de tous ceux qui s'étaient réunis ici, à son appel. Pour eux tous, désormais, l'avenir était plus sombre encore.

— Dis-nous ce qui s'est passé, fit-il d'un ton rude. Et où est le prince ?

— La reine m'avait demandé de veiller sur lui, dit Blaise. C'est ce que j'ai fait. Quand je l'ai trouvé, il se cachait dans les bois et tous les autres étaient morts. Il… Il avait le torque d'Ambrosius. Guendoleu le lui a donné avant de mourir. Nous avons dû nous séparer, à quelques dizaines de lieues d'ici, et Merlin… je veux dire le prince Emrys… me l'a confié.

Une vague de murmures parcourut l'assemblée.

— Eh bien, où est-il, ce torque ? fit Dawi en haussant le ton pour y mettre un terme.

— Ici…

Blaise fouilla sous son froc noir et brandit le collier d'or, assez haut pour que tous puissent le reconnaître.

— Je voulais le rendre à la reine, murmura-t-il en le serrant contre lui.

Pendant un instant, dans un silence absolu, tous les yeux se fixèrent sur le torque, puis Blaise le tendit d'un geste hésitant à son supérieur.

— Sans doute est-ce à vous, mon père, de le conserver, désormais.

Dawi l'arrêta aussitôt.

— Garde-le, mon frère…

De nouveau, il lui toucha l'épaule, mais cette fois avec sincérité.

— … et pardonne-nous.

L'abbé poussa un long soupir puis alla s'appuyer contre la table.

— Ce soir, j'aimerais que tu dises la messe avec moi, en l'honneur des morts…

Blaise acquiesça d'un signe de tête, puis son sang se glaça lorsqu'il prit la mesure de ce que venait de dire l'abbé.

— Jamais encore n'aurons-nous eu autant de morts à pleurer pour une nuit de Toussaint, murmura Dawi.

Se détournant de Blaise, il regarda au-dehors se lever les brumes glacées du crépuscule. Les autres s'écartèrent à leur tour, certains avec un signe de tête ou un geste de réconfort pour le moine, lequel bientôt resta seul, les mains toujours crispées sur le collier d'or. À présent que nul ne s'occupait plus de lui, il alla se servir de fruits secs et de pain, ainsi que d'une nouvelle rasade d'hydromel.

— Sans doute Dieu n'a-t-il pas voulu que l'emblème de la Bretagne reste aux mains d'un païen, dit l'abbé sans se retourner. Et pourtant Guendoleu était un homme juste et un guerrier de valeur, digne de cet honneur… Ce soir, je prierai pour lui et pour les siens. Tu dis qu'ils sont tous morts ?

— Je le crains, mon père.

— Qui les a attaqués ?

— Des Scots…

Blaise secoua la tête d'un air dégoûté, revoyant le champ de bataille jonché de cadavres.

— … Pas seulement des Scots, ajouta-t-il. Ceux qui ont mené l'assaut final étaient des Bretons, de la bande d'Ellifer.

À ces mots, un tollé s'éleva dans la grand-salle. Pour tous ceux du Dyfed, et malgré les circonstances qui en faisaient aujourd'hui des alliés, les montagnards du Pays Blanc étaient un ennemi bien plus ancien que les Saxons ou même les Gaëls qui venaient d'envahir leurs côtes. De nouveau, le vacarme de leurs commentaires enfiévrés résonna entre les murs, et de nouveau une voix forte les fit taire.

— Tu mens, moine !

Tous se retournèrent vers le fond de la pièce. Un homme vêtu d'une chape sombre qui lui couvrait la tête se détacha de la zone d'ombre où il avait jusque-là trouvé refuge. D'un geste provocant, il rejeta son capuchon en arrière puis leur opposa son visage brutal et méprisant. Rares, en fait, étaient ceux qui le connaissaient, hormis les hommes de guerre les plus âgés, ou ceux qui avaient fait avec Aldan le voyage jusqu'à Dun Breatann et assisté dans sa suite au conseil des rois.

— Qui es-tu, toi ? lança d'un ton méprisant le seigneur au haubert de mailles.

— Je suis Gurgi de Gwynedd, fils d'Ellifer, et chef d'une troupe que nul ne peut insulter sans en rendre raison !

Bousculant moines et nobles, tous les hommes d'armes de l'assistance se portèrent devant lui, la main à l'épée et les yeux pleins de haine.

— Suis-je votre ennemi ? dit Gurgi sans reculer. Je suis venu ici en paix et je ne porte pas d'armes.

Il défit son manteau qu'il laissa tomber à terre et écarta les bras. Sur son torse puissant, une croix de bois se balançait au bout d'un lacet, à chacun de ses mouvements.

— Les chiens de guerre des Sept Cantons frapperont-ils un homme désarmé sous le toit de leur souveraine ?

— Qu'est-ce que tu veux ? cracha l'homme à la tête bandée. Dis ce que tu as à dire et va-t'en !

Gurgi abaissa les bras lentement et le regarda avec une moue narquoise.

— On m'avait parlé de votre sens particulier de l'hospitalité...

L'homme réagit haineusement, mais Gurgi dressa devant lui sa main ornée d'une bague. Un anneau d'or serti de turquoises...

— Tu reconnais cet anneau ? Non ? Personne ? Et vous, mon père, il vous dit quelque chose ?

L'abbé Dawi s'avança vers lui, regarda sa main tendue et l'expression de son visage fut assez éloquente.

— L'anneau de la reine Aldan, dit Gurgi d'un ton triomphant. L'anneau qu'elle offrit à Ryderc Hael avant de quitter la Forteresse des Bretons et que Ryderc lui-même me remit lorsqu'il apprit que des Scots menaçaient Guendoleu et son escorte. Ryderc voulait que notre bande se porte à son secours, et que Guendoleu sache, grâce à cet anneau, que nous lui obéirions désormais.

Il marqua un temps, écarta de son chemin l'homme à la tête pansée et alla se servir à boire.

— Hélas, nous sommes arrivés trop tard, reprit-il un ton plus bas. Les Scots avaient déjà tué Guendoleu, que Dieu ait son âme. Mais par le Ciel nous leur avons fait regretter d'avoir mis les pieds en Bretagne !

— Ça n'a aucun sens ! s'exclama Blaise. Chacun de ceux qui étaient au conseil des rois vous a vus refuser l'alliance de Guendoleu et quitter Dun Breatann en ennemis ! Pourquoi seriez-vous venus à son secours ?

Gurgi se tourna vers le moine, vida son gobelet d'un trait et s'essuya du revers de la main. Un instant, il lui sourit calmement, puis tout à coup il saisit violemment Blaise par le col et brandit sous son nez la croix qu'il portait en sautoir.

— C'est toi qui me le demandes, mon frère ? Je suis chrétien, comme tous ceux du Gwynedd, au nom de Christ et de l'Esprit saint. J'ai obéi à Dieu, voilà pourquoi !

Ils restèrent ainsi quelques secondes, puis le montagnard le repoussa et détourna la tête d'un air écœuré.

— D'ailleurs tu ne sais rien, lâcha-t-il. Tu es arrivé après la bataille et parce que certains des nôtres gisaient à terre tu crois que nous avons combattu nos frères de Cumbrie. Merlin a le torque et tu crois que Guendoleu le lui a donné… Merlin qui, comme par hasard, est le seul à s'en être sorti vivant !

Blaise entendit les murmures autour de lui. L'abbé Dawi lui-même détourna le regard. Ici, le prince Emrys Myrddin n'avait jamais été qu'une gêne…

— Toi aussi, il te faudra obéir à Dieu, frère Blaise, reprit Gurgi. Tu as vu l'évêque Kentigern, n'est-ce pas, après le départ de la reine ?

Le moine hocha la tête, en rougissant malgré lui sous le regard de l'assistance.

— Eh bien, que t'a-t-il dit ?

Blaise ne répondit pas tout de suite. L'hydromel lui montait à la tête, des tremblements l'agitaient de nouveau et, même s'il rejetait de tout son être les insinuations du montagnard, il ne parvenait pas à ordonner ses pensées. Il se concentra sur Kentigern, se revit dans le prieuré, dans la cellule glacée de l'évêque, aussi misérable que la hutte d'un maraud. Ce qu'ils avaient dit relevait du secret de la confession. Depuis qu'il avait libéré son âme auprès de lui des années plus tôt, Kentigern était le seul avec qui il pouvait parler librement de Merlin, le seul qui partage les confidences de la reine Aldan, le seul qui connaisse la vraie nature du prince bâtard Emrys Myrddin.

Sentant peser sur lui les regards de toute l'assemblée, Blaise se ressaisit.

— Ce que l'évêque m'a dit ne vous regarde pas, seigneur Gurgi, fit-il en redressant le menton. Mais il est vrai que nous avons parlé du prince Myrddin.

Il toucha le torque qu'il avait de nouveau passé à sa ceinture.

— Et le fait que le torque d'Ambrosius Aurelianus soit de retour en Dyfed est conforme aux ordres que j'ai reçus. C'est tout ce que je dirai…

— Ouais, fit Gurgi avec un ricanement de mépris. Eh bien je vais vous dire, moi, ce que l'évêque a demandé. Le torque ne doit pas être perdu, ni revenir en de mauvaises mains. Aujourd'hui, le seigneur Guendoleu est mort, paix à son âme, et votre reine ira bientôt le rejoindre…

Des grommellements indignés parcoururent l'assistance, mais chacun ne savait que trop qu'il disait vrai.

— Nous sommes attaqués de toutes parts, messires, et il n'est plus temps d'hésiter. Le torque doit revenir au seul homme capable maintenant de fédérer toutes les tribus de Bretagne et de nous mener à la victoire.

— Ryderc, hein ? dit Blaise.

— Ryderc, oui ! Ryderc Hael, roi du Strathclyde et fils de Dieu, comme nous ! Et pas un bâtard né du diable, un mage à peine humain attaché aux vieilles croyances, aussi païen qu'un Saxon !

Cette fois, les grommellements trahissaient l'assentiment de tous. Blaise se sentait perdre pied. Les paroles de Gurgi le révulsaient, et cependant il ne parvenait pas à formuler le moindre argument qui puisse le faire taire et l'empêcher de répandre ainsi son fiel sur Merlin. Il tenta de se rapprocher de son supérieur, mais Dawi parla le premier.

— Frère Blaise, je crois que le seigneur Gurgi a raison. Il lui a fallu du courage, sans doute, pour venir porter ce message jusqu'ici, malgré tout ce qui a divisé autrefois nos royaumes. Qu'il en soit remercié...

Chacun le vit jeter un coup d'œil vers la porte close derrière laquelle agonisait la reine Aldan.

— Puisque notre reine n'est plus en état, hélas, de nous montrer la voie, je suis d'avis de nous placer sous la protection du seigneur Ryderc et de faire de lui le nouveau riothime, au nom de Dieu et de la Bretagne.

Des acclamations saluèrent cette décision. Tandis qu'ils se regroupaient autour de Gurgi, Blaise croisa furtivement le regard du montagnard. Un regard de victoire, plein d'ironie et de cruauté...

— Mon père, un mot encore ! lança-t-il à l'adresse de Dawi.

— Quoi, encore ?

Il y avait également de l'ironie dans le regard du père supérieur, et une nuance d'agacement, mais Blaise l'entraîna vigoureusement à l'autre bout de la pièce, loin des oreilles de Gurgi.

— Je sais que je n'ai aucune preuve, mais je suis certain que cet homme ment. Si vous lui donnez le torque, vous nous livrez à nos pires ennemis !

— Vraiment ? ricana l'abbé. Je croyais que nos pires ennemis étaient les Deisi Muman d'Hybernie ou ces porcs de Saxons...

— Écoutez, mon père, vous connaissez comme moi les exploits de la bande d'Ellifer. Ces gens-là sont des tueurs, des assassins sans foi.

— Et crois-tu aussi que le roi Ryderc soit un homme sans foi ? Avant que les Gaëls nous attaquent, j'ai longuement parlé du conseil avec la reine, de son choix en faveur de Guendoleu. Ryderc aurait été un meilleur riothime, elle-même en convenait, et si elle a pesé en faveur du Cumbrien, c'est uniquement parce que ses terres sont plus proches du Dyfed, et qu'elle craignait que l'alliance ne se déplace vers le nord, à combattre les Pictes et les Saxons plutôt que de nous protéger contre nos ennemis…

Blaise le dévisagea d'un air incrédule et bouleversé à la fois.

— Je l'ignorais…

— L'évêque lui-même soutient Ryderc Hael. Crois-tu aussi qu'il soit un homme sans foi ?

— Seigneur, non, murmura Blaise. Je ne penserais jamais une chose pareille…

Dawi hocha la tête et lui sourit.

— Tu es fatigué, mon frère. Ta route a été longue et difficile… Repose-toi. Demain, nous prendrons la mer pour rejoindre Dun Breatann et offrir ensemble le torque d'Ambrosius à Ryderc.

— Et Merlin ?

— Quoi, Merlin ?

Le père abbé réfréna difficilement un geste ulcéré.

— Tu l'as dit toi-même, tu ne sais pas où il est. Et d'ailleurs qu'est-ce que ça change ?

Un instant, Blaise faillit lui jeter au visage que le prince, en ce moment même, se préparait à la plus terrible des épreuves dans les collines de Preseli, pour la plus grande gloire de Dieu. Il se domina pourtant, et parvint même à maîtriser sa voix.

— Si la reine venait à mourir, ne serait-il pas l'héritier du royaume ? Ne lui appartient-il pas de décider ?

Dawi le regarda longuement, comme s'il doutait de sa santé mentale.

— Dieu nous garde de cela, murmura-t-il.

Il ouvrit la main, et comme Blaise ne comprenait pas, il désigna le collier d'or qui pendait toujours à sa ceinture.

— Le torque. J'accepte maintenant que tu me le confies…

Blaise marqua un temps d'hésitation mais s'exécuta. Au moment où l'abbé se saisissait d'une branche, il retint cependant le collier d'une brusque traction.

— Je resterai ici, dit-il. J'ai dit au prince Emrys que je l'attendrais à Caerfyrddin et c'est ce que je ferai.

— Comme tu veux… Qu'est-ce que ça peut faire ?

Dawi lui tourna le dos et alla rejoindre les autres. Un nouveau concert d'acclamations s'éleva lorsqu'il brandit le torque. Au bord de l'écœurement, Blaise s'écarta d'eux et, lentement, se dirigea vers la porte close de la chambre royale. À présent, pour Merlin et pour Aldan, il ne pouvait plus que prier.

XV

La nuit des morts

LE VENT était tombé. Merlin en prit conscience abruptement, comme un dormeur réveillé en sursaut, et réalisa en relevant la tête d'entre ses genoux qu'il faisait déjà nuit noire. D'un bond, il fut sur ses pieds. Le cœur battant, il regarda tout autour de lui, mais il n'y avait rien, absolument rien, où que portent ses yeux de chat. Tout au long des heures passées, replié sur lui-même pour résister aux furieuses bourrasques de neige qui balayaient le sommet de la colline, il avait songé à cet instant. L'éveil des morts... Il avait imaginé l'irruption d'armées de squelettes en armes, de cadavres décharnés emmaillotés dans leur linceul, quelque chose de terrifiant, d'insoutenable, mais de grandiose assurément, que le commun des mortels ne pourrait observer sans perdre la raison mais que lui, Merlin, parviendrait à supporter, puisque tous le croyaient... Il s'était même attendu à l'inimaginable, au spectacle d'abîmes hideux, de cieux déchirés ou d'embrasements immenses, mais certes pas à ce calme blanc, à cette entière immobilité. Il y avait sans nul doute quelque chose d'anormal dans ce silence absolu, quelque chose de menaçant, comme à l'approche d'un fauve ou d'une tempête. Le ciel chargé de nuages ne laissait apercevoir ni la lune ni la moindre étoile. Pas un souffle de vent pour agiter l'herbe rase sous ses pieds ou la neige constellant les grandes roches. Alors, comme le moindre geste aurait semblé incongru dans cet engourdissement complet de la terre et du ciel, l'enfant revint s'adosser contre la dalle qui l'avait jusque-là protégé, croisa les bras et attendit.

Ce fut une longue attente, dans le froid mordant de cette nuit du mois du roseau, et ce qu'il lui restait de raison ne cessait de lui hurler de fuir, fuir à toutes jambes tant qu'il le pouvait encore, au lieu de s'exposer au sacrilège et à la damnation. La peur et le froid se saisissaient de lui de plus en plus cruellement, alors il se serra plus fort dans ses bras, à s'en faire mal. D'autres auraient été totalement aveugles dans ces ténèbres, mais sans doute eût-ce été préférable, car rien de ce qu'il parvenait tout juste à distinguer ne pouvait le rassurer. Des roches aiguës, tranchées d'ombres, le cernaient de toutes parts comme les vestiges d'une forteresse détruite. Dans le froid de plus en plus intense, il voyait la neige se figer, les flaques d'eau geler et les roches se craqueler de givre. À chacune de ses respirations, un nuage blanc s'exhalait de ses lèvres haletantes. La tunique des elfes ne le protégeait plus, ni son manteau de mouton. Il se vit couvert de givre lui aussi, saisi jusqu'aux os, englobé comme les pierres et la bruyère dans cette glaciation insidieuse qui semblait gagner le ciel lui-même. Et dans son cœur transi s'instillait une angoisse croissante, irraisonnée, car rien de ce que ses sens pouvaient lui apprendre ne la justifiait, hormis ce froid insensé. On ne voyait toujours rien, pas le moindre mouvement, mais l'épouvante glacée qui l'étreignait tout entier imposait comme une évidence, au-delà des mots, au-delà même des pensées informulées, que la nuit des morts venait de commencer.

Merlin était une statue de gel, à présent, pareil aux rochers de Preseli, incapable du moindre mouvement, aussi pétrifié que les menhirs parsemant la plaine tout autour des collines sacrées. Comme une pierre, vraiment, impuissant et inerte, il sentit le froid descendre encore de plusieurs degrés, si vif qu'il en devenait brûlant et que les pierres se fendaient tout autour de lui avec des crissements affreux. Un froid tel qu'aucun être humain ne l'aurait supporté, alors que ses membres ne lui répondaient plus et que les battements de son cœur se ralentissaient inexorablement.

Merlin eut l'intuition de sa propre mort, il la sentit le gagner sans hâte, ronger lentement ce qui lui restait de vie. Ses sens ne percevaient plus rien, plus un son, plus une odeur, rien d'autre que l'image brouillée d'un paysage saisi par la brume. Et c'est ainsi qu'il eut tout à coup le sentiment d'une présence.

Quelque chose montait jusqu'à lui, lentement, dans le brouillard. Quelque chose d'effroyable, une abomination indicible et pernicieuse qui s'emparait de son corps et de son âme.

De tout son être il voulut crier, hurler de terreur devant cette horreur invisible, mais une pierre ne crie pas. Une pierre ne peut que résister au vent, à la neige ou à la pluie, s'éroder sans doute et se débarrasser de toutes ses aspérités jusqu'à devenir immuable pour l'éternité. Ainsi était Merlin lorsque le souffle du premier défunt le traversa.

Cela ne dura qu'une fraction de seconde, mais ce fut un instant d'épouvante absolue. Dans un jaillissement hideux inondant brusquement son cœur et son esprit, l'âme du mort se mêla à celle de Merlin, et cette fulgurance suffit à l'enfant pour tout savoir d'un être qui lui était jusque-là inconnu, pour le connaître aussi bien que lui-même. Il vit son visage aux différentes étapes de sa vie, sut qu'il se nommait Blaen, qu'il était charpentier et qu'il avait succombé à une mauvaise chute, quelques heures plus tôt. Il connut l'horreur de son agonie et de son trépas, les joies de son enfance, ses amours, ses peines et ses rancœurs, toutes ses fautes et tout son savoir. Il sut vraiment tout ce que Blaen savait, tous ses secrets, ses regrets et ses remords, tout son savoir-faire de charpentier. Cela ne dura que le temps d'un battement de cœur, pas plus, et aussitôt le spectre le quitta, si vivement que l'enfant en eut le souffle coupé. Merlin ne pouvait toujours ni bouger ni émettre un son. Ses pensées étaient obscurcies par l'irruption de toute cette existence dans sa propre mémoire, incapables d'assimiler autant de souvenirs, bouleversées, terrifiées. Il eut le sentiment confus que d'autres passaient sans l'effleurer et se répandaient sur le monde, mais aussitôt l'émanation d'un autre défunt le posséda de la même manière et aussi fugacement. L'âme d'un guerrier. Un Gaël mort noyé, dont il comprit aussitôt la langue… Puis il y en eut d'autres, des dizaines, des centaines, qui entrèrent ainsi en lui, hommes et femmes, nobles ou marauds, Gaëls, Saxons ou Bretons, et chaque fois l'enfant s'imprégnait du jaillissement brut d'une vie entière, à une cadence telle qu'il se sentait sombrer, basculer irrémédiablement à leur suite vers le néant de l'Autre Monde. Ses mains toujours crispées sur ses bras le serraient jusqu'au sang mais il ne pouvait s'en rendre compte, tant son âme ne lui appartenait déjà plus.

Et puis, soudain, tout s'arrêta.

Un spectre, encore, venait le hanter, mais ce n'était pas, cette fois, celui d'un inconnu. Guendoleu... C'était Guendoleu qui était en lui. Sans une parole ni même une pensée intelligible, l'aura du roi le réchauffa, l'apaisa, le ramena à la vie. De son vivant, Merlin s'était souvent senti rassuré à ses côtés, sans qu'aucun mot fût nécessaire. À présent, cette force était en lui-même. Elle ne se contentait pas de le traverser, comme les autres, et de violer son âme, mais se déversait en lui tel un sablier. Cela ne dura sans doute qu'un court moment, mais l'enfant comprit, malgré le chaos de sa conscience, qu'il y avait là quelque chose d'irrémédiable. Un don. Le don absolu, celui d'une vie entière. Merlin voulut lutter, ressentant instinctivement qu'il ne pouvait accepter un tel présent, mais le spectre du roi resta là jusqu'au bout, jusqu'à ce qu'il se dissipe en lui comme une fumée dans le ciel. Et quand ce fut fini, quand l'âme de Guendoleu, vidée de toute sa vie, rejoignit les cieux, Merlin réalisa que l'atroce épouvante qui le paralysait jusqu'alors avait disparu. Il restait incapable du moindre geste, mais ses yeux maintenant dessillés contemplaient un spectacle qu'aucun mortel avant lui n'avait pu percevoir. Les âmes des morts, par milliers, se répandaient sur les collines de Preseli, et partout il pouvait les suivre. Aux quatre coins de l'île de Bretagne, les druides cueillaient le gui ce soir-là et sacrifiaient des taureaux blancs. Les prêtres disaient des messes et les hommes allumaient des bûchers pour accueillir les disparus, recevoir l'héritage de leurs derniers messages avant qu'ils ne s'en aillent à jamais.

Tout au long de la nuit, d'innombrables esprits le traversèrent encore, mais l'enfant parvenait maintenant à leur parler, à accueillir volontairement ceux dont il souhaitait l'expérience ou à maintenir à distance les âmes mauvaises, chargées de haine et de vengeance. Des dizaines, comme Guendoleu, restèrent en lui jusqu'à l'anéantissement. Cadvan, Diwel et bien d'autres guerriers de Cumbrie ou du Dyfed qui avaient eu naguère de l'affection pour lui, mais aussi des bardes, des vates et des druides morts dans l'année, qui lui faisaient le don suprême de tout ce qu'avait été leur vie et ouvraient son esprit au plus immense des savoirs.

Merlin ne souffrait plus. Son corps restait immobile, encore déformé par les affres des premières possessions, mais il en était détaché, absent, indifférent. Les âmes des morts lui apparaissaient si clairement désormais qu'il devinait leur vie entière à l'aune de ce qu'il avait déjà appris, et que la plupart d'entre elles s'écartaient de lui. Le flux se faisait moins dense peu à peu, et celles qui rôdaient encore étaient le plus souvent hideuses, à ce point méprisables que nul mortel ne les invoquait et qu'elles étaient condamnées à errer vainement dans les collines, jusqu'à ce que le Sid se referme en les engloutissant pour une année encore, ou pour l'éternité. Aucune d'elles n'osait l'approcher, et Merlin d'ailleurs ne les craignait pas, mais alors que les ténèbres s'éclaircissaient et qu'une aube pâle se dessinait au loin, il ressentit de nouveau brusquement l'angoisse oppressante qu'il avait connue au début de la nuit. Une présence effrayante, immense, s'approchait de lui, indistincte encore et hésitante, mais à ce point chargée de chagrin que le cœur de l'enfant se brisa et qu'il se mit à pleurer avant même de l'avoir reconnue. Ce que ses yeux brouillés de larmes n'auraient pu voir, il le ressentit au plus profond de son être, et ce sentiment était si atroce qu'il lutta pour le rejeter, alors même que le spectre vibrait maintenant aux frontières de sa conscience.

— Mon fils, ne me repousse pas…

De saisissement, Merlin perdit toute maîtrise. C'était la voix de sa mère qui parlait en son cœur. L'image d'Aldan, telle qu'elle était apparue dans ses rêves, mortellement blessée et criant son nom, surgit en lui malgré tous ses efforts pour la refouler. Les yeux de l'enfant pleuraient, mais son âme aussi, son cœur et son esprit, broyés de chagrin, flétris, révoltés.

— Regarde-moi.

— Non…

— Emrys, je sens tes larmes et ta honte, mais tu n'as aucun reproche à te faire…

— Je n'étais pas là… J'aurais pu.

— Emrys, tu n'aurais vu que l'agonie d'une vieille femme, sans rien comprendre de ce que j'aurais pu te dire. Blaise est resté avec moi. Il m'a parlé jusqu'au bout, et je sais toutes les questions qui te hantent… Je t'offre plus que des réponses, mon fils. Je t'offre le secret de ma vie et celui de ta naissance… Ne résiste pas. L'aube est proche, il n'y a plus de temps…

Merlin ne répondit pas, mais son cœur s'ouvrit. Aussitôt, et avec une violence telle que son corps lui-même en fut ébranlé, la vie d'Aldan se déversa en lui.

Dans l'instant, tout ne fut que confusion. Trop de souvenirs, trop de vies s'emmêlaient, aussi bruyants et agités qu'une foule au marché. Des bribes de vie lui revenaient en mémoire, des pans entiers dont il se rappelait sans les avoir vécus, et toutes ces existences charriaient leur lot de rêves et de rancœurs, de bassesses, de remords et de fiertés. Des dizaines, des centaines de visages aimés, femmes, jeunes filles, enfants, vieillards et amants, venaient lui réchauffer le cœur, alors que des dizaines, des centaines d'autres le glaçaient d'horreur ou de dégoût.

Le temps n'avait plus prise sur Merlin. Son corps transi n'était plus que l'enveloppe figée d'un bouillonnement irrépressible, et s'il avait pu en avoir conscience sans doute aurait-il été épouvanté de se voir ainsi, pétrifié, hâve et les yeux révulsés.

Lentement pourtant, alors que la neige s'était remise à tomber et le recouvrait peu à peu, les réminiscences de toutes ces vies s'ordonnaient en lui, et le tumulte des premières heures laissait place à un tel sentiment de plénitude qu'il aurait pu rester éternellement ainsi et se détacher lentement du monde des vivants.

Ce fut Aldan, en lui, qui l'arracha à cette béatitude morbide. Sans qu'il en eût conscience, ses divagations prenaient un sens nouveau, irrésistiblement. C'était un chemin douloureux et malaisé, celui de souvenirs qu'Aldan elle-même avait enfouis profondément de son vivant, et qu'il fallait défricher comme un sentier envahi de ronces et d'orties. Ce n'était au début que l'évocation de moments délicieux. Son enfance princière, sa rencontre avec Ambrosius Aurelianus, leur mariage et leur nuit de noces… Puis venait la période sombre. La guerre contre Vortigern. La défaite. L'exil. Une fuite en bateau, de nuit, sur une mer mauvaise. L'abri d'une immense forêt, au bout du voyage…

Quelque chose en Merlin cherchait à le ramener en arrière. Tel un noyé dont le corps inconscient remonte à la surface, une part de lui-même tentait de l'arracher à cette spirale délétère, alors qu'une autre partie se tendait au contraire de toutes ses forces vers le sombre gouffre qu'il percevait désormais. La forêt encore... Des souvenirs flous, si lointains qu'il n'en restait presque rien. Des visages pourtant, des silhouettes pareilles à des enfants. La confusion d'un combat, mais avec le sentiment que les enfants des bois étaient des amis. Puis enfin des visages plus précis. Le souvenir d'un nom. Un visage, surtout, dominant les autres dans le tréfonds de sa mémoire.

Le choc fut si fort qu'il rejeta Merlin en arrière, loin de l'abîme de ces souvenirs oubliés, jusqu'à la surface de la conscience. Brusquement libéré, son corps couvert de neige se convulsa, roula à terre et se débattit, dans les affres d'une douleur indicible. Puis l'enfant hurla à s'en déchirer la gorge, griffa la neige, secoué de tremblements affreux, vomissant et pleurant à la fois, durant un temps infini.

Le visage qu'il avait vu n'était pas humain, et pourtant en tout point semblable au sien. C'était le visage de l'amant de sa mère. Le visage de son père véritable. Et son nom était Morvryn.

Il y avait peu de bâtiments de pierre, à Dunadd, en dehors des remparts. La salle commune, où les Scots tenaient conseil depuis l'époque du roi Gabran, n'était pas de ceux-là. Assez vaste pour contenir une centaine d'hommes, elle ressemblait à une coque de navire renversée dont les mâts auraient constitué les piliers centraux, sans fenêtre ni autre ouverture qu'une simple trouée, à son faîte, pour laisser sortir la fumée. Pour toute décoration, on avait cloué aux murs les grands boucliers des guerriers disparus, ce qui contribuait encore à donner à la pièce l'air d'une barque pirate drossée à terre par quelque ouragan. Les Scots étaient là depuis deux générations, mais ils semblaient pour la plupart ne jamais avoir quitté la mer. Leur royaume d'îles montagneuses battues par les flots ne faisait que prendre pied sur la terre ferme, rongeant lentement les immensités septentrionales du territoire picte. À regarder les chefs de clan assemblés autour de leur roi, Guendoloena se sentait partagée entre l'effroi des atrocités dont on n'avait cessé de lui faire récit tout au long de son enfance et le sentiment trouble d'être l'une des leurs, désormais, aussi rude et sauvage que leurs montagnes ou leurs rivages. Elle avait pris place au côté d'Aedan sur un trône de bois sombre sculpté de symboles chrétiens et d'oghams [1] magiques dont elle ne comprenait pas le sens, tandis qu'autour d'eux, agitant des encensoirs, les moines d'Iona, de Cella-Duini et de Luss déroulaient en langue vulgaire une longue litanie de psaumes guerriers et vengeurs choisis pour l'occasion.

— Je vous louerai, Seigneur, de tout mon cœur, clamait le prieur. Vous avez fait reculer mes ennemis ; ils sont devenus sans force et ont péri devant votre face.

— *Benedicamus Domino. Deo gratias...*

— Vous m'avez rendu justice, vous avez fait triompher ma cause.

— *Benedicamus Domino. Deo gratias...*

Marmonnant avec les autres les réponses rituelles, elle glissa un œil vers Aedan, que la prière semblait enivrer plus encore que les vapeurs d'encens.

1. Runes irlandaises.

— Vous avez châtié les nations, et l'impie a péri ; vous avez effacé leur nom à jamais et pour tous les siècles.

— *Benedicamus Domino. Deo gratias...*

— Les épées de l'ennemi sont pour toujours réduites à l'impuissance, vous avez détruit leurs villes et leur souvenir s'est abîmé avec fracas [1].

— *Benedicamus Domino. Deo gratias...*

Tel était leur dieu, vengeur et impitoyable, enrobant de grâce divine les tueries et les pillages passés ou à venir. Guendoloena baissa les yeux et, dans le secret de son cœur, adressa au Dieu d'amour et de pardon qu'elle révérait une prière pour elle et pour cette vie naissante qui croissait dans son ventre. Elle pria pour qu'Aedan accepte cet enfant comme le sien et pour qu'il ignore à jamais qui pouvait en être le père...

Soudainement, elle prit conscience du silence qui s'était abattu sur la salle. Elle croisa le regard de Kentigern, qui hochait la tête avec un sourire ému devant ce qu'il prenait sans doute pour une manifestation de ferveur. La jeune femme se sentit perdre contenance, mais l'évêque s'était déjà retourné vers l'assistance.

— Mes frères, rendons grâces à Dieu d'avoir mis sur le trône le noble Aedan, fils de Gabran, roi et fondateur du Cenel nGabrain, afin qu'à jamais ce royaume répande la lumière du Christ ressuscité.

— *Deo gratias.*

La réponse marmonnée d'une seule voix par les moines surprit Aedan autant que Guendoloena elle-même, mais il en parut flatté et s'installa plus confortablement pour attendre la suite.

1. Psautier bénédictin. Psaume 9.

— Grâces soient rendues à notre cher Columb Cille, la Colombe de l'Église, qui dans sa très haute sagesse a su guider vers le roi l'épouse qu'il lui fallait pour régner à jamais pour le plaisir de Dieu.

— *Deo gratias.*

— Mes frères, que tous voient ici l'épouse promise d'Aedan mac Gabran, notre bien-aimée Guendoloena, fille de l'Église et sœur de Ryderc de Strathclyde. Que leur mariage prochain soit le garant de la paix entre les royaumes chrétiens, et que l'impie se voile la face devant l'éclat de leur gloire. *Agimus tibi gratias, omnipotens Deus, pro universis beneficiis tuis, qui vivis et regnas in saecula saeculorum, amen*[1].

— *Amen...*

D'un geste plein de componction, Kentigern traça sur eux le signe de la croix, puis il abandonna sa posture sacerdotale et leur sourit d'un air détendu.

— Voilà, dit-il à voix basse, tandis que derrière lui l'assemblée s'égaillait. Maintenant chacun saura que les Dal Riada auront bientôt une reine...

— Soyez-en remercié, dit Aedan. Car je n'aurais pu imaginer que Dieu daigne me faire un jour un tel présent.

Guendoloena sourit et le remercia d'un signe de tête, mais Aedan n'en avait pas fini. D'un geste, il fit venir ses fils. Les trois aînés se ressemblaient, assurément, et ressemblaient à leur père. Garnait, le plus âgé des trois, devait avoir un ou deux ans de plus que la princesse. Ses longs cheveux noirs et ses joues creusées des filaments sombres d'une barbe encore

1. « Nous Vous rendons grâces, Dieu tout-puissant, pour tous les bienfaits que Vous nous avez donnés, Vous qui vivez pour les siècles des siècles, amen. »

peu fournie lui donnaient un air sévère, d'autant qu'il ne souriait guère. Eochaid Find avait le poil aussi noir, mais un air plus enjoué. Quant au troisième, Tuthal, ce n'était qu'un jeune homme mal assuré, à peine sorti de l'enfance. Derrière eux, une nourrice portait au sein Domangart, le dernier fils qu'Aedan ait eu avec leur mère, la princesse picte Domelach.

L'un après l'autre et sans que leur père ait eu à prononcer la moindre parole, ils mirent un genou à terre devant Guendoloena et lui baisèrent la main en signe de soumission. Jusqu'au bébé, que la nourrice porta jusqu'à elle pour qu'elle lui touche le front.

Aedan, visiblement satisfait, hocha la tête à plusieurs reprises puis, à son tour, saisit doucement la main de celle qui était désormais sa fiancée devant Dieu et la porta à ses lèvres. Cela fait, il se pencha vers elle, l'embrassa sur la joue et murmura à son oreille : « Il me reste à être aimé de toi… »

Guendoloena n'eut pas le temps de répondre. Aedan entraînait l'abbé vers une grande tablée que des esclaves chargeaient de victuailles et de boissons et autour de laquelle se pressaient déjà tous les chefs de clan. Elle les suivit des yeux et son sourire se figea lorsqu'elle croisa le regard de Garnait, resté à ses côtés.

— Tu n'es pas ma mère et tu ne le seras jamais, murmura-t-il. Que Dieu maudisse les bâtards qui naîtront de ton ventre !

XVI

Le pas de Merlin

QUITTER la ville enfin, aller seul au pas lent des mules, laisser ses pensées divaguer dans le silence apaisant de la solitude, oublier le chagrin et la culpabilité… Dès qu'il eut franchi les collines bordant la Forteresse de la Mer, Blaise se sentit allégé du poids qui l'oppressait entre les murs de Caerfyrddin. Sans un regard en arrière vers la baie encombrée de navires en partance, il marchait plein ouest, vers Preseli. Deux jours s'étaient écoulés depuis la mort de la reine. La veille, ses funérailles avaient été expédiées avec une hâte offensante, puis Dawi et les autres s'étaient empressés de prendre la mer à la suite du seigneur Gurgi. Laissant derrière eux une ville exsangue et puant la mort, où des cadavres à peine recouverts de chaux pourrissaient à chaque coin de rue, ils fuyaient tous désormais par peur de la peste.

Au moins, dans les collines, l'air était-il pur. C'était une journée calme, avec une légère brise de terre qui charriait des flocons si infimes qu'on eût dit un brouillard. Les yeux fermés, laissant sa mule aller à son propre rythme, Blaise ne parvenait même plus à prier tant son cœur était lourd. Sa vie lui semblait un gâchis misérable, au service d'un dieu qu'il ne comprenait plus et d'une reine qu'il n'avait pas su réconforter à l'heure dernière, tant sa propre foi vacillait. Au nom de Dieu, le frère tuait le frère, pillait, brûlait sa maison. Des assassins aux mains rougies de sang se paraient de la croix du Christ tandis que ses brebis erraient dans l'abandon le plus total. Les yeux du moine avaient vu trop d'horreurs pour croire encore à la miséricorde divine, et s'il ne lui restait qu'un seul but, qu'une seule raison de vivre, c'était de retrouver Merlin. Que le serment qu'il avait fait à la reine sur son lit de mort soit honoré. Que l'enfant, au moins, reste en vie.

Assis en travers d'une selle qui crissait à chaque pas et à laquelle était fixée la longe d'une seconde mule chargée de ce qu'il avait pu trouver de vivres et de vêtements, Blaise chemina tout le jour sans rencontrer quiconque, comme si le pays tout entier s'était vidé. Il n'y avait plus trace des Gaëls, alors que dans l'état de jachère où se trouvait le royaume la moindre troupe s'en serait rendue maître sans coup férir. C'était comme si le Dyfed, depuis la mort d'Aldan, avait cessé d'exister. Cessé même d'attirer la convoitise de l'ennemi. Tout ce pour quoi des hommes s'étaient battus avec une hargne de chiens enragés semblait désormais être enseveli sous le manteau blanc de l'oubli.

Une telle absurdité l'aurait sans doute révolté quelques jours plus tôt. Plus maintenant. Au contraire, ce silence d'abandon prenait à ses yeux des allures de pénitence, de purgatoire. Le sang et les cendres se recouvraient de neige fraîche. Le bruit des batailles s'estompait avec tout le reste, sous le rideau de neige.

On ne voyait qu'à quelques toises, et ainsi chacun pouvait se croire seul au monde…

Blaise suivit jusqu'à la tombée du jour la route romaine traversant le pays depuis Caerleon, l'ancienne ville des légions. Il fit halte dans un bosquet de bouleaux, attacha les mules à un tronc et entreprit de s'aménager un abri pour la nuit. Il essaya de faire du feu, mais le bois était gelé, et il renonça, d'un seul coup abruti de fatigue. Sans même toucher aux vivres amassés dans ses fontes, il s'enroula dans ses couvertures et s'endormit aussitôt.

Ce fut une odeur de viande rôtie qui le réveilla.

La neige avait tombé toute la nuit, recouvrant les étoffes sous lesquelles il s'était enfoui. Quand il se découvrit, l'air vif le saisit. Il faisait beau, enfin. La lumière du soleil l'éblouit, et au début il ne parvint à distinguer qu'une silhouette accroupie près d'un feu, à quelques coudées de lui.

— Pardonne-moi, mon frère, mais je n'y vois rien.

— Je te pardonne, moine…

Blaise sentit son cœur s'étreindre. Cette voix… Il baissa la tête, papillota des yeux et, lorsque enfin il put supporter la lumière du jour, ce qu'il vit le laissa sans voix.

— Tu devrais voir ta tête… On dirait que tu as vu un fantôme.

Le moine se sentit abasourdi. La voix était celle de Merlin, bien dans sa manière d'ironie amère, mais l'être qui lui faisait face n'avait plus rien de l'enfant qu'il avait laissé à la lisière de la forêt. Ses longs cheveux noirs étaient devenus blancs, blancs comme neige, et son visage creusé paraissait plus pâle encore. Mais le pire était son regard. Il y avait une lueur, à présent, dans les yeux de Merlin, qui changeait tout, et que le moine ne parvenait pas à déchiffrer.

— Comment… Comment m'as-tu retrouvé ? dit-il.

— N'as-tu pas juré à ma mère que tu viendrais me chercher ? Je savais que tu respecterais ses dernières volontés… Et que tu prendrais la route des Romains.

Blaise secoua la tête.

— Alors tu sais que ta mère est morte, murmura-t-il.

— Oh oui, je le sais, fit Merlin avec un rire étouffé. Crois-moi, je le sais…

Du menton, il désigna le lapin qu'il avait mis en broche, au-dessus du feu.

— Tu as faim ?

Blaise se serait damné pour un cuissot rôti, mais il secoua la tête négativement.

— Qu'est-ce qui est arrivé à tes cheveux ? gémit-il. Seigneur Jésus regarde-toi ! J'ai eu du mal à te reconnaître ! Qu'est-ce qui s'est passé, Merlin ?

Merlin saisit une mèche de ses cheveux blancs et la tira devant ses yeux, puis il haussa les épaules avec dédain.

— Sans doute est-ce le prix à payer…

Encore mal réveillé, le corps courbatu par cette nuit glaciale, le moine se releva péniblement, s'étira et battit la semelle pour se réchauffer.

— Il faut rendre grâces à Dieu et à la Vierge Marie de t'avoir préservé, murmura-t-il.

Du bout du pied, il déblaya une parcelle de terre enneigée, s'agenouilla péniblement, joignit les mains et commença à prier.

— *Ave Maria, gratia plena, Dominus tecum. Benedicta tu in mulieribus et benedictus fructus ventris tui, Jesus. Sancta Maria…*

De l'autre côté du feu de camp, Merlin leva les yeux au ciel, sourit et finit la prière d'une traite.

— … *Sancta Maria, mater Dei, ora pro nobis peccatoribus nunc et in hora mortis nostrae, amen !* Et maintenant on mange ?

Merlin avait retiré le lapin du feu. Il en arracha une cuisse qu'il lui proposa d'un regard.

— Comment… Comment connais-tu… ?

— *Nostras deprecationes ne despicias in necessitabus nostris* [1], murmura Merlin.

Il lui lança la cuisse par-dessus les flammes et, durant un moment, il n'y eut plus entre eux que des bruits de mastication.

Lorsqu'il fut rassasié, Blaise nettoya ses mains dans la neige et en prit une pincée pour se désaltérer. Ces quelques minutes de silence lui avaient permis de reprendre ses esprits et de s'habituer à l'allure de son compagnon. Avec ses longs cheveux blancs et ses yeux sombres, il ressemblait à sa mère, en vérité, et cette ressemblance soudaine ne faisait que le troubler davantage. Lui qui jusqu'alors n'avait jamais ressenti devant Merlin le malaise que l'enfant semblait inspirer à certains, lui qui avait appris à l'aimer tout au long de leur voyage et qui lui devait sans doute la vie se sentait maintenant perdre toute contenance devant son regard perçant et son mutisme tranquille. Merlin restait là, assis dans la neige près du feu, à l'observer avec un demi-sourire, comme si tout, jusqu'à cette connaissance subite du latin, était parfaitement normal, comme s'ils n'avaient rien à se dire.

1. « Ne rejetez pas les prières que nous Vous adressons dans nos besoins. »

— Oh, ça va ! grogna Blaise. Dis-moi ce qui s'est passé, une bonne fois pour toutes ! Tu es allé à Preseli, c'est ça ?

— N'est-ce pas ce que tu voulais ?

Merlin sourit, mais son visage devint grave aussitôt, puis lentement s'empreignit de douleur et de tristesse à mesure qu'il parlait.

— Je devrais t'en vouloir de tout ce que tu m'as caché, moine… Ce que ma mère t'a confessé autrefois, tu n'as pu le garder pour toi, n'est-ce pas ? Pourquoi n'as-tu pas gardé le silence ? À cause de toi, je suis devenu le « fils du diable » et j'ai été… J'ai été seul toute ma vie.

— Je ne sais pas de quoi tu parles…

— Je parle de mon père, Blaise. Ce diable dont je suis le fils. Le seigneur Morvryn. Morvryn l'elfe… Tu ne crois pas qu'il est temps de tout me dire ?

Merlin semblait au bord des larmes, semblable de nouveau à l'enfant que Blaise avait connu. Le moine s'en sentit à la fois rassuré et contrit. Il eut un mouvement pour se lever et aller le réconforter, mais il y renonça aussitôt, par peur de sa réaction. Le seul réconfort dont Merlin avait besoin était celui de la vérité.

— Il y avait la guerre, commença-t-il d'une voix lente et grave, en détachant ses mots. D'un côté ceux qui, comme Ambrosius Aurelianus, restaient fidèles à Rome, et de l'autre des rois bretons qui revendiquaient pour eux-mêmes le pouvoir suprême. Vortigern était de ceux-là. Et pour battre les armées de ton père, il fit appel à des mercenaires saxons…

— Ce n'était pas mon père, marmonna Merlin.

— Tu sais bien que si…

Blaise soupira longuement et poursuivit.

— Ambrosius a été vaincu et ta mère a dû fuir la Bretagne avec lui, pour sauver sa vie. L'un et l'autre trouvèrent refuge sur le continent, auprès des rois de Domnonée armoricaine, mais la guerre les rejoignit jusque-là. Alors qu'Ambrosius bataillait ailleurs, la reine Aldan fut attaquée, et elle trouva refuge dans la forêt.

Blaise s'interrompit, hésita et chercha ses mots.

— On dit qu'elle y est restée longtemps. Un mois, un an… Ambrosius la croyait perdue. Mais elle réapparut. Et tu es né peu après… Voilà l'histoire telle que je la connais.

— Tu en connais bien plus et moi aussi, murmura Merlin. Ce sont les elfes de la forêt qui ont protégé ma mère, comme d'autres de leur race le firent pour moi à Arderydd. Et quand Ambrosius la retrouva, elle était devenue la femme de Morvryn.

— Oui, concéda Blaise. C'est le nom qu'elle a prononcé…

— J'ignore ce qui s'est passé dans cette forêt, car ce sont des choses que ma mère elle-même a oubliées. Dans ses souvenirs, elle nomme cette forêt Brocéliande.

— Oui… Le pays d'Eliande. C'est comme ça qu'ils le nomment…

Durant un long moment, ils se regardèrent en silence, de part et d'autre du feu. Blaise se sentait soulagé et honteux, délivré du poids de son silence, mais à voir l'air défait de son compagnon il n'osait lui poser à son tour les questions qui lui brûlaient les lèvres.

— J'avais confiance en toi, murmura Merlin.

Il releva les yeux vers le moine et eut un sourire désabusé.

— Tu ne faisais qu'obéir à des ordres…

— Les ordres de ta mère.

— Tu sais bien que non… Tu crois en un dieu qui place l'obéissance au-dessus de l'honneur ou de la parole donnée.. Tu as laissé le torque d'Ambrosius dans les mains de nos ennemis, afin qu'ils couronnent Ryderc de Strathclyde et que ton dieu ou ton évêque règne sur la Bretagne… Je devrais te haïr, mais je sais que tu es un homme bon. D'ailleurs tout cela te dépasse, à présent. Déjà ils se méfient de toi… Ils te haïront lorsqu'ils sauront ce que je suis devenu.

Glacé au plus profond de lui-même, Blaise baissa la tête comme un enfant pris en faute.

— Comment sais-tu, pour le torque ? demanda-t-il.

— Mais c'est toi-même qui me l'as dit…

— Non… Non, je ne t'ai rien dit.

— C'est tout comme… Tu n'as parlé que de ça à Aldan, tout au long de la nuit. Le torque, notre voyage, la mission de Kentigern… Tu lui as parlé de moi, de ce que vous m'avez toujours caché tous les deux et de ce qu'il fallait me dire quand tu me reverrais. Je sais que tu m'aimes, mon ami, et que tu veux me protéger, alors je ne t'en veux pas. Pourtant regarde où nous en sommes, et comme triomphent nos ennemis…

Merlin avait les larmes aux yeux, et un tel air de détresse que le moine sentit son cœur se serrer.

— Je ne comprends pas…

— Mon pauvre, tu n'as jamais rien compris… Tu en as trop vu pour croire encore aveuglément et tu doutes de ton dieu, mais tu n'en sais pas assez pour saisir le sens de tout cela. Tu savais qu'à la nuit de Samain les âmes des morts quittaient le Sid de Preseli, parce que c'est l'une des croyances anciennes que l'on vous dit de combattre, mais tu ignores ce qu'il s'y passe vraiment… Et parce que tu m'aimes tu as trahi ton évêque et tu m'as conduit jusque-là, sans savoir vraiment ce qu'il pourrait m'arriver. À présent tu vois et tu n'oses pas comprendre…

Merlin se leva, contourna leur maigre feu de camp et vint s'asseoir près de lui.

— Je suis Aldan, dit-il. Regarde mes yeux…

Blaise obéit, et il se sentit frémir. Cette lueur qui l'avait tant frappé à l'instant où il l'avait retrouvé, c'était le regard de la reine…

— Chaque mot que tu lui as dit, je le connais, poursuivit Merlin. Tout ce qu'elle cachait, tout ce qu'elle t'a confessé, je le connais. Son âme vit en moi désormais, comme l'âme de Guendoleu, de Cadvan et de dizaines d'autres… Voilà ce qui s'est passé à Preseli… N'aie pas peur. Crois-moi, je sais ce que c'est que d'avoir peur. Je connais la mort, des dizaines de morts, et je ne cesse de pleurer avec eux. C'est quelque chose d'abominable, mon frère… Voilà ce que tu as fait de moi.

— Un nécromant, murmura Blaise.

— Je ne crois pas, non… Un nécromant parle aux morts alors que moi, même si cela semble difficile à croire, je crois que je suis mort, là-haut, et que mon corps y est toujours, figé parmi les pierres… Le prince Emrys Myrddin n'est plus, mon ami. N'est-ce pas une bonne nouvelle pour toute la Bretagne ? Le bâtard d'Ambrosius ne vous inquiétera plus, désormais…

Avec un profond soupir, Merlin se releva, épousseta la neige et le givre qui le recouvraient, puis tendit la main vers Blaise pour l'aider à se mettre debout.

— Allez, ne restons pas ici, dit-il en allant délier les mules.

— Est-ce que… Est-ce que tu pourras me pardonner ?

— Te pardonner, mon frère ? Mais de quoi ?

Le sourire de façade que l'enfant affichait s'effaça devant l'air défait du moine. Pour la première fois, ce fut lui qui baissa les yeux.

— Tu n'y es pour rien, et moi non plus. Chacun croit sans doute agir pour le mieux. Même Ryderc. Même ton évêque…

L'enfant s'interrompit, détourna le regard et resta un moment dans le vague, avant de retrouver son faible sourire.

— Nous ne pouvons plus rien y faire, de toute façon.

Il lui tourna le dos pour vérifier le harnachement des mules, mais le petit moine le rejoignit aussitôt et le força à le regarder.

— Où allons-nous maintenant ?

— « Nous » ? fit Merlin en le dévisageant avec un étonnement non feint. Ta tâche est terminée, quelle qu'elle soit. Alors pourquoi devrions-nous faire route ensemble, mon ami ?

— Tu l'as dit toi-même, grommela le moine. Ils se méfient de moi. Bientôt ils voudront ma tête autant que la tienne…

— Surtout si tu emboîtes le pas au diable, petit moine.

— Je ne fais que suivre le pas de Merlin… D'ailleurs qu'importe si tu me rejettes, puisque je sais où nous allons.

— Vraiment ? Et où allons-nous ?

— Là où l'histoire se termine, dit Blaise. À Brocéliande.

Sources :

La Légende arthurienne, Laffont, coll. « Bouquins »
Félix Bellamy, *La Forêt de Brocéliande*, t. 1 et 2, L'Amateur averti – La Découvrance
Marcel Brasseur, *Les Celtes – Les Saints oubliés*, Terre de Brume
Marcel Brasseur, *Les Celtes – Les Rois oubliés*, Terre de Brume
Marcel Brasseur, *Les Celtes – Les Guerriers oubliés*, Terre de Brume
André Chedeville et Hubert Guillotel, *La Bretagne des saints et des rois*, Ouest France université
Fernand Comte, *Dictionnaire de la civilisation chrétienne*, Larousse
Viviane Crowley, *Celtic Wisdom*, Thorsons
Agnès Gerhards, *La Société médiévale*, MA éditions
Yann Goven, *Brocéliande, un pays né de la forêt*, Ouest France
Miranda J. Green, *Exploring the World of the Druids*, Thames and Hudson
Christian J. Guyonvarc'h, *Textes mythologiques irlandais*, Ogam-Celticum

Christian J. Guyonvarc'h, *Magie, médecine et divination chez les Celtes*, Bibliothèque scientifique Payot
John Haywood, *The Historical Atlas of the Celtic World*, Thames and Hudson
Duncan Jones, *The Picts*, Goblinshead
John King, *Kingdoms of the Celts*, Blandford
Françoise Le Roux / Christian J. Guyonvarc'h, *Les Druides et le druidisme*, Ouest France
Françoise Le Roux / Christian J. Guyonvarc'h, *Les Légendes de Brocéliande et du roi Arthur*, Ouest France
Françoise Le Roux / Christian J. Guyonvarc'h, *Les Fêtes celtiques*, Ouest France
Claude Lecouteux, *Les Nains et les Elfes au Moyen Âge* – Imago
Jean Markale, *Petite Encyclopédie du Graal*, Pygmalion
Jean Markale, *Le Roi Arthur et la Société celtique*, Pygmalion
Marijane Osborn et Stella Longland, *Rune Games*, Routledge and Kegan Paul
Nigel Pennick, *The Sacred World of the Celts*, Thorsons
Greg Stafford, *Pendragon*, Oriflam
Marie-Louise Sjoestedt, *Dieux et Héros des Celtes*, Terre de Brume
Horik Svensson, *The Runes*, Carlton
Robert-Jacques Thibaud, *La Symbolique des druides*, Dervy
Dominique Viseux, *L'Initiation chevaleresque dans la légende arthurienne*, Dervy

Internet
Arthurian Ressources

The Historicity and Historicisation of Arthur, par Thomas Green

The Heroic Age, Issue 1 to 4

Arthur mac Aedan of Dalriada, par Michelle Ziegler

Rhydderch Hael, par Tim Clarkson, de l'université de Manchester

The Life of Saint Kentigern, par Jocelyn, moine de Furness

Medieval Sourcebook : Saint Kentigern, Apostle of Strathclyde. A Critical Analysis of a Northern Saint, par Cynthia Whidden Green

Imprimé en France par

CPI
Bussière

à Saint-Amand-Montrond (Cher)
en mars 2010

POCKET - 12, avenue d'Italie - 75627 Paris Cedex 13

N° d'impression : 100255
Dépôt légal : mars 2010
S 20543/61